關於飛翔、安定和溫情

九歌40

1978 年蔡文甫獨資創立九歌出版社。

1987 年健行文化加入九歌事業體，並搬遷至現址。

1982 年遷至台北市八德路三段十二巷五十一弄三十四號。

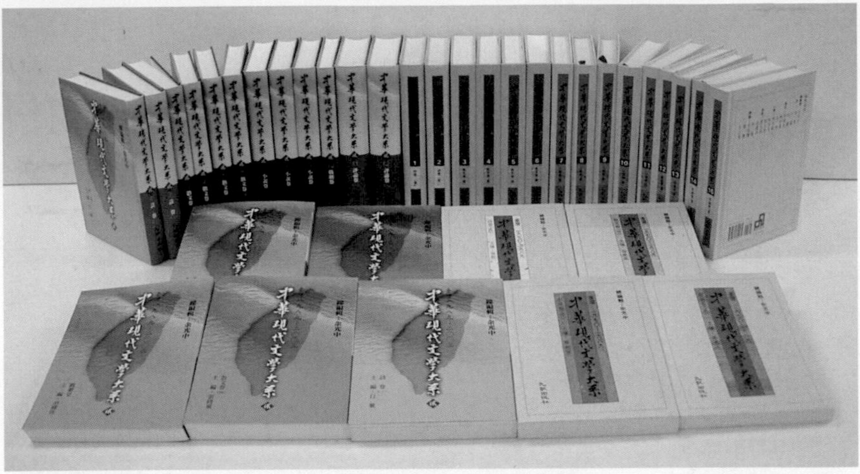

1989 年出版《中華現代文學大系（一）台灣 1970 ～ 1989》，2003 年出版第二套大系，收集發表於 1989~2003 年的作品，兩套大系均由余光中任總編輯。

2003 年 8 月「大系二」出版舉行新書發表會，左起：張曉風、余光中、李瑞騰、蔡文甫。

1993 年世界文學經典《尤利西斯》全譯本出版，譯者金隄來台，舉辦出版說明會，左起田維新、齊邦媛、朱炎、金隄。

2003 年《神曲》全譯本出版，譯者黃國彬來台。右起李奭學、余光中、義大利經貿文化辦事處代理代表張德明、義大利學者康華倫、黃國彬、蔡文甫。

1998 年成立 20 週年，出版「台灣文學 20 年集」，左起：蔡文甫與各卷主編陳義芝、白靈、李瑞騰、平路。

2008 年慶祝成立 30 週年，出版「台灣文學 30 年菁英選」，蔡文甫與各卷主編：蔡素芬、李瑞騰（中）、阿盛（右二）、白靈（右一）。

2000 年天培文化成立，由九歌文化事業群副社長蔡澤松（站立者）負責。

2012 年國際書展邀請《記憶冰封的島嶼》美國作家大衛・范恩（David Vann）來台，與郝譽翔對談。

2017 年國際書展邀請《有時，就讓我們一起跳舞》法國作家安・蘿爾來台，與張亦絢對談。

2002 年推出「新世紀散文家」系列，由陳義芝主編，第一批分別是：《林文月精選集》、《董橋精選集》、《蔣勳精選集》、《周芬伶精選集》及《楊照精選集》。

2004 年推出「典藏小說」系列，由陳雨航策畫，於書系發表會宣布小說新人培植計畫，出版長篇小說，累計出版七本新人小說。左起：蔡文甫、陳雨航、金光裕、駱以軍、甘耀明、蔡澤松。

2005 年蔡文甫榮獲二十九屆金鼎獎特別貢獻獎。

2006 年推出「童話列車」書系，由徐錦成主編，首批出版司馬中原、管家琪作品。

2010 年推出「新世紀少兒文學家」系列，由林文寶主編，出版鄭清文、小野、李叔真作品，並與中華民國兒童文學學會、台北市立圖書館、東山國小學辦座談會。

2008 年九歌成立 30 周年社慶活動，頒發 200 萬小說大獎入選作品，並延長徵文。左起：陳素芳、蔡澤蘋、蔡文甫、蔡澤松、郭樹炎。

2008 年余光中八十秩慶，舉辦壽慶活動，左起蔡文甫、余光中、范我存、時任台北市文化局長謝小韞、歐茵西。

2011 年 200 萬小說大獎頒獎典禮，首獎是張經宏《摩鐵路之城》，榮譽獎馬卡（周立書）《口袋人生》、徐嘉澤《詐騙家族》、葉覆鹿（陳栢青）《小城市》。左起：季季、徐嘉澤、張經宏、蔡文甫、陳栢青、陳雨航。

1995 年蕭蕭和張默合編《新詩三百首》上下冊 1978~1995，2017 年新文學百年推出《新詩三百首百年新編》共三大冊，並舉行新詩座談會，左起楊佳嫻、向陽、張默、蕭蕭。

2017 年 2 月國際書展首次和文訊雜誌 / 洪範 / 爾雅合作，榮獲「最佳展位設計獎」中小型展位組銅獎。

國際書展期間，邀請大陸作家劉震雲（左下）、阿來（右下）、徐則臣（左上）、畢飛宇（右上）等。於展期之間，舉行座談會、簽書會等活動。

積極開拓新作家，出版新秀作品。

李時雍（左）

楊富閔

楊隸亞（左）

何敬堯（左）

黃暐婷（左）

1982 年九歌開始出版年度散文選，1999 年接編「年度小說選」，2003 年首創國內「年度童話選」編選工作，並選出年度獎得主。
2017 年 3 月 105 年文選發表會暨贈獎典禮，主編分別為楊佳嫻，李瑞騰、莊宜文與王淑芬，並公布年度散文、小說、童話獎得主及作品分別是：房慧真〈草莓與灰燼：加害者的日常〉、楊照〈一九八一光陰賊〉、賴曉珍〈紙男孩〉。

1992 年九歌文教基金會由朱炎擔任董事長，李瑞騰任執行長，成立當天並舉辦「詩歌文學再發揚」座談會，左起向陽、余光中、瘂弦、簡政珍、李瑞騰。

九歌文教基金會不定期舉辦各種藝文活動，如「向台籍資深作家致敬」以及 2006 年舉辦琦君追思會。

2009 年九歌文教基金會接辦梁實秋文學獎至 2013 年，第 26 屆轉由台灣師範大學接手舉辦迄今。

2017 年九歌文教基金會持續舉辦台灣唯一少兒小說徵文，九歌現代少兒文學獎至今舉辦 26 屆，為台灣少兒小說作家的搖籃。

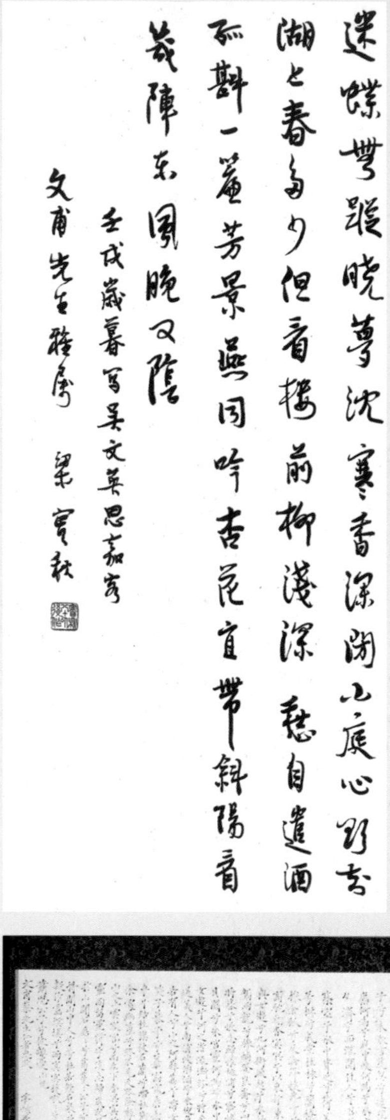

九歌「鎮社之寶」之一：梁實秋以楷書寫「吳文英思嘉客」長條，題贈蔡文甫，見證兩人數十年交情。

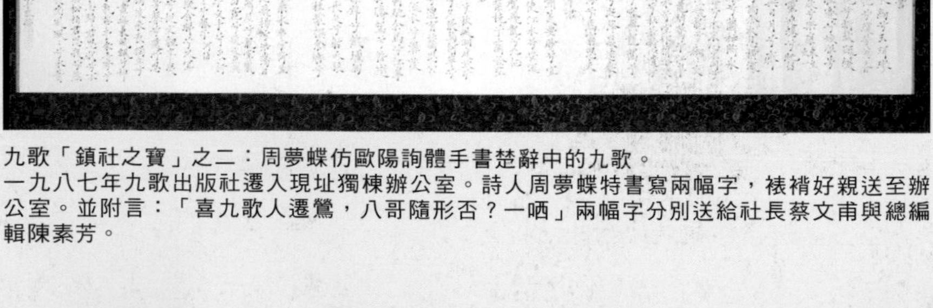

九歌「鎮社之寶」之二：周夢蝶仿歐陽詢體手書楚辭中的九歌。
一九八七年九歌出版社遷入現址獨棟辦公室。詩人周夢蝶特書寫兩幅字，裱褙好親送至辦公室。並附言：「喜九歌人遷鶯，八哥隨形否？一哂」兩幅字分別送給社長蔡文甫與總編輯陳素芳。

《九歌四十》序

李瑞騰

九歌出版社二十周年的時候（一九九八），我編了一本《九歌二十》，策畫了一套《臺灣文學二十年集》；三十周年的時候（二〇〇八），我推薦我的學生汪淑珍寫了一本《九歌繞樑三十年》，策畫了一套《臺灣文學三十年菁英選》。其實，九歌在更早的十周年之際著手籌畫《中華現代文學大系——臺灣，一九七〇—一九八九》，我便已參與編輯，負責「評論卷」；而今在四十周年慶將屆的時候，創辦九歌的蔡文甫先生，雖已完全交棒，卻還是拖著病體，每天來社一下，他心心繫念著慶典，以及出版什麼樣的書以為紀念的事。幾經商量，決定邀請四十位九歌的朋友來談九歌，出版一本《九歌四十》。

我至今留存九歌創業六本書的初版（一九七八），那一年我在華岡讀碩士班二年級，初涉出版事，也因在《中華文藝》上寫一個「詩的詮釋」專欄，開始在詩壇活動，於文壇及媒體諸事已有關注的興趣和習慣，對於九歌繼爾雅、洪範之後成立，雖未明內情，卻已略感文學盛世似已來臨。

或許有人認為我這種說法過度樂觀，有些浮誇，但對我來說那是一種真實的感受。我在一九七二年秋天從中部北上都城，在大學就讀中文系以來，除努力閱讀古今人文經典，也經常在圖書館讀報、翻雜誌、找想讀的書，開始和文藝同好時相往來，且有緣進出雜誌社和出版社，對於文學發展動態並不陌生，我覺得鄉土文學既已崛起，且和現代主義和國族論述有了激盪，必然會融裁出新的時代性文體，政治氣氛雖仍緊張，但時潮不可逆，迥異於前輩的新生代又紛紛冒出，在挑戰與回應中必有新的表現美學出現。

蔡先生祖籍江蘇鹽城，一九五〇隨軍隊來臺，初學小說寫作，他曾任中學教師、報紙副刊主編，因諸多善緣而走上出版之路，並因穩健經營而成為成功的出版人。大體來說，九歌的第一個十年，除因精準的稿源開發而奠定良好的發展基石外，創設年度散文選及接辦《藍星》詩刊，已可以看出九歌面向文學歷史與社會的雄心，其後兩度編印《中華現代文學大系》，編印臺灣文學的「二十年集」、「三十年菁英選」，接辦年度小說選，出版《新詩三百首》，成立九歌文教基金會，創辦九歌現代少兒文學獎等，都可以看出九歌並不只是一家純商業取向的出版社，它有明確的社會責任和寫文學史的壯志。

四十年來九歌印行了多少本書，我沒有細算，但估計應有上千本以上，和它結緣的作家起碼有七八百人以上，我們敬邀從九十歲高齡的余光中到三十歲的楊富閔等四十位作家，執筆撰寫他們和九歌的結緣，藉此彰顯九歌在文學領域的耕耘的實況與成果。

這麼龐大的作家群、出書量，則出版品必然品類紛繁，九歌文學天地也就花團錦簇、眾聲喧譁了。我們發現，它既有文學立場之堅守，又飽含市場競爭能量，可以看出在雅俗之間斟酌調適的努力。由於本書撰稿者幾全是九歌作家，正可以從他們的文章來看出版人、編輯人之於作者的態度和相對待的方式，這裡面其實就是一個「敬」字：出以至誠，互相尊重。蔡先生自己愛寫作，以文學為業，辦出版社，經之營之優質圖書，相當成功；他個人辛勤工作，生活簡單，很能替作家著想，影響所及，九歌編輯部的同仁全都敬業且專業，讓人印象深刻，特別是長期帶領編輯部的陳素芳總編輯，對內指揮若定，對外和作家互動良好。

為了區隔市場，蔡先生在九歌之外另辦健行及天培兩家出版公司，在文學之外全方位開展不同類型圖書，包括保健、生活、環保、科普、時潮等，和九歌三合一運作，順暢自然。

我受託和素芳合編此《九歌四十》，甚感榮幸，取書中朱少麟篇名「關於飛翔、安定和溫情」一為書名，飛翔以喻創作心靈在廣闊天地裡移動和姿勢，安定和溫情來自出版人和編輯人的護持。我們對於九歌，感受莫不如此。

我是在余光中老師大去之日開筆寫這篇小序，恭送他老人家駕鶴歸西，回去他的文學原鄉。我想，九歌必會珍惜他給世人留下的文學遺產，細心呵護，並使之發光發熱。而我相信，九歌對待社裡出書的作家，亦然。

於二〇一七年十二月十五日

前言
親愛的弟弟，生日快樂！

蔡澤玉

我四歲的時候，「弟弟」九歌出生了（一九七八年），至於為什麼是弟弟不是妹妹，可能是因為他是爸爸的寵兒，所以我們都覺得他是男孩（而且他兼具光宗耀祖的重責大任）。那時，我們還住在汐止，我還小不懂事，但聽爸媽和姐姐們說，只要畫撥單來了，全家都要出動，幫忙出貨打包、把貨寄出，相當忙碌、辛苦。也因此為了弟弟，在我上小學之前，爸爸決定搬到臺北。

到臺北上小學後，我漸漸喜歡閱讀，到了九歲（一九八三年）的時候，九歌兒童書房（現改為九歌少兒書房）成立，所以跟弟弟關係比較特別，可以說他陪著我成長，九歌兒童書房《巧克力戰爭》、《神豬妙網》、《魔術手帕》、《超級糖漿》、《雙姝緣》等翻譯童書、都是我兒時很愛的讀物。而許多大作家我也是從這裡認識的，像向陽《中國神話故事》、楊小雲《小勇的故事》、廖輝英《草原上的星星》，還有侯文詠的《頑皮故事集》等。

最特別的是每到寒暑假，我就會被爸爸利誘去幫弟弟，進行如今應該已經絕跡的出版社工作：「貼雜誌」。當時文學出版社每月都會製作報紙型雜誌，跟讀者推薦近期好書，應該是現今郵購甚或是電子報的先驅。那時還是傳統手工業時代，大家會先製作好名條，依縣市分類，開始把名條貼在印刷好的雜誌上，以寄發給讀者。進行貼雜誌工作時，每人會分發到一條印有紅色品名的糨糊，將前端剪開斜角後，擠出糨糊在板子上，即可拿著準備好的一疊名條快速的沾上糨糊，然後貼在雜誌的郵寄格內，熟練的人動作有如神技，讓人歎為觀止，但我總是拿捏不好沾糨糊的多寡。雖然現在依舊維持雜誌製作發行的傳統，卻已經不用人工苦力來貼雜誌，但當時看來落伍又惹人嫌的工作，如今想來卻是讓人津津樂道。

我一直都跟爸爸共用書房，每天晚上我讀書時，他總在旁邊忙著弟弟的事情，我們並沒有非常親密也不常聊天談心，但就一起共享靜默的相處時光。爸爸是工作狂，晚飯過後，他就進書房工作，有時是厚厚一疊原稿，有時是一本本藍圖，爸爸慣用那種很粗的紅色簽字筆批改，寫完後很難手不紅。大概是國小五年級開始，周日午後是我和爸爸的作文時間，我寫然後由他批改，他總是讓我自由發揮，題目任選，但我總是在寫完作文後耍賴的空下題目讓他幫我擬題，他也不責罵就默默幫我寫上題目。漸漸我長大之後，爸爸常常跟我們姊妹說，將來照顧弟弟就是你們的責任，但因為爸爸太強大了，所以我總覺得那天永遠不會到來。我從來沒想到，我會回到爸爸和弟弟身邊，彷彿又回到我們共享的那個書房……

為了讓弟弟更自由自在，我竟成為讓弟弟面貌更多樣化，並改變那一排綠綠標誌的背後「黑」手，我們試著讓弟弟突破自我，堅持文學之路又能求新求變，但面對快速變化的世界，我跟弟弟總是有很多掙扎、不捨和無奈；有時候我們會受挫、沮喪，不知如何選擇，但更多時候，是弟弟帶我飛翔，帶我到意想不到的地方。

弟弟帶我接觸許多大前輩，也讓我認識很多新朋友，感謝這些一路陪伴我們成長的好朋友和夥伴，讓我們可以一起向未來前進。

我親愛的弟弟，九歌，生日快樂！

目錄

由不惑到堅定

——祝福九歌四十歲誕辰

余光中

一九八七年梁實秋先生病逝於臺北。蔡文甫先生和我悵然若失，兩人商量，應該舉辦某種活動，以彰梁公對現代中國文學的貢獻。梁公在散文和翻譯兩方面均有重大的成就，所以我們創辦的「梁實秋文學獎」就分成兩項：散文獎和翻譯獎。我就負責主持翻譯獎項的譯詩組：梁公是我一生志業的恩師，當仁不讓，我不能不接下這一肩任務，並且邀請了彭鏡禧和高天恩兩位名家，組成歷久不衰的「聖三位一體」。三位合作十分愉快，我也主持了二十多屆，並無人前來「踢館」。

九歌出版社已出書四十年。這些年來，我的書先是由洪範出版，後來就轉交九歌印行。洪範的葉步榮先生帳目清楚，按期報告銷售數字。九歌核算版稅也很認真。蔡文甫先生在這正規書籍慘淡經營的廿一世紀，竟然對我的信心不減，一本接一本面不改色地出我的書。坊間將這些正經書美其名為「長銷書」。時至今日，還一口氣推出了我的詩集《太陽點名》、《守夜人》；文集《粉絲與知音》、《從杜甫到達利》。

孔子回顧一生，自謂三十而立、四十而不惑、五十而知天命、六十而耳順。他閱世只有七十二年，還不足以論「古稀」之得失。九歌在文甫兄低姿態、陳素芳高效率的經營之下，今年也已臻不惑之境，在今日大力支撐文運的好出版社之中，值得我們慶賀。

我認識文甫兄，前後共歷六十年，最初是由王敬羲介紹。敬羲兄才氣很高，潛力很富，結果卻是歉收，太可惜了。比起他來，文甫兄似乎有欠新銳，但行百里者半九十，沉得住氣，終於豐收。文甫兄比我更長壽，也和我一樣重聽，現已退休，九歌大業的重任，落在後一代的肩頭。

我認識素芳，當然較晚。其初她竟是溫瑞安寨主的部下，與吾女幼珊是同僚。但是她成熟得很快：加入九歌之後，她在文甫兄的信任之下，不但帶大了九歌，也因九歌的磨練而指揮若定。我在九歌出書，從封面設計到封底介紹，她處理得都很得體。這說明了她真是將吾詩讀通透了。

九歌慶四十歲，另有一解，來自英文。Forty 意為四十，但其引申語 fortitude 則意為「堅強不屈」。謹以此語為九歌祝福。

作者簡介

余光中

一生從事詩、散文、評論、翻譯，自稱為寫作的四度空間，詩風與文風的多變、多產、多樣，盱衡同輩晚輩，幾乎少有匹敵者。從舊世紀到新世紀，對現代文學影響既深且遠，遍及兩岸三地的華人世界。曾在美國教書四年，並在臺、港各大學擔任外文系或中文系教授暨文學院院長，曾獲香港中文大學及臺灣政治大學之榮譽博士。先後榮獲「南京十大文化名人之首」、國立中山大學榮譽文學博士、全球華文文學星雲獎之貢獻獎、第三十四屆行政院文化獎等。

著有詩集《白玉苦瓜》、《藕神》、《太陽點名》等；散文集《逍遙遊》、《聽聽那冷雨》、《青銅一夢》、《粉絲與知音》等；評論集《藍墨水的下游》、《舉杯向天笑》等；翻譯《理想丈夫》、《溫夫人的扇子》、《不要緊的女人》、《不可兒戲》、《老人和大海》、《梵谷傳》、《濟慈名著譯述》、《英美現代詩選》等，主編《中華現代文學大系》(一)、(二)、《秋之頌》等，合計七十種以上。

九歌，站在新詩的峰頂

——祝九歌出版公司四十周年大慶

張默

序詩

在悠悠的晴空下，九歌
靜靜徜徉在臺灣新文學的峰頂
怡然，紅光滿面
穿越細水長流的四十載歲月
讓眾多愛詩人歡欣鼓舞
九歌，我們大聲的喊你
你是新詩的帶路者
我們永遠永遠的愛你

在新詩的路上

一個純文學出版社，能安然在臺灣出版界行走四十年，的確不易，蔡文甫老哥當初能創辦它的雄心壯志，令人開懷。而擔任總編輯的陳素芳女士，確是三十五年如一日，精心打造九歌各種出版品。特別是一些大部頭的文學選本，令海內外愛書人眼界大開。

尤其在新詩方面，更具有多元突破性的做法，譬如先後編選兩部《中華現代文學大系》一九七

○—二○○三。其中均將新詩列入共有四大冊十分厚重的詩選本，把臺灣六十年來老中青三代重要詩人，從張我軍、水蔭萍、覃子豪、紀弦到年輕一代的唐捐、林德俊、鯨向海、楊佳嫻等百餘家的詩作，每家除選錄代表性詩作外，另有深入淺出的短評，這些選本已為國內多所大學選為輔導教材。

另由蕭蕭、張默合編的《新詩三百首》兩巨冊，歷時年餘編成，該書概分卷一：大陸篇（一九一七—一九四九），計選劉大白到綠原等三十七家。卷二：臺灣篇（一九二三—一九九五），計選賴和到林群盛等一○七家。海外篇（一九一四—一九九五）計選紀弦到王良和等三十五家。大陸篇・近期（一九五○—一九九五）計選牛漢到南嫫等四十六家。合計共為二百三十五家，詩作三百四十首餘首，除卷首余光中長序〈當繆思清點她的孩子——跨海跨代的《新詩三百首》〉，對全書有深入清晰的探討，出版後頗博海內外愛詩人的好評。二○一七年二月，本書又發行《新詩三百首百年新編》，由蕭蕭全程處理，並在卷前以新序〈百年系譜・草擬地圖〉相期許。同時更增列林婉瑜等八位年輕一代詩作。

而白靈於二○○八年為九歌主編的《新詩三十家》，完全以中生代詩人為主軸，計選從羅青、杜十三、向陽、羅智成到唐捐、陳大為、李進文、楊佳嫻等多家，頗博大專院校的喜愛，紛紛擇作教材。

除上述選本外，九歌也為余光中、洛夫、張默……等多位詩人出版個人詩集，請愛詩人上網查詢，我就不再說三道四了。

・小結

總之，除九歌之外，像三民、洪範、爾雅、遠景、聯經、二魚、書林、唐山、春暉、臺灣文學館、印刻等也先後出版若干詩選集或個集，但筆者以為，詩集是藝術品，絕對不宜草草行事，一定要把每一冊詩集，編得更具藝術氣息，否則貪多浮濫，那才是對新詩集的傷害，請每一位詩作者與出版者共同省思這一極嚴肅的課題。

作者簡介

張　默

本名張德中，一九三一年生，安徽無為人。一九四九年春來臺，早期曾創辦《創世紀》詩刊。著有詩集《張默・世紀詩選》、《獨釣空濛》、《張默小詩帖》、《水墨無為畫本》等十八種。編有《新詩三百首》、《小詩・床頭書》、《臺灣現代詩手抄本》等多種。一生為臺灣新詩服役，無怨無悔。

一九八九年，張默為九歌主編《中華現代文學大系》新詩卷，詩集《落葉滿階》榮獲中山文藝獎，因與蕭蕭合編《新詩三百首》同獲第三屆「五四獎」文學編輯獎。

九歌就是文學

陳若曦

一想到九歌，就想到文學，也想到蔡文甫。他在一九七八年創辦九歌出版社，那一年也是我離開臺灣十六載，首次回來，為的是見蔣經國總統好為「高雄事件」被捕人士求情。從此我幾乎年年回鄉，很快就認識了文甫。

記得初見面，他就提到九歌出版社，歡迎我有作品可以交給九歌。我隨口答應，誰知一晃就是十二年。這其間，我知道九歌籌畫並出版《中華現代文學大系》（一），本世紀初則是《中華現代文學大系》（二），豪邁大氣，不跟隨「本土」流行風，極富前瞻性。說九歌兩字等同中華文學，不算誇大。新聞局給九歌頒發了金鼎獎特別獎，便是佐證。

《一九九五閏八月》一書風行臺灣那年，海外華人頗相信作者的預言，以為這年海峽兩岸要開戰了。本人便是急急忙忙在那年秋天趕回來的。

丈夫曾反對：兩岸要開戰，你回去不是當砲灰嗎？

我豪邁以對：臺灣人要死就死在一起！

返臺才發現，真如鄧小平對香港回歸的「馬照跑，舞照跳」預告，臺灣一片昇平氣象。也很高興當年作了這個決定，才有幸和臺灣走過繁榮昌盛的廿年。

二〇〇〇年我終於兌現了對文甫的諾言，在九歌出版了短篇小說集《完美丈夫的祕密》及長篇小說《慧心蓮》。託九歌名氣，《慧心蓮》次年獲得中山文藝獎。

由於拙作短篇小說集《尹縣長》一九七七年曾獲中山獎，這回便有朋友說，一人獲得同一獎座兩次，也是創舉。我覺得九歌是文學大營，決心今後都在這裡出書。不久，我自掏腰包，花了十幾萬臺幣買回《尹縣長》版權，改由九歌出版。

二〇〇八年九歌出版了我的自傳《堅持·無悔：七十自述》，卻給出版社惹麻煩了。書中有〈初識夏志清〉及〈中國男人的寶玉情結〉兩章，敘述與夏志清半世紀的交往。我們是兄妹情誼，他長年居住紐約，我則經歷中國大陸、溫哥華、柏克萊和臺北三地的仕所，分隔美洲大地和太平洋，聯絡都靠書信。文學界熟知的「夏公」是名學者，更是性情中人，信中暢書心懷外，還要求我保存書信，留作文學信史之意吧。

自傳出版五年後，夏公去世。不久接到九歌社長的電郵。這時的出版社已經由蔡家第二代接掌工作。社方說，夏太太透過文評家王德威傳信，要求我撤除有關夏志清的章節，否則要提出法律告訴。我很奇怪，自傳出版五年了，夏公都沒對我表示不滿（儘管有些事實對他可能產生一些負面影響），等到人不在了，妻子才表示抗議，太晚了吧？要隔著太平洋打官司？我倒不在乎，但出版社似乎很緊張。正好合約再過幾個月就到期，我便提議終止出版，省去公司的壓力。夏公風流成性，我一直同情他的兩任妻子。既然未亡人如此在乎，我能做的就是去掉夏妻姓名，調整一些文字後，另找出版社出版，迄今相安無事。

九歌四十年了，一路走來不容易，謹在此誠心祝賀，並祝福它青史留名。

作者簡介

陳若曦

本名陳秀美，臺灣新北市人，讀臺大外文系時參與創辦現代文學雜誌。留學美國時，偕夫投奔中國大陸，適逢文化大革命。七三年遷居香港後轉溫哥華，寫《尹縣長》等反映文革作品，為「傷痕文學」之始。七九年移居美國，創組「海外華文女作家協會」，任首任會長。九五年返臺定居，參與臺灣環保和婦女運動，為晚晴和荒野保護協會終身志工。她以為經濟發達和宗教興旺乃家鄉兩大奇蹟，佛教最凸出，而婦女貢獻尤為卓著。走訪全省重要寺廟道觀後，著手寫作臺灣首部佛教小說《慧心蓮》。二〇一一年獲國家文藝獎。

《尹縣長》譯成七國文字；它和《慧心蓮》前後獲中山文藝獎。

陳若曦一九九五年返臺定居，二〇〇一年開始，陸續在九歌出版長短篇小說《慧心蓮》、《完美丈夫的祕密》，並重出經典小說《尹縣長》，以及散文集《我鄉與他鄉》，自傳《堅持・無悔》。

一起歡喜吃尾牙

劉靜娟

九歌出版社要過四十歲生日了。

第一次在「九歌」出書，是民國六十九年的小品集《笑聲如歌》。我的創作量不多，少少幾本書在不同的地方出版。所以，當蔡文甫先生邀我給「九歌」出書時，我有些猶豫；作品不多，分散出版，不是越發看不出分量嗎。結果那本《笑聲如歌》銷得特別好，還曾經是數所中學的指定課外讀物。

早在出書前，就與蔡先生熟稔，原因有二，一是編輯同行，當年有個「副刊主編聯誼會」，偶爾會見面。每次聚會，我習慣安靜地傾聽前輩們的編輯經驗和文壇掌故。二是主編和作者的關係。蔡先生主編《中華副刊》時，不時企畫專題，廣邀作者寫稿。我工作和家庭兩頭忙，只能隨機、隨興寫作；一向怕特定題目、又有截稿期限的寫作。所以，承他邀稿，我的回信總是「不擅命題創作，還是讓我自由投稿吧。」幸好他不見怪，下次有新主題，照樣給我一封龍飛鳳舞的邀稿函。

蔡先生點子多，與作家有深厚的交情，時機到了，開一家出版社算是水到渠成，順理成章。

有一年蔡先生邀我主編《九歌年度散文選》，我婉拒，理由是「身為副刊主編，去做業務外的工作，恐會引起社內的閒言。」當時新生報社長已幾度「抱怨」我光在別人的刊物上寫文章了。每人的工作環境不同，個性也不同；蔡先生不解，「你們報社好奇怪，你也想太多了。」

一九九二年，蔡先生成立「九歌文教基金會」，邀我當董事。我雖然很不「懂事」，卻之不恭，後來還是接受了。二十五年來，基金會一直有文壇重鎮當董事長，又有能幹的祕書長，運作順暢，成績斐然，我「不懂事」並無多大關係。基金會舉辦的現代少兒文學獎已進入第二十五屆，每次去參加頒獎典禮，看到基金會造就了那麼多少兒文學作家，造福了全國的小朋友，就覺得當這個董事臉上挺有光彩。

獲邀出書、編書、當董事，我都視為蔡先生對我的信賴與器重。在寫作上，蔡先生也一直給我打氣；不止一次鼓勵我擬定主題，寫系列文章，甚至為我想好了主題；說這樣的文章比較有力量。可惜我不是有企圖心的人，寫作很隨興，有什麼寫什麼，常常過個三五年，才整理一本集子出版。

有一次聽人轉述蔡先生的評語，說我文章的特色是「結尾不落俗套，明快而俏皮。」讓我特別有知音之感。因為前不久，才聽到一位前輩善意的提醒，說我的文章有時沒有收尾。她不明白我就是喜歡「戛然而止」，留下一點餘味。

四十年來，九歌出版了無數好書；我在《笑聲如歌》之後，又在九歌和它的姊妹公司健行出版了九本書。每次出書，書名都要經過來來回回的討論。有一年蔡先生說七個字的書名比較好銷。Lucky Seven? 所以先後有《咱們公開來偷聽》、《輕鬆做事輕鬆玩》、《樂齡。今日關鍵字》。當然，有些書找不到適合的七個字，就不勉強。那麼，是不是七個字的就比較好銷？不清楚；但是，念起來挺有節奏感。

在九歌出書，當基金會的董事，在我的文學生命中，都是很棒的事。而每年寒冬歲末，在餐廳裡與九歌的工作伙伴一起歡喜吃尾牙，一起分享九歌的榮耀，覺得好溫暖。

作者簡介

劉靜娟

彰化縣員林人。曾任《臺灣新生報》副刊主編及主筆。

已出版著作包括《笑聲如歌》、《咱們公開來偷聽》、《歲月就像一個球》、《被一隻狗撿到》、《眼眸深處》、《布衣生活》、《輕鬆做事輕鬆玩》、《散步去》、《樂齡，今日關鍵字》等二十多冊。

二〇一六年開始臺語文創作。

劉靜娟自一九八二年即開始在九歌出版著作，第一本是《笑聲如歌》，最新作品是二〇一四年的《樂齡，今日關鍵字》。一九九二年，九歌文教基金會成立，劉靜娟即擔任董事迄今。

茂美的文學菜圃

張曉風

1先從「甫」這個字說起

「甫」是個好字眼，雖然在日常生活中不常用，但因唐代詩聖杜甫大名鼎鼎，所以凡讀過書的人大概都認識此字。

這個字倒是常跟別的「字零件」相配合而組成新字，如補、舖、鋪、浦、埔、葡、莆、輔、圃……。今人「辜汪會談」中的辜振甫，名字中也有此字。

在臺灣，如果懂「河洛話」（也稱臺灣話、閩南話），此字更不陌生。河洛話中「查甫」就是「男子」的意思。而在為一本名叫《儀禮》的古書所作的註解中，說「甫」是「（大）丈夫之美稱」。河洛語上承古代漢語，在甫這個字上可以得到證明。

甫這個字真的很美好，它的甲骨文是這樣寫的：

這個字的甲骨文幾乎是一幅圖畫，文字學者認為是「菜園子」的意思，等於今人所寫的「圃」。

當然，「甫」雖是個好字，卻並不意味著名字中有此字的就都是好人。像唐代的李林甫，雖然身掌「國家第二領導人」的大符，卻把政務當詐騙業來經營，終於引起安史之亂。

如果「名」符其「實」，那，甫真是個美好的名字。杜甫配合著「甫」這個「名」，為自己取了一個「字號」，叫「子美」，翻成今日年輕人的白話文就是「美好的，很men的男子漢」。

我的朋友蔡文「甫」就是這樣一位「名」符其「實」的男子漢。剛巧他又姓蔡，他半生所作的編輯和出版的事業真可詮釋為「茂美的文學菜圃」。

2 三快老蔡

四十年前，王鼎鈞先生那時還不叫「鼎公」，蔡文甫先生也是個思考快、行動快（手快腳快）、加上說話快的「三快老蔡」。有一天，蔡「陪」王去拿申請成立出版社的表格，「順便」自己也拿了一份。但不知怎麼回事，蔡快手快腳把表格填送進去了，王卻遲遲未決——九歌出版社就這樣誤打誤撞成立了。

當時有些出版社是「大資本型」，如「遠流」或「中時」，至於「小資本型」的則叫做「五小」。「五小」中的「純文學」和「大地」因主持人（林海音、姚宜瑛）年紀大了便退出了。剩下「洪範」、「爾雅」和「九歌」支撐至今。

當日所謂「五小」，除了是「小資經營」，它的「文學經營」堪謂是更可貴的特色。

蔡文甫先生的業務算是成功的，於是成立了文教基金會，此舉說來應屬難得。基金會或獎助作者，或濟助有災病的文友，或辦演出，或辦訓練班，做的都是「私立文化部」的事。

3 犯禁

有一次，十八年前，在某個學術研討會上，有學者分析並探討姜貴的小說，我這人比較習慣直話直說，於是就講了一些不十分中聽的話：

「姜貴的小說，的確不錯，但我們這一小群人，在小小的學術圈子裡，把他的作品分析來分析去又有什麼意思？這一代的年輕人聽也沒聽過姜貴，讀也沒讀過姜貴，叫他們如何去認識姜貴呀？一個作者，如果他的書從書市場中消失了，研究者就只有一個辦法，到圖書館裡去找，找到，就影印下來。可是，麻煩來了，我們的法規，規定影印一本書不能全印，只能印三分之一。這法規如果用來保護市面上還在出版的書，也算合理。但對於已經絕版的書，便應該另有一套辦法。在美國，就有基金會，專門幫忙學者影印絕版書，當然也收錢，但都是服務性質的。必須這一類的學術服務好，年輕的學者才能很方便地取得絕版書，研究方案才能順利進行……。」

我說這話，原希望像教育部那種單位，肯出面來作些「學術服務」，但並沒人聽得進去，更沒有人覺得是自己該做的事，至今，還沒見到這種「學術服務單位」。

倒是蔡文甫先生俠骨情腸，他私下忖度：

「唉，大家都不出姜貴的書，不就是為了怕賠錢嗎？只要不在乎賠，不就可以印了嗎？」

為了小說文學，為了認同小說中的人性吶喊，為了讓好書在世上存留，也為了回應我的大聲疾呼，為了文人與文人之間的相持相挺，他，蔡先生，決定出兩本姜貴的小說！

他不說話，書出來了，他才宣布他的心路歷程。

有趣的是，「天公疼憨人」，九歌並沒有為這兩本書賠錢，反而小小賺了一筆。但蔡先生毅然決定出書的時候，他卻是大剌剌地去犯了出版界沒說出口的禁忌，那禁忌是這樣的：

「出版業不是慈善業，殺頭的生意可做，賠本的生意不能做！」

唯鐵錚錚的男子敢於下手去干犯這項禁忌。

4 那一代的俠骨情腸

二〇一七年十月，我因探視一位一百零二歲的長輩而去南京。鹽城師大的校長方忠聞訊便邀我去鹽城演講，我立刻答應了，一方面因為方校長是舊識，二方面因為鹽城本身。鹽城是陽明大學（我所執教的大學）首任校長韓偉的故鄉，也是郝柏村和蔡文甫的故鄉。就大陸人而言，南京和鹽城「很近」，事實上卻要四小時的專車車程。我演講完便「理直氣壯」請他們送我到鹽城的建湖中學去一趟，那所蔡文甫先生因戰亂只讀了三十九天的學校。

學校比從前大，學生也比從前多，教室當然也擴建了不少。優秀學生的照片公布在佈告欄裡，其中當然沒有蔡文甫先生的。對這個學校而言，蔡先生是「從前、從前、在很久以前的從前，在你爺爺的爸爸的年代，有位蔡同學，曾在這裡讀書，只讀了三十九天，他就走了。走了，走到翻過山越過海的很遠很遠的地方。他用跟我們不同的方式，做了很多很多對國家、民族和歷史很有意義的事……」

天急急地暗了下來，畢竟已經是時至白露的深秋了，何況我是下午演講完了才匆匆趕過來的，路上又花了一個半小時。

可是，就在這將黑未黑的時分，學校的校長出現了。有人去通風報信，說有蔡文甫的朋友從海外來，他很快又把前兩任校長也一起找了來。於是三位校長七嘴八舌形容他們的學校，和他們的「榮譽校友」（這四個字是經我揣摩而按加的）。

「蔡先生還送了他出版的全部的書給學校，讓同學可以讀……」

「都放在我們圖書館裡呢！」

「蔡家很大，還有人在我們學校，澤字輩的人很多呢！」

我想起蔡先生在南京的姪兒蔡澤斌，他到旅館來看我，十分客氣。他是很誠懇的企業家，我一看到他的名字就為之動容。在臺灣，蔡文甫先生家的三位千金也都和這位堂兄弟一樣是以「澤」為名的。這種排行式的取名方法今人多不奉行了，但十分便於認祖歸宗。

我們趕回南京之前必須要先到一處名叫「老鹽河」的公路車站吃飯（否則司機會受不了），所以，也就依依道別了。

我「替」我的朋友回了一趟老家，也替我的已故世的陽明校長回了一趟老家。我又替他們吃了一頓老家的飯，車站的飯菜又便宜又大碗，米也柔韌耐嚼。

我原以為「鹽城」的「鹽」字是個形容詞，不料竟是名詞，原來鹽城真出鹽。鹽城縣城距黃海五十公里，我覺得不算十分濱海，應該出不了鹽。不料，這個地方居然是個有滋有味的鹽城。和江南相比，江北是天惠較少的苦地方，是橘子變成酸枳的地方，卻也是地靈人傑的地方！

回到臺北，我把一包來自鹽城的，名叫「大地之禾」的十公斤的米轉贈給蔡文甫先生。

不知為什麼，去了一趟鹽城，去了建湖（原名建陽），去了馬廠村，去了建湖中學，去了「老鹽河」，並且揹回一包大米，讓我覺得我和我的朋友一起度過了半場童年。在街上村童的嬉戲中了解了一部分的蔡先生，體會到漠漠華北平原上的素樸農村中走出來的書生，了解那一代俠骨情腸如何生成……

5 但願

啊！但願天長，但願地久，但願故鄉鹽城長久，但願澤字輩的臺北故鄉長久，但願九歌長久，但願文學長久。

註一：一九九九年，某報社舉辦「臺灣文學經典三十」，姜貴的《旋風》入選。會場中，曉風以為徒作研討而不能讀原典，對年輕讀者而言，殊為可惜。蔡文甫先生聞之深然其言，遂決意印《旋風》及《碧海青天夜夜心》兩書，原以為讀者不多，不意前者至今印了一萬三千本，後者八千二百一十本。

作者簡介

張曉風

一九四一年生，原籍江蘇省銅山縣（徐州）。筆名曉風、桑科、可叵，東吳大學中文系畢業。曾任教東吳大學、陽明大學。

二十五歲出版第一本散文集《地毯的那一端》，獲中山文藝散文獎，為至今得獎人中最年輕的一位。另獲國家文藝獎、吳三連文學獎等，並獲選十大傑出女青年。

寫作版圖以散文創作為主，亦旁及劇本、雜文、論述、童書、評述、小說和詩作。著有散文集《地毯的那一端》、《你還沒有愛過》、《再生緣》、《我在》、《從你美麗的流域》、《玉想》、《我知道你是誰》、《星星都已經到齊了》、《曉風戲劇集》、《送你一個字》。三度主編《中華現代文學大系》散文卷、《小說教室》等。

一九七八年，九歌創業，張曉風出版《步下紅毯之後》，二〇一七年三月推出全新作品《花樹下，我還可以再站一會兒》。

像一股清流，似縷縷清風

楊小雲

華副＝蔡文甫
蔡文甫＝九歌
九歌＝好書
好書＝暢銷

在那個書市蓬勃，出版業火熱的年代，上面這樣的聯想，確實是成立的。

七零年代在文藝圈曾出現過這樣的順口溜：文稿投聯副，出書找九歌。

其實，早年九歌出版的書，絕大部分並不是作者主動找來，而是被九歌找來的。也就是說，是被蔡主編相中，強烈邀約，集結成書的。對於品閱文章，蔡主編自有其獨到慧眼與敏銳，每當發現具潛力新人，莫不予以鼓勵；看到好文章，總不忘給予鼓勵，若有不足之處，從來不吝指教，言詞犀利，一針見血，每每令人招架不住而萌生退意。或許由於蔡主編本身是小說家，因而他對小說的要求特別嚴厲，舉凡人物、情節、高潮，乃至於場景的轉換、內心的描繪，個性的凸顯、人性的曲幽……都有其獨到的見地。若是他認為不理想，拿回去重寫，是常有的事。我便曾擲稿長嘆，忿怒地自語：算了！不寫了！然後將稿子扔進抽屜。當第一波因自尊引發的怒氣漸消後，當腦裡廻盪起蔡主編提出的建言時，心便平和下來，然後，坐下重讀、重寫。對這樣的指正、否定，不是每位文字工作者都能接受的，拂袖而去、忿怒、不以為然是常有的事，少數願意放下不必要的堅持，虛心接受的文友，都和我一樣，獲益良多。

除了對新人的諄諄教誨之外，蔡主編對資深作家則是恭敬周到加禮遇，為了邀稿，不惜三顧茅廬，越洋電話連環扣，三不五時便邀約小聚，把酒言歡杯觥交錯間慢慢培養感情。文學大師梁實秋先生，早年剛喪偶帶著一身疲憊回國，蔡主編親自至機場接他，不時前往探望，陪同用餐，後來梁大師迎娶韓菁清女士，這樣兩個完全不同領域的人成婚，令人錯愕，許多人不諒解，蔡主編力排眾議，堅認再婚對梁大師是好的，果然，一個嚴謹、保守讀書人內在的童心被開發，婚後的梁大師不僅人變得活力充沛，創作力更大爆發，文字也顯得輕盈活潑，各大報副刊爭相以高稿酬力邀，蔡主編依舊不疾不徐地定時請他們夫婦吃飯、問候，當時受邀作陪的有朱白水老師，我有幸曾忝為末座。

許是有這樣一份感情，梁大師的文章不時出現在華副，而他的文稿則一律交由九歌出版。從《白貓王子及其他》開始，一連出版了十一本書。

蔡主編個性急、講話快，做事效率高，要求也高，要跟上他的腳步，不容易，唯獨對邀稿、邀書這兩件事，絕對有耐心，更有著過人的毅力，一旦他想到要出誰的書，必定卯足了勁全力以赴，許多被視為不可能的事，在他運籌帷幄下，都成為了可能，其中最具代表性的兩位，一是王大空，一是張繼高。這兩位在當時都是名嘴，出口成章，字字珠璣，王大空任職中廣，自認以口為生，從未發表過文章，蔡主編慧眼獨具，力邀他將精妙的話語轉化成文字，在華副開專欄，促使他按時交稿，逼稿成篇，於是，一篇篇幽默詼諧的散文出現了，一個文壇新人誕生了，一本《笨鳥慢飛》出版了！王大空這個名字，不再只是廣播人，而是作家，暢銷作家。

另一位張繼高的故事就更精彩，也更能見證蔡主編過人的意志和他愛書成癡的心性。

張繼高對古典音樂、藝術、美學都有極深的涵養，常以吳心柳筆名發表許多專業性文章，並首開先例，引進國際性樂團來臺演出，既是文字工作者，又是藝文界巨擘，自是有出版社向他求書，但總遭婉拒，理由是，為了秉持他個人的三大堅持：不教書、不演講、不出書。蔡主編當然知道，可他一點沒被嚇退，反而激發他化不可能為可能的決心，他覺得像張繼高的文章若不集結成書太可惜，太對不起廣大讀者了，於是，在王大空介紹下，蔡主編和張繼高見了面並誠懇約稿，唯張繼高總說忙，久久不見文稿，送一堆軟釘子過來，蔡主編全然不以為意，依然不時致電邀稿，不時邀約吃飯聯絡感情，就這樣，磨了三年，兩人變成無話不談的朋友，一天張繼高對蔡主編說：「我沒有剪報的習慣，文章散落各處，根本沒法集結成書的。」意下是關於出書的事，你就別再費心了，哪知蔡主編聽得大喜，立馬從他公事包裡拿出個大紙袋說：「我這保存了你所有的文章！」一年後，張繼高的第一本散文《必須贏的人》問世。

多年後，張繼高在敘述那段場景時，語氣雖平緩，卻不經意地流露出當時的震撼及對蔡主編用心良苦的敬意。

七零到九零年代，出版業繁榮，也是九歌璀璨的黃金年代，每個月都出新書，每本書出版兩星期必定再版，三千本是基本，兩三萬本的不在少數，十萬本更是屢見不鮮，當時杏林子就曾開玩笑說：「印書好像印鈔票、領版稅領到手軟。」如今聽起來像神話呢！

現今讀書的人變成小眾，出版業也風華不再，但令人欣慰的是九歌依然屹立不搖，依然定時出書，依然保有起初的熱情，秉持當年創立時的理念，找好書，出好書，服務讀者，回饋社會，像一股清流，似縷縷清風，盤旋縈繞在天際。

祝九歌生日快樂！

作者簡介

楊小雲

筆調溫柔敦厚，委婉細緻，創作多元，有小說、抒情散文、兒童文學等多種風格的創作。創作量驚人，出版作品多達五十幾本。她的小說細膩、感人，曾多次搬上螢幕改編為電視劇，感動無數觀眾的心。

曾榮登金石堂書店年度十大暢銷女作家。曾於中華日報、自立晚報……撰寫專欄多年。作品曾獲「中山文藝獎」、「中興文藝小說獎」的肯定。著有小說《水手之妻》、散文《愛戀中妳的男人常犯的錯誤》、《人緣・情緣》等。

早在九歌創業初期，楊小雲的作品即在九歌及關係企業健行文化出版。小說《水手之妻》風行四方，小品文《每天給自己一個希望》系列，則是本本榮登暢銷排行榜。

悠遊的水域

吳敏顯

吳心楷／攝影

有一條蜿蜒流動的溪河，四十年來提供了文學愛好者和寫作者非常寬闊的水域。

在華文文學國度裡，九歌真是條大河。許多作家在那兒出書，同時翻譯了不少國外名家著作。使水域裡不時出現噸位龐大的艨艟巨艦，出現浪漫豪華的遊輪，還有飛快行馳的快艇穿梭，更不乏人力撐槳划行的小船遊逛。

曾經想像自己是一艘載甘蔗、載河沙、載稻米青菜，偶爾出租讓人在端午競渡的駁仔船；曾經想像自己是用三塊板釘製的舢舨仔，堆疊幾隻竹編的魚笱，自由自在地沿著水岸邊定置誘捕魚蝦螃蟹。更多時候，自覺只是隻比腳盆略大的鴨母船，四處撒開手抮網或暫泊淺水處摸些蛤蜊。

反正不管船大船小，重要的是能夠想像自己成為水域中的一員。

數十年來面對大片開闊的水域，我這個鄉下人仍保持舊有習慣，把它當作年輕時流連徜徉的溪河，不時漂浮於碧波之間。於是我看到張曉風，看到余光中，看到張秀亞，看到琦君，看到了司馬中原，看到了周芬伶，看到了龔鵬程……。然後又遇見廖玉蕙、林文義、向陽、邱坤良、阿盛、周志文、蕭蕭、吳明益……，以及遠到的張賢亮、阿來、劉震雲、北島。

其間曾有幾個洋人朝我探頭過來，當中以聶魯達、海明威、萊辛、愛特伍幾位比較容易親近；至於喬伊斯，確實難纏。人都有其個性，作家更是如此。我們不得不承認，很多時候作品寫得越古怪，越讓人莫測高深，越是別具魅力。

至於《雙面葛蕾斯》、《女祭司》、《盲眼劍客》、《末世男女》、《瘋狂亞當》，以及《從月亮來的男孩》、《同名之人》、《理想丈夫》、《浮世畸零人》，同樣搶在接生他們的作家前頭，擠到我眼前。有笑瞇瞇找話題攀談拉關係的，有死纏活賴巴住我不放的，有橫眉豎眼要我攤牌的。

我說我記性已經不太管用，讀得再多肯定消化不良。他們依舊蠻橫，認定我學那詐騙集團盡找藉口。拉扯結果，我只能豎起白旗，連到醫院進行肩頸部復健，到各機關會議廳或法庭旁聽，都由他們陪同。如果不這麼安排，他們便利用機會盜取我的睡眠，甚至搶奪其他工作時間。

另外，每當我讀到九歌年度選集，總要把它與宜蘭平原曾經有過的「彩船遊河」熱鬧情景合著聯想。在電視機尚未出現的年代，宜蘭河端午節賽龍舟，還會由民間集資舉辦「彩船遊河」活動。活動展開時，人們先將兩艘駁仔船並排綁在一塊兒，上面搭木板平臺讓戲班做為表演舞臺，平臺四個角落豎竹竿搭起棚架遮陽遮雨。早年沒塑膠布可用，即割來茅草夾成草屏，一片接一片覆蓋棚頂。然後繫上各色汽球，以及花布剪裁的彩帶和結紮纏繞的彩球做為裝飾，使這種類似鄉間茅屋的活動彩船，比地面上搭建的戲棚要華麗千百倍。能獲邀上彩船表演的戲班莫不引以為榮，傾全力演出。

彩船遊河熱鬧的不僅整條河道，不僅河兩岸，連沿河流域的村莊都像大拜拜趕廟會，像有錢人家辦嫁娶那樣熱鬧滾滾，每個人胸腔皆伴隨鑼鼓和歌聲起伏彈跳。扶老攜幼帶著飯糰、粽子，在太陽下或雨絲中走很長一段路，全為了觀看戲班那些小生阿旦和小丑，究竟憑什麼本事在腳底漂浮晃動的船板上扮演薛平貴與王寶釧，扮演孫悟空與牛魔王？心地良善的叔嬸們，甚至擔心王寶釧的繡球萬一拋到河裡，豈不是逼迫薛平貴去當水鬼仔王。

我這個站在岸上拍手鼓掌的觀眾，大概從七十四年開始，偶爾也獲邀上彩船客串一下，零星幾篇散文、小說被選入年度選。算是過過癮，換個角度看風景。

寫作朋友徐惠隆，就是懷裡揣著飯糰、粽子跟著彩船跑的忠實觀眾。他從七十年散文選出版開始，年年購置，一本不缺，後來兼及小說選。不久前卻發現，散文選當中竟然少了九十三年那本，即四處搜尋，最後總算從九歌回頭書裡買到。

大概喜好寫作的朋友都不會放過九歌年度選，儘管年度選選錄文稿很難擺脫單一編選者個人偏好，卻還是能夠從中讀到某些文壇前輩和同好在過去一年寫了些什麼，同時看到有哪些教人一新耳目的新秀冒出來。

我加入九歌文庫出書行列，是近幾年的事。彷彿應驗了自己某篇散文標題——等到民國一百年。從一〇一年的散文集《我的平原》，一〇三年小說集《三角潭的水鬼》，一〇四年散文集《山海都到面前來》，到新近出版的散文集《尋找或遺忘》。在九歌出書晚，但得識九歌創辦人蔡文甫先生，則在九歌創辦之前，蔡先生主編《中華日報．副刊》的年代。

我這個宜蘭鄉下人寫作迄今將近一甲子，大部分時間投入散文寫作，它是我喜歡書寫的文類也是報刊相當歡迎的文類。因此投寄《中華副刊》稿件大多蒙蔡先生錄用，偶爾還會接到他為某個專題規畫的邀約信函。有些文稿刊出後，往往再被選入《中華日報》及其他出版社編選的文集。正因為有蔡先生和幾位報刊主編如此加油打氣，才讓我持續寫下更多散文，陸續由爾雅出版了《青草地》，在漢藝色研出版《與河對話》，宜蘭縣文化局出版了《逃匿者的天空》等書。

自己這輩子從事的工作，先在軍中出版社主編文藝叢書，接著教了兩三年書，又回到報紙編輯和新聞採訪工作。工作期間難得有假期，寫作不免斷斷續續，大多屬斷簡殘篇。

期間有三篇陸續發表於《聯合副刊》的散文：〈此時彼時〉、〈禁忌與陶甕〉、〈碎銀〉，在七十八年被選入《中華現代文學大系》。九歌送給每位作者整套包括詩、散文、小說、戲劇、評論等十五冊精裝本，隨即和隱地給我的幾十本爾雅叢書，瘂弦送我的一大箱洪範版文學叢書，變成了我每天出門採訪或休假四處旅行時，隨身背包裡輪值的說書人。反正這些說書人隨我搭乘國內外客運與航班，因為不占座位並無須購票。

這些說書人，個個盡忠職守。指定誰朗誦詩篇，他就朗誦；我找誰對談，他就專心應對。說的若是一齣戲，除了陰陽頓挫嬌柔粗野的腔調，連舉手投足皆不曾馬虎。他們個個明白，我最喜歡被巴結的關鍵是，必須說些我不曾聽過的故事。

歷經歲月淘洗磨合，河面上來來往往的船艇和大多數的說書人，全是我一輩子的良師益友，彼此不再大眼瞪小眼。近二、三十年來，有不少且變成我孩子和孫子的友伴，他們與那些年輕人一起，比跟著我還親密哩！

作者簡介

吳敏顯

曾任高中教師、報刊編輯及記者。著有小說集《沒鼻牛》、《坐罐仔的人》，散文集《青草地》、《與河對話》、《逃匿者的天空》、《老宜蘭的腳印》、《老宜蘭的版圖》、《宜蘭河的故事》等。

作品獲選入：國中選修國文教師手冊、臺灣北區五專聯招試題、中正大學語文研究所試題，及《聯副三十年文學大系》、《中國現代文學年選》、《中華現代文學大系》、《臺灣當代散文精選》、《臺灣藝術散文選》等。

二〇一二年起，吳敏顯陸續在九歌出版小說集《三角潭的水鬼》，散文集《我的平原》、《山海都到面前來》。

九歌書香代代傳

高天恩

幾個四年前上過我的「大一英文」的小女生今夏畢業，今晚聯袂來看「恩師」。印傭做了一桌菜，我開了兩瓶紅酒，她們居然還嫌不夠。Sydney 笑說：「老師你好像有心事喔，酒喝得好節制！」我嘆口氣：「等你們走了我還得開夜車趕稿啊，九歌已經絕命連環叩了——唉，說了你們也不懂，知道什麼九歌啊！」話聲未落，坐我對面的 Joy 便抗議：「不就是九歌出版社嗎！怎麼會不知道！」我反詰：「你們知道蔡文甫嗎？陳素芳？」她們一臉茫然，突然，坐我旁邊的慶文說：「我們都讀過《傷心咖啡店之歌》啊，還小組討論過耶。」Joy 也接腔：「朱少麟啦！以前金石堂一整櫃都是九歌文庫，我政治系一位要好的學姊要我一定得把《燕子》看完……」Sydney 又說：「我媽也是九歌的粉絲，從前還買九歌兒童文學給我……」最後，Nix 的一句話，「我們世世代代都是九歌養大的啦」，有點震撼到我了。真沒想到！真沒想到！我的文章題目有了！「九歌養大的世世代代的孩子」！看著眼前這幾張小臉蛋，平均二十三歲吧？Sydney 強調她媽媽還不滿五十：兩代九歌文青。我今年七十，不也是喝過九歌許多乳水長大的「老文青」?!

送走了學生，坐在書桌前油然憶起當年翻閱余光中先生主編的九歌版《中華現代文學大系》時的渴切心情——那時我才四十歲吧？書櫃裡除了許多本余先生在九歌出的各種詩集、散文、評論和譯作之外，還珍藏著恩師朱炎在九歌出版的全部著作，從《酸棗子》、《繁星是夜的眼睛》到《情繫文心》、《追求成長的十堂課》。真的！我的兩位恩師怎麼都是九歌的作者?!噢，還不止此，連我的老娘也是！

永難忘懷一九九六年初春九歌為家母蕭曼青的自傳《像我這樣的母親》在濟南路臺大校友會館

舉辦的那場新書發表會。朱炎老師在序言一開頭便說：「某日向晚時分，高天恩教授來訪，談到他母親正在寫自傳，看我能不能找九歌考慮出版；聽他這樣說，不由得我心頭一震，不知道怎麼樣回答是好。」我的請求令他非常為難。而且，收到初稿後「我久久沒有心情也沒有餘暇細讀；內子卻抱著它一會兒飯廳一會兒臥室地讀得入了迷，甚至好幾次邊看邊流淚，煞受感動。我的每篇文章，內子恆是第一個讀者和批評者；她對這部自傳稿的反應，鼓勵我把心一橫，將它寄給蔡文甫先生。出人意表的是：他竟表示樂意把它出版。」

那時蔡先生跟我素昧平生，更不知出身寒微、年近八十的蕭曼青是何許人。他怎麼會不但要出書，還舉辦了如此盛大的新書發表會?!至今回憶起來仍覺得感動而難以置信。只記得冠蓋雲集，花團錦簇，座無虛席。齊邦媛、朱炎、余玉照等學者專家說了許多鼓勵的話。尤其時任聯合報副總編輯的痖弦先生更是以河南鄉音朗讀了兩頁〈母親由家鄉來〉那篇記述戰亂歲月家族親情的文字。許多作家也都到場了。記得此後若干年有兩三次在不同的場合遇見廖輝英女士，她的第一句話總是：「你母親好嗎？」一向令我覺得他「理性大於感性」的文學評論家李瑞騰教授事後也告訴我：「你母親的書賺了我不少眼淚，害我用掉不少衛生紙。」這一切都該感謝蔡先生的「知遇之恩」啊！據素芳總編輯表示，當初的確是蔡先生先讀完初稿，「由他親自拍板定案，才交給我看稿，把部分重複的地方刪修，及文字校訂」。當初蔡先生不怕賠錢，出版此書；不過也不能完全不顧銷路吧，所以九歌建議把母親原本酷似「反共文藝」的書名《疾風勁草》改為《像我這樣的母親》，迎接一九九六年的母親節。這本書在九歌健行文化再版多次，前年又透過九歌在大陸江蘇鳳凰出版社出了簡體字版。大陸留美作家張西女士讀完此書深受感動，已徵得家母同意，希望把它改寫成電影腳本，而且也在她自己的楓香書局將該書以《一位抗戰女兵的自述》在美國出版。

回想起來，我個人的身分——九歌讀者，九歌作者的兒子——之外，後來還漸漸進化為評審、董事，甚至董事長，真的不可思議。追溯到一九八七年梁實秋先生逝世後，次年即由余光中和蔡文甫兩位先生合力創辦了梁實秋文學獎，分散文與翻譯兩大項，今年已經第三十屆。記得當年中華日報財務困難，無以為繼，蔡先生不忍梁實秋文學獎中斷，從第二十一屆起，由二〇〇八至二〇一二年慨然由九歌文教基金會接辦。個人承余先生抬愛，一連參加了十幾屆的梁實秋翻譯獎的評審工作，也因此一連五年有機會到八德路三段的九歌「總部」報到。每次彷彿由素芳總編輯迎接還不夠，蔡先生一定親自由樓上下來，笑瞇瞇地以濃重的江蘇鄉音招呼余先生在客廳聊天奉茶，再親自把三位「評審」送到那間牆上掛有一張老虎的國畫，還有梁實秋親筆對聯的小房間，噓寒問暖之後才放我們開始一天漫長的評審工作。午餐時他又來致意，晚餐還特別叮嚀素芳陪我們上館子。有一回中午叫便當，素芳發覺有個素便當，就拿給我。單德興說素便當是他的，素芳這才大笑：「對啊！老師一向不都是又酒又肉的?!」慚愧啊，德興跟我同為佛教徒……。

二〇一一年十二月底，恩師朱炎病逝於臺大醫院，次年春天我便糊里糊塗補了他的缺，當上九歌文教基金會董事。一直不懂事，沒想到不但當了董事，還又糊里糊塗被蔡先生任命當了董事長。老先生看我表情不安，就笑瞇瞇拍我肩膀：「你什麼都不需要做，每年頒一次少兒文學獎，講幾句話就好。」此外，就是每年九歌的尾牙，坐主桌，有點「如坐針氈」。好像就是幾天前似的，蔡家三千金笑盈盈到主桌敬酒，宣布今年是她們敬愛的父親的八八華誕，米壽！坐在壽星旁邊的余光中先生微微一笑：「我還須再等兩年。」一轉眼，許多弟子們目前正在緊鑼密鼓寫論文要為余先生慶祝九十大壽了。所以，蔡先生今年高齡九十二嘍?!我該如何道賀？如何祝福？在臺北市承德路四段，一處藏傳佛教的道場，滿牆都是上百尊小小的佛像，每尊小佛像下面都貼著祈求長壽健康的姓名。兩年前開始，余光中、蔡文甫，這兩個姓名也各自擁有一尊小小小的佛像，祝福著他們繼續為文學的創作與出版發光發熱！

作者簡介

高天恩

曾任臺大外文系教授兼系主任、臺大視聽館主任、臺大聯絡中心主任、財團法人語言訓練測驗中心主任、世新大學英語系客座教授、美國加州大學柏克萊分校、紐約哥倫比亞大學、麻州哈佛大學訪問學者、中華民國筆會祕書長、英文季刊主編。現任財團法人言語訓練測驗中心董事、趙麗蓮教授文教基金會董事、英千里教授獎學金基金會董事、中華民國筆會理事。

二〇一二年，高天恩繼朱炎之後，擔任九歌文教基金會董事長，現為基金會董事。

一千七百五十四頁

慷慨

黃國彬

但丁《神曲》拙譯，於二〇〇三年由九歌出版社出版，至今已有十四年。十四年後回顧，仍沒有忘記九歌創辦人蔡文甫先生的慷慨。

拙譯分三冊。第一冊《地獄篇》，六百五十四頁；第二冊《煉獄篇》，五百四十二頁；第三冊《天堂篇》，五百五十八頁；全書共一千七百五十四頁。耗費這麼多紙張的三冊翻譯，在文學書籍不受歡迎的今天能順利出版，是譯者的幸運。

如果出版社不是九歌，跟我接觸的是其他出版社的老闆，無論在臺灣、香港還是大陸，電話中都可能有以下一段對話：

「黃兄，你花了這麼多年的時間，終於完成這項工作，可喜可賀。」××出版社的老闆先說客氣話。

「謝謝。」

「不過，不好意思。我們當初答應出版你的《神曲》漢譯時，沒有想到有這樣的情形出現……」

「你的意思是？」

「我們的排版部把你寄來的磁碟排版後，加上插圖，發覺需要一千七百五十四頁的篇幅。在文學書籍滯銷的今日，超過三百頁的著譯已經不容易找讀者了。因此我們有一個折衷辦法。」

「什麼折衷辦法呢？」我感到有點不妙。

「但丁是世界級詩人，待遇當然跟一般作家不同了。我們願意給他五百頁。就請你把譯稿刪減到五百頁以內吧。」

「五百頁以內？」

在電話線的另一端，出版社老闆彷彿看得見我臉有難色，就接著說：「八百頁吧。怎麼樣？八百頁的書，很夠體面了。對不對？你到任何一家書店的文學書籍部看看，就知道厚達八百頁的書有多少。」

「……」

老闆見我一時沒有回應，知道我在猶豫。於是補充說：「一千頁吧。這是最高的上限了。是一千頁，不是五百頁、八百頁、九百頁啊！」老闆說語助詞「啊」字的時候，在語調中增添了言外之意：「給你一千頁，也應該知足啦！」

上述對話沒有在現實世界發生，因為答應出版拙譯的是九歌的蔡先生，結果我無須跟其他出版社的老闆「討價還價」：以臉上的難色從五百頁爭取到八百頁，再以猶豫從八百頁爭取到一千頁。其實，對話中的出版社老闆，給我一千頁的篇幅，已經十分難得了。在影音娛樂稱霸天下的今日，厚達一千頁的書隨時會叫出版社蒙受慘重的損失。但是，即使想像對話中的出版社老闆夠慷慨，冒著虧本的危險給我一千頁的篇幅，我的《神曲》漢譯仍然見不了天日。

蔡先生比想像對話中的出版社老闆慷慨，沒有給我的譯稿設篇幅上限，一千七百五十四頁的《神曲》拙譯方能跟讀者見面。在此，我要再次向蔡先生和九歌出版社致謝，也感謝總編輯陳素芳小姐、責任編輯何靜婷小姐以及參與拙譯校排工作的九歌同事勞力、勞心。

新加坡面積七百一十九．一平方公里，約等於香港面積的百分之七十。這樣的一個小國，管治較易，主政者不會有管治大國的種種煩惱。但是有利必有弊：由於新加坡幅員小，本國的領空不夠廣闊，飛機一離開跑道開始爬升，幾乎馬上就進入國際——甚至鄰國——領空。本國沒有足夠的空域，要訓練飛行員就困難重重——或者應該說，要訓練飛行員根本不可能。因此，新加坡的飛行員都要到友邦（如臺灣）受訓。

在文學世界，作者和譯者也是飛行員，駕駛的是大小不同、航速互異的飛機。九歌出版社的空域，絕非新加坡空域；九歌出版社的空域，是一去無邊的浩藍。

作者簡介

黃國彬

香港人文學院院士，香港中文大學和聲書院特邀委員，香港翻譯學會榮譽會士；曾任嶺南大學翻譯系韋基球講座教授兼主任，香港中文大學翻譯系講座教授、研究教授兼主任，香港中文大學文學院副院長（研究），香港中文大學人文學科研究所所長。

黃國彬的詩和散文，多年來為香港校際朗誦節的朗誦材料；詩作和散文多篇，列入香港中學會考中國語文科課程；已出版詩集、詩劇、散文集、翻譯、文學評論集、翻譯研究論文集等四十餘種。

黃國彬曾在義大利翡冷翠大學進修義大利文，並研究但丁。二〇〇三年，九歌出版他由義大利文原著直譯的《神曲》，也是華文世界首部三韻體的中文全譯本。

九歌，離文學心靈最近的出版社

蕭蕭

有「九歌」，臺灣是幸福的。有「九歌」，我則是幸福的臺灣人中最幸福的那一個。

「九歌」是離我家最近的一家文學出版社，隔著一條鐵道（後來改建為市民大道），九歌在道之北，我在道之南，九歌臨八德，我倚敦化，九歌成立於一九七八年，一九八〇年我住進復旦橋邊，與她為鄰，至今相伴三十八年。作為一個讀者，我可以就近先讀為快；作為一個作者，我可以快速取得校樣，完成校稿，在同一批出版的書籍中搶得最先上機印刷的機會，雖然這無關乎銷售成績，卻有一種天朗氣爽的喜悅。

與「九歌」結緣，是因為我喜歡閱讀散文，散文是九歌出版的最大宗，文學閱讀的入門階。我所崇敬的散文名家有四位：余光中、張曉風、林清玄、簡媜，只要是他們出版的散文集，我幾乎都購置，從不缺漏，這四家中有三家的散文集，都在九歌發行，永遠在我的視野裡。尤其是我趕上林清玄菩提系列出版前後的盛世，幾乎是追蹤著系列編號在問詢何時付梓，一般的散文家都具有對世間眾生的悲憫情懷，林清玄卻是最早馳騁他對宇宙時空的無窮玄思，一般的散文都能淋漓於散文的至情、至性、至美，完整追索文學裡的人間性，林清玄卻是勇於探索生命內在深層的哲理與感悟，以淺淺的、淡淡的、甜甜的語言與故事，傳遞生命的訊息。林清玄所造成的散文高峰，應該也是九歌屹立於文學出版界的重要樑柱之一。

相對於林清玄的「玄」風，余光中從中華文化與西洋文學熔鑄出時而厚重時而輕巧的逍遙之行，張曉風在儒家文明與基督文化薰陶下的勁健筆力，其實也在九歌的散文陣容裡立下堅固的基石。在我所尊崇的散文四大家裡，獨缺簡媜之作未在九歌發行，好像代表本土成長、邊陲鄉野聲音，未能成為九歌散文的重要喉嚨，其實又未必如此。一九八〇年代，由林錫嘉所倡議的年度散文選即由九歌所開創，林錫嘉所組成的編委，包括了陳幸蕙、簡媜與我，我們的編輯成果或許可以補足「生活散文」那一片待補的天。

這樣的敘說不在於單純陳述我與「九歌」所結的散文緣，更見證九歌所開創的散文天地寬廣，伸展出巍巍四大路向，從走過五四時代的琦君、張秀亞、思果、梁實秋，到余光中、張曉風，及其以降的林清玄、陳幸蕙、廖玉蕙諸家。

託「九歌」的福，我第一本在九歌出版的散文集《太陽神的女兒》，即獲得一九八五年的金鼎獎（文學創作類優良圖書獎），應該不是僥倖，而是九歌散文優質出版所形成的旋風所揚起的能量，托起了太陽神與《太陽神的女兒》。

「九歌」，豈僅是離我家最近的一家文學出版社，她更是離文學心靈最近的出版社。

「九歌」的創辦人蔡文甫先生是小說家，又寫又編又出版，從《中華日報》、香港、中國大陸、西洋來的優異小說，逐一出現在我們的眼前，對於小說，我沒有特別的品味，信賴蔡先生的推薦而已，因此看見許多「閃亮的生命」！一九八八年蔡先生另外接手健行出版社，而且身體力行「健行」兩個字，十多年的歲月裡我繞行國父紀念館的早課中，總會發現蔡先生瘦削的身影，手上轉滾著兩顆鐵珠，急急行走在國父紀念館園，或者，我剛出門他已返回的街道中，錯身時他總要問起生活近事（因為是鄰居）、教學狀況（蔡先生也曾是國文老師）、寫作成績（我總是在及格邊緣掙扎），慰勉、鼓勵有之。健行，是繫連我和九歌情緣的一條有力手鍊，我將繼續健行。

詩歌的愛好者，會覺得「九歌」在詩歌的出版上缺少了一些什麼，其實，九歌曾以個人出版社財力，長期支持《藍星詩刊》出版與發行，一九九五年還主動邀請張默先生與我，編纂《新詩三百首》，編輯費、轉載費、印刷費，花費龐大，不但旋起兩岸三地大部頭詩選的編輯與出版工作，影響大學現代詩的教學選材，二十多年來幾度增編、再版，直至二〇一七年，華文新詩百年寫作紀念，再增額、整編為《新詩三百首百年新編》三巨冊，以時序分五四時期、域外篇為一冊、臺灣篇兩冊，遂成為華文新詩世紀之選，從一九一七到二〇一七年，縱橫新文學一百年，收錄詩人更橫跨臺灣、大陸、港澳、東南亞、美加各地，並依入選詩人的出生年別編排，每家詩後附作者精簡小傳，及編者對詩人中肯之鑑評，入選詩作清明有味，雅俗共賞，歷久彌新，可以為海內外廣大華文讀者所共享。可以看見新詩如何脫離文言文，發展新樣貌，蓄積影響新文學百年的能量；可以見證中文、日文、臺語跨越艱難的世代賴和、張我軍、追風，到紀弦「橫的移植」的衝撞下，臺灣新詩風起雲湧的年代；可以分享包含大陸、美加、菲律賓、泰國、馬來西亞、新加坡諸國，涵蓋全球華文新詩出現的山海天地，呈現遍地開花的豐美景象。

這是「九歌」交付給張默先生與我的新詩使命，我們在蔡文甫先生與陳素芳女士的協助下，盡量貼近九歌出版的理想，讓新詩在九歌的文學版圖上也有跟散文、小說一樣的光芒，讓「九歌」完整成為離文學心靈最近的出版社。

二〇一七年十二月寫於離「九歌」最近的地方

作者簡介

蕭蕭

本名蕭水順，先人來自漳州，出生於彰化，現為明道大學特聘講座教授，臺灣詩學季刊社同仁。一生為詩與詩學、彰化與彰化學，為散文的寫作與教學而奮鬥不懈，自一九七六至二〇〇七三十年間，寫作詩集《天風落款的地方》、《蕭蕭截句》等十八冊，散文《快樂工程》等三十一冊，評論《空間新詩學》、《創作新詩學》等二十八冊，編輯之書《新詩三百首百年新編》等七十六冊。年過七十，優游在讀書與寫書的樂趣裡。

除了詩、散文陸續在九歌出版外，一九九五年蕭蕭與張默一起編纂《新詩三百首上、下冊》，二〇一七年新文學百年，更擴編《新詩三百首百年新編》三巨冊。

文人和出版社的情誼比婚姻長

廖輝英

寫這標題有點不倫不類，這是因為今天剛巧看報，好來塢號稱影壇模範夫妻的班史提勒夫婦終於宣佈離婚，他們生有一兒一女，兩人事業也結合在一起；三年前，班史提勒罹患前列腺癌，妻子還陪他走過辛苦的治療過程，想不到最後還是分手下場。這讓很多網友對愛情夢碎，不過也有人認為十七年已夠長，不算惡緣。其實，婚姻專家認為夫妻會離婚，主要原因是因失去耐性。不想再忍耐對方的惡習或婚姻的單調無聊。

我想：每天在一起的壓力，對侵略性較小的那個人會很受不了，尤其如果還必須做很多事的話，那就更難忍受。

和九歌初結緣

而出版社與作家，比較像親子關係，前者幫後者出書，從前書市大好，還有人看書的「美好時代」，不賺錢的書應該很少，至少很容易拿回本錢，所以作家拿到版稅的次數和時間都比較多和長；相對的，出版社賺的錢也多。彼此和樂。

九歌即將歡慶創業四十年，我和九歌的合作關係大約是在一九八三年吧，大約剛過或將過三十五歲，那是我八二年〈油蔴菜籽〉得到第五屆時報文學獎短篇小說首獎那年和次年〈不歸路〉得到第八屆聯合報中篇小說獎前後的事。當時蔡文甫先生在《中華日報》副刊當主編，那是下午才上班的事；他自己的九歌出版社則是上午工作，兩者工作雖不太相似，但與作家聯繫倒是相同而且相輔相成的。

初見面，蔡先生帶了我兩個學妹一起來，一個是華副的編輯應平書（後來升任華副主編），另一位是後來與我工作一直非常密切的九歌總編輯陳素芳，都是臺大中文系，可因為差三、四屆的關係，我都不認識她們。記得當時談的是邀請我在華副連載一個長篇。老實說，我雖是從初二寫到大學畢業那年的標準文藝青年，而且還剛拿兩個大獎；但老實說，我不知道究竟長篇小說到底該寫多少字？如果是十萬字，對我就是一個大挑戰，因為到那時為止，我只寫過一萬多字的〈油蔴菜籽〉和六萬多字的〈不歸路〉，更早之前最長的就是五千字。

但，我的這第一本長篇《盲點》寫了二十幾萬字。可見人是有潛力的。

寫之前，我先做了簡單的企畫，構想大綱，分出章節，然後開始動筆。那時還沒流行電腦，我還記得前五萬字是請字寫得很漂亮的小弟幫我謄的，之後就照企畫書直接寫成小說。那本書的書名《盲點》取得不錯，小說又很好看，所以一出版就上金石堂暢銷排行榜，好像還是全年度二名吧？聽說長篇小說很少上排行榜，反正我也不知道。

一直維持最少給九歌一年出一本書

那時我已辭掉工作，專心寫作，但還是應接不暇。我的長篇和蔡先生有了共識，就是不一定刊在華副，也不一定都給九歌出，但每年最少能給九歌出一本。除了小說，當時也有大報請我寫專欄，所以來要出書的出版社也更多。來多了就變成朋友，所以就坦然相告我無法寫更多，有些人說雜文就給他出一本吧，老實說我從沒將要給九歌出的雜文給別家，所以別家只得叫我出一本食譜做抵。因此有人以為我很會做菜，其實都是些我每天做給兒女吃的。

蔡先生鄉音很重。有時他打電話給我，我很認真聽，就是有聽沒有懂，所以掛掉電話之後，我還得偷偷再打一通給陳素芳，問明蔡先生到底找我做什麼？當時蔡先生正當盛年，他很聰明，也頗苦幹，生活規律、自奉甚儉。聽說他們五小（即洪範、大地、爾雅、九歌、純文學）老闆常結伴出國，蔡先生可以大買名牌卻從不買；只有一次看上一個皮包，他看只有新臺幣四千元左右，覺得很合意，馬上買下，簽卡時才看到是四萬元，但已不好退，只好忍痛買下，真的痛了很久。

自奉甚儉的他，其實對文友很好，國外有文友回國，他必設宴款待，請我們本地作家做陪；他的幾十大壽。結婚幾十年也都會請我們一起吃飯，宴客最主要其實是大家很少有機會聚在一起，有點聯誼的意思。那種聚會很輕鬆自在，我認識的海外文友都是這樣認識的。最近一次宴客是蔡先生八十八嵩壽，蔡先生請了很多桌，比較特殊的賓客是余光中先生，他好像比蔡先生小二歲，當天很多文友都在場，所以《文訊》特別派了攝影師全程拍照。還有一位特別的客人，就是林清玄，他現在在中國演講行情很好很紅，但在國內就很少公開，他之前在九歌出了許多菩提系列，賣得火紅；出了事後，攻擊他的人很多，蔡先生卻一直對他不離不棄，有不以一言廢人的胸襟。

就在來來往往之間，有次洛杉磯華文寫作協會邀請蔡先生帶幾位臺灣文友出去交流，蔡先生真的大手筆帶了我、楊小雲和朱少麟一起去洛杉磯，展開了將近十天的交流和旅遊。我記得那是我第三次到洛城，那一次好像還去玩了尼加拉瓜大瀑布。

個性耿直常直言

有一位同樣寫長篇小說的女作家，經常會在大家面前說蔡先生批評她的小說、叫她重寫、把她罵哭。我們都覺得是蔡先生特別照顧她，不是真的罵，可以講是愛之深責之切吧。

我的小說，蔡先生倒是沒批評過半次，沒動過我半字。（其實沒有刊物改過我一字）但他會在我面前吐槽我說：「你有楊小雲暢銷嗎？有林清玄暢銷嗎？」

我默默接受這種話。我寫書並不以暢銷為第一目的。當然這種話也是要有點氣度才能接受的。

拉拉雜雜寫一堆，能在一家出版社出三十幾年書，幾乎要和我的婚姻一樣長了！但對出書我從來很有耐心，不像在婚姻中那麼沒有耐性。

經營四十年的出版社就像一棵大樹，真心祝福蔡先生和出版社都更強大、枝葉繁茂。

作者簡介

廖輝英

國立臺灣大學中文系畢業，現專事寫作。曾獲《聯合報》、《中國時報》小說獎、吳三連文學獎、中國文藝協會文藝獎章及金馬獎改編劇本獎。為傳統女性發聲，作品篇篇與時代脈搏息息相關。

她觀察兩性，文走社會各階層，成為最受信賴的「廖老師」，並兼及於青少年問題，關懷社會層面更深廣。著有小說《今夜微雨》、《油蔴菜籽》、《女人香》、《焰火情挑》、《不歸路》等；愛情散文集《先說愛的人，怎麼可以先放手》、《愛，不是單行道》、《戀愛，請設停損點》、《雨，下在平原上》。作品多部被改拍為電影和電視劇。

一九八三年，廖輝英在九歌出版第一部長篇小說《盲點》，之後小說、散文陸續出版，並收回在其他家出版的作品版權，歸入「廖輝英作品集」，二〇一七年重新整編「老臺灣四部曲」：《輾轉紅蓮》、《月影》、《負君千行淚》、《相逢一笑宮前町》。

記蔡文甫先生與九歌出版社二三事

邱坤良

一九七八年蔡文甫先生創辦九歌出版社，專門出版文學書刊，屈指一算，迄今已經邁入四十個年頭了。

蔡先生本身是一名作家，寫小說、也寫散文，原在汐止初中擔任老師，並在《中華日報》副刊擔任二十年主編，有豐厚的寫作經驗，看多了作家作品，也在文壇累積寬廣的人脈，與許多著名作家都有交情，這些人在蔡先生創業時都成為他的助力。

蔡先生由教師而作家，而報刊主編，而出版社負責人，一路走來，順理成章，他後來又創「天培文化」與「健行文化」，同時擁有三家出版社，等於是出版集團「總裁」了。看得出來經營文學出版社是他的興趣，也是他的志業。這跟我念大學那個年代，文史科系學生玩票式「做出版」不同，只是以翻印舊作為主，與九歌專出版當代作家作品的情況迥異。當年「陷大陸」的中國學者寫的書，在臺灣都是禁書。一九六〇年代中後期中共文化大革命狂熱展開，許多教授、作家、演員被批鬥，特別是被中共鬥爭至死的學者，他們的著作在臺灣獲得「免疫」，書肆公開上市。吳晗的《朱元璋傳》、陳寅恪《論再生緣》在臺灣都成為賣點。那時的警總、國民黨文工會好像也視而不見，讓禁書不那麼「警總」，大概基於「敵人的敵人就是朋友」的原則吧！

蔡先生的九歌出版社並不翻印「匪書」，與作者約稿、簽契約、付版稅，都照起工而行，但不代表出版臺灣作家作品就會永保平安。在鉛字印刷的年代，文網嚴密，讓出版社、作者戰戰兢兢，特別警惕。尤其印刷廠鉛字版的「央」、「共」，依字形常被排在一塊，所以把「中央」誤植「中共」的例子不少。蔡先生《天生的凡夫俗子——蔡文甫自傳》裡有許多描述，反映那個時代的文壇，稍一不慎，就會大禍臨頭。

他曾舉一個自己的親身經歷：一九六六年四月《新文藝》慶祝老蔣連任出版專號，主編王璞不想讓刊物只有歌功頌德，照常刊登一些散文、小說，包括蔡先生〈豬狗同盟〉，這是根據當時一則新聞創作的小說。情節是農家母豬生了十八隻小豬，但母豬只有十二個奶頭，無法滿足全體小豬，其餘小豬便由鄰家母狗代餵。這篇有趣的小說卻被「有關單位」視為誣衊元首，主編也因而下臺。

蔡先生的案子還算是小case，白色恐怖時期許多作家、記者、編輯下獄，甚至被槍斃的人不勝枚舉。不談令人心情沉重的大案子，與蔡先生「罪行」相似的是，當年威風八面的臺視總經理在蔣介石總統發表國慶文告時，誤把接下來播映的楊麗花《五虎平西》一句臺詞：「大哥不好了！」打上字幕，責任追究，總經理下臺一鞠躬。

我認識蔡先生的時間算晚的，算算時間，還不到二十年，換言之，我們初次會面時他已是七十多歲，我也四十餘歲了。早已忘了第一次是怎麼跟蔡先生見面的，大概是九歌出版社總編輯陳素芳找我出書，或參與九歌舉辦的活動，要不然就是專程被安排與蔡先生見面，或者以上皆是。這些往事忘得差不多了，唯一可以確定的是，我們約在八德路三段巷弄裡的九歌出版社。與蔡先生第一次見面的情景，可以用「如沐春風、相談甚歡」來形容。他身材高大，滿頭霜髮，溫文儒雅，對後輩很親切，他的出版社獎掖年輕作家也不遺餘力。那天蔡先生的辦公桌上擺放著我在報刊發表文章的剪報，令我嚇了一跳。

蔡先生在長安東路、遼寧街口有一間兩層樓的「三角窗」，曾經在這裡創設九歌出版社門市，因為就在住家附近，我常經過書店，偶爾會進去看看。九歌門市附近的店家很多，有著名的臺菜餐廳「茂園」，以及遼寧街夜市，終日人聲喧譁，專程來這裡吃喝的人很多，但吃完就走，幾乎無人順便到九歌「民生主義育樂兩篇」一下，書店生意清淡，從經營的角度，九歌門市似乎放錯地方了。

後來蔡先生結束長安東路的門市，原址出租給咖啡連鎖店，書店變成咖啡賣場，似乎也非完全不搭軋。原本不好經營的書店，一旦改為咖啡店，長安東路和遼寧街的「三角窗口」便具地利之便，生意很好。對蔡先生而言，這個空間擺脫了自營時期的虧損，還可當包租公收租金，一來一往，相差很多。

蔡先生是一個惜福感恩的人，對於曾經影響他寫作的作家（如李辰冬、趙友培、梁實秋、謝冰瑩等人），以及九歌出版社草創時期幫助他的作家（如王鼎鈞、余光中），或看中他才華的人（如余紀忠、平鑫濤），總是念念不忘，十分惜情。

他的《天生的凡夫俗子——蔡文甫自傳》特別摘錄讓他印象深刻的名家箴言，讓讀者參考。第一條就是告訴讀者「寫作時不能因偷懶，而使用陳腔濫調」，例如前人創作的「水到渠成」、「手足無措」、「汗牛充棟」、「痛心疾首」、「膠柱鼓瑟」……等詞彙。蔡先生的意思是叫寫作的人少用成語，「應該用新的詞語，以具體形象表達自己所見、所感。」這一點也是我經常告誡學生，自己卻又屢屢犯的毛病。

蔡先生最讓我欽佩的，還是對文學出版志業的堅持。蔡先生一手創辦的九歌出版社，四十年一路走來始終如一，即使近年進入數位時代，紙本沒落，報紙、出版社的經營十分不易，若干出版社改發行電子書。蔡先生並未跟進，仍默默地走自己的路。

在蔡先生與他一手提攜、倚重的總編輯陳素芳的厚愛下，我在九歌出版社出了四本散文集，出版書前的簽約，我都沒看（或懶得讀）契約文字，只在乙方欄簽下名字。我懶得看契約，一方面它的內容與法條繁瑣，再則甲方（出版社）多是熟識朋友，他們不會虧待我這個「乙方」，更重要的是我有自知之明，知道出版的多是「長銷書」——花很長時間銷不完的書。四本書的銷售總量還不及九歌的一本文學性作品，我對蔡先生很過意不去。

無論如何，我非常感謝蔡先生的關愛，他是伯樂，但相中的只是十里馬，而非千里馬，「十」、「千」看起來很像，只差一撇而已，就像「央」、「共」之別，差之毫釐、謬以千里。

謹以此文敬祝創辦四十年的九歌出版社業務昌隆，九十二歲高齡的蔡先生平安健康「食百二」。

作者簡介

邱坤良

臺灣宜蘭人，作家，曾任國立臺北藝術大學校長、戲劇系主任，國立中正文化中心董事長以及文建會主委。主要著作以戲劇專論、文化論述為主，兼及散文創作。

計有：《人民難道沒錯嗎？：《怒吼吧，中國！》‧特列季亞科夫與梅耶荷德》、《飄浪舞臺：臺灣大眾劇場年代》、《移動觀點：藝術‧空間‧生活戲劇》、《真情活歷史：布袋戲王黃海岱》、《漂流萬里：陳大禹》、《臺灣戲劇館資演戲劇家：呂訴上》、《陳澄三與拱樂社——臺灣戲劇史的一個研究個案》、《臺灣劇場與文化變遷：歷史記憶與民眾觀點》、《臺灣戲劇現場：抗爭與認同》、《日治時期臺灣戲劇之研究》等。

二〇〇三年起分別在九歌出版社散文集《馬路・游擊》、《跳舞男女：我的幸福學校》、《驚起卻回頭》以及文化論述：《寶島大劇場：目睹之現狀與怪現狀》、《移動觀點：藝術、空間、生活戲劇》。

不負盛名

——寫於九歌出版社四十周年慶

廖玉蕙

九歌出版社成立於一九七八年，至今四十年。那年六月，我取得碩士學位，並在年底生下了兒子，一轉眼，兒子也年屆四十。光是生養一個孩子，其中歷經的辛苦，就不足為外人道；而九歌四十年出版的書，超過一千五百本，就知出版社花費的心力是何等壯闊。

九歌的老闆蔡文甫先生堪稱我寫作途程中的重要貴人。我的寫作，起步得晚，直到一九八四年才正式開端，第一本散文創作出版在一九八六年，次年，蔡先生就寫信給我鼓勵，除了為他當時擔任主編的華副約稿外，還表達希望能幫我出版的心意。一位我素所仰望的文壇知名出版社老闆的邀約，我自然受寵若驚。他的信裡寫著：

「希望不久的將來，九歌亦能為你服務。是否從現在起，有計畫的寫一些作品，出一本清新而亮麗的書，作為和九歌合作的開始？」

這封信對乍入文壇的我而言，不啻天大的鼓舞。雖然真正的合作，要延至已然出版了四本書之後的《不信溫柔喚不回》（一九九四）才開始，但至今二十三年間，總計我在九歌出版二十六本書，可以說是相當密切且纏綿的關係了。在我個人的文學出版上，堪稱居於最大宗。很多出版社跟我試探有無合作機會時，總先開玩笑地問：「你被九歌包養了嗎？」

雖然沒有和九歌訂有長期出版合約，但九歌出版社往往是我出版文學創作書的首選，一方面是九歌的老闆蔡文甫先生和總編陳素芳的盛情感人；一方面是九歌的讀者群的向心力強，他們往往會長期追蹤心儀的作家。我在九歌出書時間久了、量多了，便給讀者留下深刻印象，在書店找廖玉蕙的書，就往九歌的櫃上去尋。我偶爾羡慕其他作家遊走臺灣各大出版社間，也曾幾度出走到別的出版社，這時，居然會萌生背叛的內疚感。

說說我與九歌的纏綿關係吧。早年是蔡老闆，後期是總編輯陳素芳，時不時會在我的某篇文章見報的那日，來電表達他們的謬賞。電話中說啊、說的，順便就幫我策畫了一本書的內容，並先行預約。譬如，我身為教師，有所感寫了一篇師生相處難處的〈粗礪的心〉，素芳總編就在文章見報那日午後，打電話來說：「你在學校教書那麼久，我看你零星寫的幾篇師生互動的文章，都覺得好溫暖，何不專心寫一本。誰會比你更合適寫這樣的文章？」經這麼一說，倒真提醒了我：「是啊，我教書幾十年，不是有許多可愛或難纏的學生，和他們的互動總是難忘。無論是溫馨甜蜜或尷尬難馴，都有一籮筐的故事馬上浮上腦海。」於是便答應下來；很快的，《像我這樣□□的老師》就寫足了字數，集為一冊書出版了。

關於因為一篇文章就來預約一本書的事，我印象最深刻的是《曾經的美麗》。有一回，母親北上，午後閒聊，她忽然說起以前常差遣我去租書的租書店老闆，竟然在幾天前的公車上給她遇上了。母親說：「看起來已經很老了，卻還背著好大袋的書從臺中搭公車到潭子，租書店居然還在營業！」當時正在政大新聞系就讀的兒子聽了，大發議論，說：「萬一媽媽成了知名作家，這間早期提供阿嬤跟媽媽大量閱讀資源的書店，一定會在媽媽生命中占重要的地位。不如趁著老人家還開著店，我們全家去造訪一下吧！我去幫他拍些照片，爸爸可以去幫他速寫一番，留下珍貴的紀錄。」

於是一家人浩浩蕩蕩返回中部，去完成了另類尋根。回來後，我正好接了當時《中央日報副刊》的一個專欄，便連同外子的租書店老闆素描一起寄去，做為開篇之作。那日早上，我還沒時間看報紙，蔡先生電話就來了。立刻為此系列的圖文邀稿，後來出版的《曾經的美麗》就是我們夫妻一起圖文合作的開始。

早年，蔡先生參與編務甚深。他甚至會建議書裡編好的文章該如何調度順序，才容易吸引讀者購買。譬如賣得相當好的《不信溫柔喚不回》一書，他就堅持要將其中一篇寫女兒的〈情深似海〉從後頭調到首篇，果然，就有讀者寫信來表達，第一眼看到這篇就動了購買的念頭。

但說到和九歌的合作經驗，也不是完全都是一片祥和的。尤其在書名的選擇上，時常出現分歧的意見，有時只差沒面紅耳赤了。譬如，我有一本名為《賭他一生》的小說，寫的是愛情與婚姻的故事，後來在書肆中常常啼笑皆非地被擺到「博弈類」，而我原來建議的書名是《自從一見桃花後》；另一本《讓我說個故事給你聽》的散文集，原先我屬意的書名是《天空的顏色》，爭論半日後，我敗北投降，從了行銷部的提議，至今引為恨事。不過，這樣的飲恨，對作者而言也有好處，書賣得好自然很開心，賣不好就可以理直氣壯賴給書名。

二〇一二年九月，我應邀前往九歌擔任「梁實秋文學獎」評審。那回，一見面，蔡先生即刻取出一本《講義》雜誌，翻開其間貼了藍色標籤紙的文章〈入靜〉，邊翻邊告訴我：「你不是常失眠嗎？這篇文章教人如何入靜，應該可以改善你的失眠狀況。」我問：「這書是送我的嗎？」他說：「當然！特別為你準備的。」我喉頭忽然有些哽咽，佯裝埋頭把書放進包包裡，其實是怕被大家發現差點奪眶的淚。

蔡先生講話，鄉音頗重，打電話給我時，因缺乏表情輔助，我常常只聽懂三分；但我最擅長吸收並歸納關鍵詞，讚美的話全沒錯過。合作很久之後，我才獲知，先前，我在文學界得到的頭兩項文學榮譽獎——「五四文藝獎章」及「中山文藝獎」都是蔡先生提名推薦，從此更深懷知遇之恩。

當年文人辦出版社蔚為風潮，曾引領風騷多年，如今，有「五小」之稱的純文學、大地、爾雅、洪範與九歌，有的偃鼓息兵、有的縮減出版數量，九歌卻奮進如昔。高壽九十三的蔡先生雖說已經交棒給女兒蔡澤玉，但依然時刻懸念打拚近四十年的終身志業。據說還常進出辦公室，給同仁打氣，初衷不改，真是讓人感佩不已。「九歌」之名取自瑰麗且富文學氣息之名的《楚辭》，堪稱不負盛名。出版社長期以來提攜寫作新秀、關照文壇前輩，為日益不景氣的臺灣文學提振士氣，我是既敬佩又感恩。慚愧沒有寫出「清新而亮麗的書」，但愉快的合作關係，我視之為今生最美好的緣會。

作者簡介

廖玉蕙

東吳大學中國文學博士，曾任國立臺北教育大學語文與創作學系教授。曾獲吳三連文學獎、中山文藝獎、吳魯芹散文獎、五四文藝獎章等。多篇作品被選入高中、國中課本及各種選集。著有：《送給妹妹的彩虹》、《老花眼公主的青春花園》、《寫作其實並不難》、《古典其實並不遠》、《阿嬤抱抱》、《在碧綠的夏色裡》、《為什麼你不問我為什麼？》、《後來》、《純真遺落》、《大食人間煙火》、《像我這樣的老師》、《走訪捕蝶人》……等四十餘冊；也曾編寫《文學盛筵——談閱讀教寫作》、《繁花盛景——臺灣當代新文學選本》、《晨讀十分鐘：親情篇》等語文教材多種。

一九九四年，廖玉蕙出版《不信溫柔喚不回》，從此開始與九歌長期合作，陸續出版新作，均收入「廖玉蕙作品集」，最新作品是二〇一七年四月的《像蝴蝶一樣款款飛走以後》。

九歌鐵桿粉絲

阿盛

「九歌」出版社創立同年，我開始正式從事寫作。當時，《中華日報》屬大報，全臺發行，蔡文甫先生任中華副刊主編，選用文章相當嚴謹，藝文界都知曉。而九歌選書同樣有著蔡氏作風，以文學作品為主，網羅老中青作家。可以這麼說，九歌一開始即被讀者作者視為金招牌。

這塊金招牌，四十年來一直光亮。客觀地看，最大原因在於主事者「敬業」，彼敬其業所以人敬其行，出版社敬業就是尊重讀者，讀者當然會投桃報李。九歌另一好口碑是信任作者，信任作者料是緣於衡文自信，所以，許多作家都樂意將作品交付，檢視九歌出版的文學書，應能發現，與之合作的作者為數甚多，老少皆有，風格不一，這說明了出版社的包容力，也證明了確實得到作者們的信任。

我喜歡九歌是有條件的，條件如上所述。即使我不曾在九歌出版作品集，同樣會如此明說。

長期以來，我與各家出版社合作都很愉快，九歌是其一。開始使用電腦之前，通常，我會打電話給蔡先生，簡單說明並提請，他的話比我更簡單：「稿子寄過來，寄過來」，連發語詞語尾詞也沒有。我寄出稿件，之後，收到合約，之後，自校清樣，之後，一箱成書寄來了，隨即收到版稅支票，其間彼此「沉默是金」。總編輯陳素芳也是這般作風，碰面時，我概略講講，她明快回應，接著，與編輯用電子信聯絡三幾次，書印好了。我在九歌出版五本散文集兩本長篇小說，粗估，雙方商量這七本書的過程，說話總和不超過一百句，包括電子信在內。九歌委我主編《散文三十家》與年度散文選時，情況也是這樣。

九歌的文學書大概採用責任編輯制，依實際經驗認知，我很欣賞責任編輯的細心。他們校對相當認真，有篇文章，我用了生僻典故，年分誤算了，編輯告知我並更正，我很詫異，一般編輯是不太可能去查證那典故的。好奇，我隨興隨機翻閱自己在九歌出版的書，檢查，一個錯字也無。順便一提，歷史小說家高陽，生前曾自費刊登報紙廣告，訴求就是期望書中沒有錯字。究實這也是所有寫作者的心聲。

九歌主辦過數屆梁實秋文學獎，我幾次受邀擔任評審，會議地點在出版社，蔡先生總會與大家聊聊，話不多，但一團高興，記憶力極好，他應是天天都讀副刊文章，且記得誰以前或最近寫了哪些作品。他坐在會議場上，留意每個流程細節，一絲不苟。這種必臻完美的堅毅性格，也明顯反映在他的寫作事業上。所謂老而彌堅，信然。

我一向以實際行動支持所有文藝類出版社，經常掏腰包買書送朋友學生。在我的書架上，九歌出版的文學書占了不小的空間，最早期與最近期的都有，稱得上是九歌的忠實粉絲，同時也是九歌作者群的忠實粉絲。我因此能清楚看見九歌數十年來的發展走向與文壇人才輩出的現象。拉寬視野來比衡，我認為自己獲得的遠超過付出的。

文藝類書籍的市場疲弱現象，我當然見到了，也聽到不少憂心之論。我無法亦不想去解析何以，同時覺得喟嘆也於事無濟，沒什麼意義，但願意如此相信：堅持去做對的事就是對的。務實堅持的「九歌」已陪伴了讀者作者四十年整，一直屹立，真是不容易。一句話：可喜。

作者簡介

阿盛

阿盛，本名楊敏盛，臺灣臺南新營人，一九五〇年生。東吳大學中文系畢業。曾任職中時報系十七年，一九九四年創立「寫作私淑班」迄今。著作：散文集《行過急水溪》、《十殿閻君》、《夜燕相思燈》、《三都追夢酒》等二十二冊、長篇小說《秀才樓五更鼓》等二冊、歌詩一冊。並主編散文選集二十二冊。作品多篇選入多版大學高中國中國文科課本。得獎：南瀛文學傑出獎、五四文藝獎、吳魯芹散文獎、吳三連獎文學獎、中國文藝協會文藝獎章、中山文藝獎。

一九九六年，阿盛在九歌出版散文集《五花十色相》，之後又編又寫，二〇一二年的《萍聚瓦窯溝》榮獲中山文藝獎。

與九歌的善緣

傅佩榮

九歌出版社的創辦人蔡文甫先生曾經長期擔任《中華日報》的副刊主編。我為他的副刊寫過幾年專欄。怎麼開始寫的？誰居間介紹的？寫了多久？最後怎麼結束的？我完全記不得了。我只記得蔡先生溫和善良，有長者之風，能欣賞寫作者，可以海納百川。

我寫的專欄有沒有作用呢？我只記得一件事。有一本書，名為《前世今生》，內容記載一位精神病患接受醫生診治的過程，其中反覆強調「一群人會一世又一世地輪迴，並且聚在一起以清償他們前世的恩怨」。我連寫三篇文章，詳論這種觀點。吾友陳曉林在《聯合報》擔任主筆，他告訴我說：聯合報副刊主編瘂弦的太太因為讀過《前世今生》而陷入極大困擾，後來讀了我這三篇文章而解開了心結。瘂弦請他特別向我致意。

專欄文章累積到一定的量，就可以出版成書了。我自一九九二年開始在九歌出書，內容多為人生反思、讀書心得與文化評論。二〇一〇年以後，我在大陸介紹國學的機會較多，陸續在九歌出版了《原來孔子這樣說》的系列，包括孟子、老子、莊子，以及易經。這套書淺顯易讀，是我常向朋友推薦的入門書。至於在九歌共出了多少書，我印象中是超過了二十本。

也就是在二〇一〇年前後，蔡先生寄來一信，說九歌有意出版我的全集。此信讓我深感知遇，但想到治學之道尚在半途，實在談不上這種計畫，後來與素芳總編輯商量，儘量一年在九歌出版一本書。

我自十八歲上大學，到六十五歲在臺大哲學系退休，沒有離開過大學校園，但是機緣巧合，我在臺灣各地所作的演講很多，因而也從未忘情於社會。別人說我是多產作家，不管這話有無嘲諷意味，我都欣然接受，因為那是事實。我不用電腦，全靠手寫，大約寫了一千三百萬字，出書總量在一百二十本以上。我長期保持良好互動的出版社只有三家，九歌是其中之一。

人生之路未必平順，有一次我因為幫助朋友而急需一點錢，於是鼓起勇氣向蔡先生開口，就說是預支版稅吧。他二話不說，立即照付。蔡先生可能忘了這事，因為他幫助過的作家一定不在少數。如此看來，在長者之風以外，又有大俠之風了。我的心思都在念書上，除了教學、研究、寫作、演講，別的都不會。在交友方面，是標準的「剛毅木訥」，謹守結緣、惜緣、隨緣的原則，活得還算自在。

欣聞九歌成立四十年，可喜可賀。蔡先生的理想也順利傳給了下一代。出版社的經營正面臨各種挑戰，我相信九歌與健行、天培一定可以突破困境，繼續文化傳承的使命，謹寄上深深的祝福。

作者簡介

傅佩榮

輔大哲學系畢業，臺大哲學研究所碩士，美國耶魯大學哲學博士。曾任比利時魯汶大學、荷蘭萊頓大學講座教授，臺大哲學系主任兼所長。

專攻儒家、道家、易經、宗教哲學。

著作包括西方哲學史、柏拉圖、哲學與人生，以及國學的經典解讀。退休後繼續從事研究與講學，致力於國學經典的現代化詮釋。

一九九二年十一月，傅佩榮在九歌出

版《人生取向》、《心靈風格》，二〇〇六年推出「傅佩榮作品集」，包含他的哲學小品，以及國學導論系列《原來孔子這樣說》、《傅佩榮的易經入門課》等。

異端年代，蔡伯伯的護持

林文義

作家教授郝譽翔寫過已然遙遠的八十年代，引用日本作家川本三郎六十歲回憶錄《我愛過的那個時代》，形容彼時在媒體工作卻暗助黨外民主運動的我，被目為「異端」的心境。

從風花雪月、濫情蒼白的文學初習的七十年代經由《千手觀音》的思想轉折，整個八十年代的十年，我以臺灣土地、人民的悲歡離合、外省老兵的飄零和鄉愁作題，其實是純粹的試圖呈現島國臺灣的紀實，卻被解讀為「異端」，官方私下託文友警示我的書寫，切莫「挑撥政府和人民的感情」云云……。

蔡文甫先生卻是在八十年代的九歌，毫無質疑、畏懼的為我出版了：《千手觀音》、《寂靜的航道》、《撫琴人》、《無言歌》四本散文書；且在他主舵的中華副刊一再發表我那「異端」的文字，也從不教正我這天真、愚癡，一廂情願的晚輩，什麼可寫，何不能寫？像父執輩一樣的寬容與溫暖的全然接納。

儒雅、厚實的蔡文甫先生，我們慣於叫「蔡伯伯」。戮力於成就了四十年來和隱地先生的爾雅、葉步榮先生的洪範相與為臺灣文學如今存在的堂堂以純文學為典型的：九歌。

我一直記得蔡伯伯不忘昔時小說家的深愛。從副刊主編到出版社發行人，他造就了無數作家的豪筆佳構，組匯了大江大海的文學巨流河，一定還是惦念不忘的自我的小說家從前吧？邀我有幸編選：《九十六年散文選》，出版之後，送給我他的小說精裝本，扉頁上題字——

文義兄為主編九十六年散文選作紀念

文甫敬贈　九十七年三月二十日

像父親般親炙的蔡伯伯竟稱我這晚輩以「兄」？敬持這冊名之《解凍的時候》，一時之間感動而無措了。前輩文人的勉勵和期許，父執般地殷殷護持……是的，遙遠的三十年前，九歌為我在被指詰是「異端」的現實冷暖之間，蔡伯伯一再無畏的以出版的支持，為我解凍。

一直就自知不是暢銷書作者，我是個認命之人，九十年代後的書就疏離於交付九歌，實在是怕滯銷而讓出版社為難。十年之間就只出版了《港，是情人的追憶》彷彿是在主編《自立副刊》時的輕緩留筆紀念；陳素芳總編輯總是笑說，蔡伯伯常問起，文義有沒有新作給九歌呢？二〇〇〇年的《蕭索與華麗》一九八〇—一九九〇散文精選集、二〇一五年的《三十年半人馬》一九八〇—二〇一〇散文自選集，十五年間，九歌明知這是匯集昔時三十本舊著，珠玉挾泥沙俱下，還是無怨無悔的、不計成本耗損，為我的散文四十年存留最堅實、美麗的印記。

九歌四十年。像九首美麗而壯闊的交響詩，臺灣文學就在時間草原的大地上，開枝散葉，異端和正覺、夢與現實、所有的文字都是夜空中閃眨的星辰，如此靜美，如此豪情。

親愛的蔡伯伯，九十二高壽，健康心怡的祝禱。九歌四十未老，更清新的承傳延續文學不朽的命題；想蔡伯伯此時還上班下班，端坐在辦公桌旁，您，還想起半世紀前那寫小說的青春嗎？

作者簡介

林文義

一九五三年生於臺灣臺北市。少時追隨小說、漫畫名家李費蒙（牛哥）先生習繪，早年曾出版漫畫集六冊，後專注於文學。曾任《自立副刊》主編、廣播與電視節目主持人、時政評論員，現專事寫作。

著有散文集《歡愛》、《迷走尋路》、《邊境之書》、《歲時記》等三十九冊。短篇小說集《鮭魚的故鄉》、《革命家的夜間生活》、《你的威尼斯》三冊。長篇小說集《北風之南》、《藍眼睛》、《流旅》三冊。詩集《旅人與戀人》、《顏色的抵抗》二冊。主編《九十六年散文選》等書。二〇一一年六月出版大散文《遺事八帖》，榮獲二〇一二臺灣文學獎圖書類散文金典獎。二〇一四年獲第三十七屆吳三連文學獎。

一九八四年，林文義在九歌出版散文集《千手觀音》，二〇一五年出版《三十年半人馬——散文自選集一九八〇—二〇一〇》。

長歌舞春風

林清玄

我一直很感恩四十幾年前認識了蔡文甫先生，他是我在青年時代的伯樂。

四十多年前，那是一個美好的年代，戒嚴的冬天已剩了尾聲，春風吹撫，大地萌動，文化藝術的蟄蟲正在破土，傳播與出版的花苞正要開放，唱自己的歌，跳自己的舞，寫自己的詩……都像種子一樣片片灑落。

我恭逢其時，開始在報紙雜誌發表文章，當時，民營的兩大報副刊崛起，風起雲湧，吸引了許多新作家，我也不能免俗的為兩大報寫稿。

但是，不只民營報紙副刊有影響力，當時每家報紙的副刊都很好，我的文章寫得多，因此常向《中華副刊》、《中央副刊》、《臺灣新生報》投稿。

我還記得是一個寒冷的冬夜，我的文章在《中華副刊》登出，收到了蔡文甫先生鼓勵的信函，邀請我繼續為華副寫稿。我非常感動，從此成為華副的作者，從大學時代一直到服兵役的兩年，都把文章寄給蔡先生。

蔡先生從未退過我的稿子。

後來，我進入中國時報服務，蔡先生成立了九歌出版社，不久就向我邀稿，我把在報社上寫的訪問稿整理成書，交給九歌。

我在九歌出版的第一本書《傳燈》，日期是一九七九年十月六日，至今已整整三十八年了。

隨後我把大部分的散文集交給九歌出版，《白雪少年》得了中山文藝獎，《迷路的雲》得了國家文藝獎，大量的散文集也讓我得到了吳三連文學獎……

這些，都得到九歌的提攜，使我能在創作上大步前行。

不久之後，我開始創作佛理散文，第一本《紫色菩提》，曾詢問過數家出版社，只有九歌的蔡文甫先生給予最肯定的答覆，於是，我在九歌出版了「菩提十書」、「禪心大地」三書……寫佛理散文，九歌仍像四十年前一樣，我們一起攜手，再創高峰。

最近這十年，臺灣的文化與出版，都在縮小和衰退，令人憂心忡忡，我和九歌的朋友，在大陸尋找生機，再度攜手，出版了近百種書。回想這匆匆的四十年，我與九歌不只是因緣深厚，還有一起奮鬥與努力的情感。

我們不再會有四十年了，但至少我們盡了心力，種子發芽了，花朵開放了……。

那是一個美好的時代！

作者簡介

林清玄

高雄旗山人。曾任記者、主編、主筆，現專事寫作。曾獲國家文藝獎、中山文藝獎、金鼎獎、吳三連文藝獎、時報文學獎、中華文學獎、中央日報文學獎、吳魯芹散文獎、作協文學獎等十數次文學大獎。

作品有「菩提系列」十書、《玫瑰海岸》、《白雪少年》、《好雪片片》、《鴛鴦香爐》等百餘種。他的作品受到廣大讀者的喜愛，一九八八年被出版界推選為年度風雲人物，一九九二年金石堂文化廣場統計為全國作家排行榜第一名。作品多次被編入臺灣、大陸、香港和新加坡的中文課本。

一九七九年，林清玄在九歌出版第一本著作《傳燈》，之後大多數散文集均在九歌出版，一九八六年，開始創作佛教散文「菩提系列」，該系列總計十冊。第一本《紫色菩提》印刷超過一百版，媒體評選為四十年來最暢銷及最有影響力的書。

開創者與扶助者

封德屏

二〇一一年七月一日，我獲頒金鼎獎的圖書出版「最佳成就獎」。九十四高齡老父、家人、同仁都來觀禮。獲此殊榮，我卻清楚知道：更多傑出的編輯前輩，他們的風範，是我一生仰望追隨的目標，還有那些曾經發光發熱，被歲月逐漸湮滅的名字，都為我樹立了恆久的標竿。因此，心中難免忐忑、愧靦。當初，如果不是九歌發行人蔡文甫先生的推薦，並再三鼓勵，耐心勸勉，我很可能沒有機緣，也沒有勇氣接下這個獎。自此，我更堅定了暗藏心底的目標：「與這些前輩相比，我還有很長一段努力的歲月，有為者，亦若是！」

我長期從事編輯工作，並不是九歌的作家群。在《文訊》前十幾年，和蔡先生往來不多，偶爾見面也只是簡短寒暄。二〇〇三年，《文訊》脫離國民黨獨立，必須面對經營運作的殘酷現實，和蔡先生的接觸逐漸多了。我經常打電話向他請教，有時是被淡忘，我也不知的五〇、六〇年代作家或文壇事；有時僅僅為了辨識舊照片上的一個人名，或不清楚某個前輩作家的筆名；有時也請教他一些事情該怎麼做？時常向他探詢的是一些文壇前輩的生活情境，甚至經濟狀況，何者需要我們的協助？蔡先生真心熾情，劍及履及，當天未能回答的問題，往往第二天一早電話就來了。現在回想，除了自己愛讀文學史料，喜歡親近前輩作家外，早期文學養分的補充，我受惠蔡先生極多。在實際經營方面，許多時候我單純懵懂，思慮不周，行走世道又不知江湖險灘多，蔡先生也會適時提醒。

二〇〇七年三月，蔡先生給我電話，為了迎接二〇〇八年九歌三十週年，想以「三十年後的世界」為題，邀各界菁英執筆，先在《文訊》上每期刊登兩篇，之後再結集成書。剛開始我有些猶豫，儘管《文訊》早年就已企畫文學與其他藝術領域，相互激盪下產生的關係及影響的專文；在文學會議上，也很早開始從文學社會學的角度，針對文學與社會的各種關係展開研討；但純粹探討文學以外的社會現象，未曾有過，況且還要以每期兩篇約稿的速度，才能趕上九歌三十年的出書時效。

但這些猶豫的小浪花，立即被緊跟而來的大思潮淹沒了。

當時年逾八十的蔡先生，對未來、對生命仍充滿永不停歇的熱切期待；心裡面皺紋交錯多過眼尾臉面，對前路有些黯然迷惘（誰還管三十年後的事？）「後生晚輩」的我，不免心生慚愧。念頭一轉，也就接下這個充滿挑戰的有趣選題了。

這個專欄在《文訊》持續了一年半，內容從三十年後的文學、閱讀環境，到兩性關係、時尚、建築、音樂、廣告、旅行、家庭、圖書館、電影、戲劇、出版、愛情、飲食、宗教、交通……等三十個主題，撰稿者皆是這些領域、學門的首選。文章中無涯的奇幻想像、嚴謹的推理判斷、詼諧中略帶嘲諷，對現狀批判，也對未來發出警語，呈現了多元絢爛的豐富層次。作者年齡從七十有餘到三十出頭，串連五個世代不同的發聲，精彩至極。不得不感佩蔡先生超凡的睿智提案。

二〇一三年元月，半年後就是《文訊》三十週年。免費借用十年的辦公室所在地——張榮發基金會告知，將提前解約，我們必須準備搬離，付費另租場地。為尋求藝文界協助，整個年假，煎熬苦思下，終於擬出「文訊三十週年作家珍藏書畫募款展覽暨拍賣會」計畫，也開始寫信給一些資深的作家朋友募集書畫。

蔡先生以實際行動來響應。除了九歌的鎮社之寶——梁實秋的書法條幅，必須留守坐鎮外，他捐出了許多珍藏書畫：趙友培、高陽的書法，陳庭詩的版畫，前師大校長劉真、作家無名氏的書法，其中更有詩人、藝術家楚戈的彩色水墨畫，上面題的是詩人鄭愁予的名句「我是北地忍不住的春天」，畫的是雪地梅花。

蔡先生將他文學生命中最重要的師友書法及畫作，超過半世紀的文學因緣，捐贈給我們，表示對文訊的支持及鼓勵，令我深深感動無以名狀。

二〇一五年八月，蔡先生看到我們堅持不輟地整理史料，又捐出近兩千本珍藏書及一批舊照片，再度豐富了我們的藏書。

近兩年，蔡先生幾次進出醫院，身體也逐漸衰弱。我越來越少跟他通話，好幾年的重陽聚會，他也沒來了。有一次，我鼓起勇氣打電話過去，他真的接了，但幾句寒暄後，聽出他有些不適：「好了，沒事，不談了。」掛上電話，我有點惆悵，日後雖然沒再通話，然而心裡惦記的、耳裡縈繞的，仍然是那一通通電話中他急促的、熱切的、溫馨的滿滿鄉音。

蔡先生自述的《從零到九的九歌傳奇——天生的凡夫俗子》，長久矗立我的案頭。不為他的妙筆生花，而是每當困頓挫折，信手翻閱，總能找到憑靠慰藉，重拾信心勇氣。幾家純文學出版社中，九歌進場較晚。蔡先生從軍人轉業，當老師、記者、副刊主編，成立九歌時已五十二歲，可是意志堅定，勇往直前。為了永續經營，抓準時機，擴大事業體，購置辦公室，自建書倉庫，為今日九歌打下堅實的基礎。蔡先生這段話，深刻我心：

「世事難料，誰能確定遙遠的未來。走過文學市場的黃金期，我沒有志得意滿；在一步步走向文學市場經歷革命性改變後的寒冬，也無理由怨天尤人。一生和逆流搏鬥的凡夫，沒有悲觀的權利。

當貧無立錐頻頻絕望時，並未消極、氣餒，仍充滿信心……。」

蔡先生是以身作則的開創者，也是與人為善的扶助者。感謝他，長我見識，增我智慧，給我力量。

我認知：自助而後人助，有肩膀先勉力去承受，之後就能順當地承擔。我確信：文化人、知識工作者，也能在義與利間取得平衡，走得長遠。也謹記：身處逆境，而受苦受難，奮發已唯恐不及，哪能再悲觀失志！看到他前行的身影，我不敢怠慢腳步，偏離自己該走的路。

作者簡介

封德屏

淡江大學中國文學系博士，現任文訊雜誌社社長兼總編輯、臺灣文學發展基金會董事長、紀州庵文學森林館長。長期主編《文訊》雜誌，曾主持《臺灣文學年鑑》、《臺灣作家作品目錄》、《張秀亞全集》、「臺灣現當代作家研究資料彙編」、「臺灣文學期刊史編纂暨藏品詮釋計畫」等編纂計畫。曾獲中興文藝獎、中國文藝協會文藝工作獎、行政院新聞局金鼎獎最佳編輯獎、金鼎獎特別貢獻獎。著有散文集《美麗的負荷》、《荊棘裡的亮光——文訊編輯檯的故事》；學位論文〈臺灣地區年鑑編纂體例與分類之研究〉、〈國民黨文藝政策及其實踐（一九二八—一九八一）〉，現為九歌文教基金董事。

陽光馬拉松

陳幸蕙

應是美麗、有趣的巧合吧！

就在九歌出版社慶祝成立四十週年之際，我發現，自己的創作生涯，恰也邁向第四十個年頭。如果說，在歲月中，我與九歌一起成長。

如果說，過去四十年，我與九歌，都曾在各自的領域裡，秉持日新又新、與時俱進的精神，期許、策勵、提升自己，而終忠於自我，未負初衷，也不負周遭所有愛我們之人的盼望，歡喜、堂皇地跨入了生命中第四十個成長季！那麼，回首這一路走來，始終陽光的歷程，回首這一場無畏堅持、熱情破表的馬拉松，在由衷道出：

「九歌四十，生日快樂！」

的同時，我實不免格外有著雙重的歡慰，與欣喜。

欣喜之外，當然，也充滿了感謝，對九歌。

因為我的處女作《群樹之歌》是九歌出版的，那是我啟碇揚帆，邁向創作海洋的首航作品。三年後，第二本散文集《把愛還諸天地》，又再度經由九歌的出版平臺問世。

奔赴創作理想與目標的馬拉松之路上，其後，我陸續書寫的散文，除爾雅外，也均蒙九歌先後出版，這些作品依序是：

- 甜蜜告白
- 樂在婚姻
- 以一整座銀杏林相贈（原名「所有的男人都是孩子」）

・與玉山有約
・海水是甜的

而這之間（民國七十二至七十九年），很榮幸地，復曾受九歌之邀，與蕭蕭、林錫嘉、奚淞、吳鳴、李瑞騰合編年度散文選，並掛名主編了七十二、七十五、七十八年散文選。

當然，尤其值得感謝的是，在初版逾四分之一世紀後，我青春歲月的兩本散文集《群樹之歌》和《把愛還諸天地》，九歌更都分別以新版，重予印製。

隔著迢長的時光距離，展卷重讀舊作，所謂新版，自是完整保留了一個文壇初航水手，當年全部的精神樣貌、信仰執著，以及她對生活、對這整個世界的愛情。

多年後的我，雖仍然熱愛昔日所曾熱愛的一切，且仍不減當年抒情、浪漫、積極、熱情的陽光風格，但歲月修磨的痕跡，斑斑點點，歷歷在目，無可否認，心境是較前滄桑多了。

但，若滄桑其實也意謂著理性、成熟、有別於懵懂青春之智慧、寬容的話，那麼，這一由歲月所落彩的新人格特色，應也將是我往後創作，有別於早歲純真年代的重要資產吧！

而事實上，從首航書《群樹之歌》，到上一本九歌出版的散文集《海水是甜的》，檢視這四十年來，我的書寫歷程、題材轉變，以及，關懷取向之由小我轉向這哀麗的世界、人間、大我，乃至我們共同的母親——如今已千瘡百孔的地球；回首來時路與寫作夢想的起點，滄桑感慨之際，我想給自己一個熱烈的擁抱。

記得在《群樹之歌》〈芭樂樹〉一文中，青春正盛的我曾說過這樣一段話：

成長！成長！在無垠的時間裡，生命的意義，或許，就在這許多有形無形的成長吧！

現在，我不僅仍欣然認同，且決定繼續由這樣的陽光主題，來統領我往後的，創作與人生！

孔子說的沒錯——

三十而立（麗），四十而不惑！

如今，行至不惑的境界，我看見，自己的較前圓融、茁壯。

看見九歌，不僅呈現了一個出版業者的成熟自信、靈活大氣，更預示了下一個美好四十年的願景。

眺望前方歲月地平線，身為一名與九歌同步成長、結緣深厚的作家，我不免微笑期許，今後，能有幸與她一起，再跑一個同樣熱情破表、開心充實的——

陽光馬拉松！

作者簡介

陳幸蕙

臺中清水出生，臺大中文碩士。曾任教北一女中、清華大學中語系，並擔任臺北商業技術學院駐校作家。

曾獲中山文藝獎、中國時報文學獎、梁實秋文學獎，作品選入國小、國中、高職、大學國文課本。著有《把愛還諸天地》、《悅讀余光中．詩卷／散文卷／遊記文學卷》、《與玉山有約》、《玫瑰密碼——陳幸蕙的微散文》，並編撰《小詩森林》、《小詩星河》、《余光中幽默詩選》等數十種。

一九七八年，陳幸蕙還在讀臺大中文研究所，在九歌出版第一本散文集《群樹之歌》，之後，又編又寫，最新作品是二〇一五年的散文集《海水是甜的》。

蓬島九歌四十秋

保真

我們家有好幾個人都在「九歌」與「健行」兩間關係企業出版過自己的著作。適逢「九歌」出版社創立四十年慶，除了祝賀，也引發許多回憶與感恩。

先母小民女士在「九歌」出版過四本書（《媽媽鐘》新舊版、《桂花月月香》、《故園夢》、《春天的胡同》），還有主編過五本作家選集（《珍惜同胞的愛》、《懷念師生的愛》、《感激父母的愛》、《分享朋友的愛》、《歡喜冤家》）。先父喜樂先生雖然沒有在「九歌」出過書，但是先母的《故園夢》與《春天的胡同》兩本書，裡面每一篇懷念故都北平生活的短文，插畫都是父親繪製的。

大哥保健在「健行」有兩本書（《從貝聿銘到關穎珊》、《春風在望——東西南北人的故事》）。我自己則在「九歌」與「健行」有九本書（《歸心》、《邢家大少》、《鄉夢已遠》、《兩盆常春藤》、《生命旅途中》、《種一棵希望的樹》、《醒來，仍在江上》、《保真領航看小說》、《希望的鐘聲響起》）。

再算一下：上面的書中共有四本書獲得幾項文學獎。這當然也要歸功、感謝出版社為我們出書、推薦。

我在「九歌」出版的第一本書是《歸心》散文集，那時還在大學唸書，蔡文甫先生不介意，願意為我這個青澀的「文青」出書。那時蔡先生同時在《中華日報》主編副刊。是先母介紹我認識蔡伯伯。

說自己是「青澀的『文青』」並非自謙之詞而已。用作書名的〈歸心〉是我唸大一的時候，寫第一次離家到外縣市上大學，放寒假歡喜回家的感情記事。我把這篇作品投稿給當時的《中央日報》

副刊，中副的執行編輯趙滋蕃先生寫了一封短簡給我，告訴我投寄的稿件「不日刊出」，但是幫我把題目從原先自擬的〈歸鄉〉改為〈歸心〉，他說「從臺中到臺北不能算是離鄉歸鄉」。當時我只覺得稿子要刊登了，很高興，不在乎題目改不改。

不過這件事影響我後來的領悟，我不但牢記在心，也曾幾度在寫作與演講中提起「從臺中到臺北不能算是離鄉歸鄉」，有一次是我在北歐瑞典留學，到了孤懸北海的冰島，夜晚看見北極光在天邊跳躍。我的心頭激盪不已，寫了長信家書寄給父母，信中說自己終於領悟趙伯伯當年那句話，因為現在我距離臺灣這麼遠！大一當年寫作的情感很真實，卻嫌稚嫩，此謂之「青澀」是也。

先父曾說他當年投筆從戎報考筧橋的空軍官校，從北京搭車南下杭州，早到了一天，學校宿舍尚未開放，他只好在西湖邊的長椅上露宿一夜。我在信中說自己走過的里程，也已超過爸爸當年從北京到杭州的距離！但我在冰島的心情是喜悅的，只有驚訝、感嘆，先父當年在烽火低壓中露宿杭州，心情是沉重的。

我在「九歌」的第一本小說集是《邢家大少》，收錄六個中短篇故事，情節人物雖無連貫，全部都是以「第一人稱」落筆，寫的是如同封面書底簡介：

「是炎黃子孫的流浪組曲，是亂離之年的鄉關殘夢，是茫茫異域的赤子之歌。」

這三段話是我在出書前自己想出來的，現在回顧，似乎也有一點誇大的青澀感，不過卻是當年的心境寫照。書中有一篇較短的〈斷蓬〉，主角季博士有一顆黃銅獅子圖章，他早年自大陸赴美留學就此定居，未曾再回過故土。與他相對的是一個年輕甚多的臺灣留學生，經常與季博士聊天抬槓。

他曾高調質問季博士為何眷戀美國、不回中國，而身上始終帶著北京的老師贈與的獅子圖章？

後來，這位年輕的留學生收到季博士從巴西亞馬遜寄來的航空信，他緊張地拆信，一下子信封裂開一個大口，那顆獅子圖章掉在地上！展信一讀，季博士說自己老了，沒有心力再回中國。他說你還年輕，如果你愛中國，你就應當回去，這顆中國的獅子圖章就是屬於你的。這位留學生——也就是第一人稱的主角——淚水潸潸而落。咚咚有人敲門，他的美籍教授推門進來，驚訝地問怎麼了？他抹去眼淚說「沒什麼」，內心卻是嘆息：「我要怎樣述說，他又怎能理解，一個異鄉人在異鄉為另一個異鄉人流淚。」

我寫那六篇小說的時候，時程貫穿從大學畢業、服兵役、出國留學。當時我還沒有去過大陸，大陸社會剛剛結束文革，一切看起來是那麼黯淡無光。與書名相同的那篇〈邢家大少〉是字數稍多的中篇小說，得到《中國時報》的文學獎。文中的第一人稱作者，清晨被一陣高亢清晰的「China、China」給吵醒，他起身披衣出門，發現是一個美國小男孩在喊叫。他問小孩為何叫「China」？男孩卻有妙答，原來他養了一隻鸚鵡，名字叫「China」，這天清晨男孩發現鸚鵡跑出門不見了。這是一段隱喻，我的內心也在尋覓那看似失落的「中國」。

當年從美國打長途電話回臺灣還沒有直撥，必須透過國際線接線生轉接。第一次試撥回家，美國的國際臺聽錯了，把電話接給大陸，一陣嗡嗡沉默之後，傳來一個高亢的女聲：「中國北京」，我連忙說接錯了就掛斷。但是那一聲「中國」令我震撼不已。那是當時我內心悵然若有所失的中國吧！那天夜裡，我幾度被聲聲「中國」驚醒，這是後來寫上面橋段的來由。

《邢家大少》出版而且獲得行政院新聞局的「金鼎獎」，這也是我幾本書中銷路最好的一本，給我賺了一些版稅收入！當年我還沒聽過「diaspora」（離散）這個名詞，後來我無意中接觸到這個原本用以形容猶太人亡國流離四散的名詞，突然領悟《邢家大少》寫的就是中國人的「diaspora」，我曾經以此為題做過一場演講，也是有點高調地說：「也許《邢家大少》就是中國人最後一本的離散文學之作。」我說書中那顆掉落的獅子圖章，那匡噹一聲，不但砸在第一人稱主角的心上，也砸在這世代每一個流離的中國人心靈上。

今年——二〇一七年——是耶路撒冷回歸統一的五十周年紀念，我出席了在臺北舉行的慶祝活動，當時我的思緒紛亂，想起了猶太人的哭牆、想起了「diaspora」、想起了《邢家大少》書中那隻走失的鸚鵡叫「中國」！想起已逝的雙親，想起我兩度出國唸書都是蔡文甫先生設宴為我餞行——在「長風萬里樓」餐廳，母親悄悄對我說：「你看人家蔡伯伯多有心，祝福你長風萬里」。這又使我想起青澀的歸鄉與萬里歸心、想起蓬島九歌四十秋。

賀「九歌」出版社四十周年慶，長風萬里！

作者簡介

保 真

保真就讀中興大學即在九歌出版散文集《歸心》，負笈美國深造，完成短篇小說集《刑家大少》，榮獲金鼎獎。在瑞典完成博士後研究回國，陸續出版散文集《鄉夢已遠》、《生命旅途中》，先後獲國家文藝獎、中山文藝獎。

九歌四十，再造盛世

向陽

一九七八年三月，蔡文甫先生在臺北創辦了專出文學書籍的九歌出版社，春秋易替，轉瞬就是四十個年頭。四十年前，九歌出版社成立，適逢臺灣文學出版鼎盛時期，所出書籍，盡為名家名作，出書之後多半高居暢銷排行榜之內，而與當時的純文學、大地、爾雅、洪範，被譽為「五小」，開創了一九八〇年代臺灣文學出版的盛世，留下不少佳話，並帶動了前所未見的臺灣文學閱讀風潮，迄今仍為愛書人津津樂道。

四十年是相當漫長的時光，四十年來，臺灣的出版市場和閱讀結構都有巨大的變化。特別是網路和數位時代來臨後，對於平面紙本出版產業、傳統書店行銷，以及讀者閱讀習慣的改變，都帶來劇烈衝擊。三四十年前「人手一書」，三四十年後「人手一機」。當年大小報紙副刊主導的文學傳播，已被網路和社群媒體取代——在這樣巨大的變遷下，文學出版社的經營更加艱困，九歌出版社能夠面對衝擊，屹立迄今，歡度四十周年之慶，洵屬可貴，也更加可賀。

九歌能在文學出版市場異軍突起，堅持四十年至今，當然和掌舵的創辦人蔡文甫先生有關。他是小說家，長期擔任《中華日報副刊》主編，具有豐富、廣闊的文壇人脈，擁有精準、高強的文學品味，從創社之後，所出書籍若非名家精品，即為新秀力作，因而足以帶動風潮、吸引讀者，創造文學出版與閱讀的盛世。他又特具文人特質，不以出版暢銷書為已足，還能以文學的傳承和傳播為己任，早從一九八二年推出年度散文選，迄今從未間斷；其後新加年度小說選、年度童話選，也是年年推出。這些年度選集，逐年留存相關文類佳作、紀錄臺灣作家的書寫成果，得花費相當人力和成本，而又未必本本暢銷，足見蔡先生對臺灣文學發展的重視和使命感。

更為人所樂道的，是九歌於一九八九年推出《中華現代文學大系》十五巨冊，由余光中擔任總編輯，收入一九七〇—一九八九年間臺灣作家的作品，分為詩卷兩卷、小說卷五卷、散文卷四卷、戲劇兩卷、評論兩卷，充分展現了一九七〇—八〇年代臺灣文學書寫的總成績；到了二〇〇三年，又推出《中華現代文學大系（二）》十二巨冊，收一九八九—二〇〇三年間的作品，計有詩卷兩卷、小說卷三卷、散文卷四卷、戲劇兩卷、評論兩卷，補足了二十世紀後半的臺灣文學佳構。這種大規模的編選、大成本的製作，彰顯了九歌作為文學出版社的大氣魄，也可看出蔡先生念茲在茲、為臺灣文學建構經典的用心。

此外，為慶祝九歌成立二十年（一九九八）特別策畫出版的《臺灣文學二十年集》四冊（《新詩二十家》、《散文二十家》、《小說二十家》、《評論二十家》），以及成立三十年（二〇〇八）出版的《臺灣文學三十年菁英選》七冊（《新詩三十家》、《散文三十家》、《小說三十家》、《評論三十家》）等兩套選集，更是呈現了九歌出版社和臺灣文學的互動，深刻且多樣地反映臺灣戰後世代作家的總體成績和表現。

光是中華文學大系兩度出版、臺灣文學戰後世代菁英選集兩度推出，就已具體彰顯九歌對臺灣文學的貢獻，也已盡到文學出版社對社會所能盡的努力了。但蔡先生做得比這還多，四十年來，他以九歌出版社為基地，陸續開設「九歌文學書屋」、成立「九歌文教基金會」、舉辦「少兒文學獎」、小說寫作班、文學研討會，還承辦「梁實秋文學獎」等工作，每件事都需要人力、都需要開銷，他不以為苦，樣樣都做出成績。在我來看，他簡直是把文學出版當副業，而把文學傳播當成正業來辦。

這是他的無私奉獻，這也使他榮獲二〇〇五年金鼎獎特別貢獻獎。

作為蔡文甫先生的後輩，除了年輕時因為主編《自立晚報副刊》而與他有同業同道的關係之外，我也感念蔡先生的栽培。九歌出版社成立後，出版與行銷成績都一路竄升，很快成為重要品牌，也成為當時年輕的我嚮往的「夢想出版社」。一九八三年，九歌準備推出「九歌兒童書房」書系，蔡先生打電話給我，說他看過我在《時報周刊》改寫的中國神話故事，要我將文章交給九歌，我在九歌出的第一本書《中國神話故事》因而結集推出；一九八六年，九歌續出我改寫的《中國寓言故事》。這兩本書，進入二十一世紀之後，改以《蛟龍、怪鳥和會唸經的魚》、《幫雷公巡邏》和《大鐘抓小偷》三書新版重印。如果不是蔡先生，我因為主編《時報周刊》所需而充數的文稿，大概還只會是一堆剪報才是。

我更感念的是，在蔡先生的耐心和催促下，一九八四年九歌出版了我的詩集《十行集》，圓了我希望詩集能在「五小」出版的夢。與我同期出書的是林清玄的《白雪少年》和古威威的《夢裡夢外》，足見蔡先生提拔青年作家的盛情。《十行集》於一九八七年印了三版，二〇〇四年重印「增訂二版」，二〇一〇年再推「增訂新版」，從初版迄今，流通三十餘年，比起我的其他詩集，直如天壤，這得歸功於九歌的金字招牌和銷售通路。

遺憾的是，《十行集》之後，因為報社工作繁忙，我詩作銳減，此後未曾在九歌出版詩集。倒是我的專欄，先後在九歌出了兩本。一九九九年，我將在《中國時報》人間副刊「三少四壯」所寫專欄交給九歌，以書名《暗中流動的符碼》出版，當時我突發奇想，希望以我的版畫印製藏書票，隨書贈送讀者，蔡先生一口答應，這大概也是九歌四十年唯一附有藏書票的書（二〇〇三年，此書更名為《為自己點盞小燈》重版推出）。另一本是二〇一三年出版的《寫字年代：臺灣作家手稿故事》，是我在《文訊》所寫專欄結集，九歌相當慎重地以彩色版面精編精印，也讓我相當感謝。

一九八四年九歌為我出版《十行集》之際，我年方二十九歲，蔡先生當時五十八歲，如今我已行年六十有餘，蔡先生也已入耄耋之年，而他創辦的九歌出版社則歡度四十周年大慶。蔡先生以一介文人，殫精竭智，積四十年春秋，打造出來一個小而美的文學國度，締造出了暢銷與長銷相佐、大眾與經典互生的文學出版奇蹟，應該會永誌於臺灣出版史上。願以此文祝福蔡先生健康長壽，九歌繼續前行，並能再造臺灣文學盛世。

作者簡介

向陽

本名林淇瀁，臺灣南投人。美國愛荷華大學International Writing Program（國際寫作計畫）邀訪作家，政治大學新聞系博士。

曾任《自立晚報》副刊主編、《自立》報系總編輯、《自立晚報》副社長兼總主筆。現任臺北教育大學臺灣文化研究所、語言與創作學系教授兼圖書館館長。獲有吳濁流新詩獎、國家文藝獎、玉山文學獎文學貢獻獎、榮後臺灣詩人獎、臺灣文學獎新詩金典獎、教育部「推展本土語言傑出貢獻獎」等獎項。

著有學術論著、詩集、散文集、評論集、時評集等四十多種；編譯作品三十餘種。

向陽詩集《十行集》出版於一九八四年，時年二十九歲，二〇一四年起他持續撰寫「作家手稿故事」，則分別於二〇一三年七月，二〇一八年一月結集為《寫字年代》與《寫意年代》二書。

當路越走越長

——九歌四十有感

周芬伶

凡能走下去的路常常是越走越長，在寫作上如此，在出版上更是如此。九歌滿四十年，我加入有三十年，出的書連自己也數不清，大抵涵括我所有散文的歷程。

剛出第一本散文集，心太急，也不能說出得不好，就是反應有點冷淡，創作的起點很重要，因為不挑，註定要走較曲折的路，沒有太早紅的好處是，你漸漸習慣冷清與寂寞，更能正視自己的缺點，或者說接受寫作就是孤獨的，必須排除各種干擾你的聲音，而且安於這種狀態。

初名沈靜，是我喜歡的筆名。進九歌見到蔡文甫先生，他第一要我改名字，之前副刊主編常要我改題目，現在連名字也要改，那還剩下什麼？我已夠不紅了，還要從頭來？在九歌我常只保住「書名」，有時連書名也保不住。出第二本散文集《花房之歌》時，算是九歌第一本，我已結婚生子，對蔡先生說：「現在我是新人了！」他回說：「應該是老新人！」那時我也才三十出頭，他說我老，自己卻是活力十足，身上的襯衫越來越花俏，說話溫和中帶著俏皮，是看不出年紀，也看不見邊際的人。

後來漸漸得些獎，領完獎，放到陰暗角落，馬上下廚作飯，那時覺得生活必需與寫作嚴格分開，當普通人比當寫作者更重要，住的地方離學校越遠越好。也許是這種心態使然，寫作的速度很緩慢，至多三年一本，重回本名，讀者好不容易有印象，每次出書都是從頭開始。

寫字破百萬，才知道寫作是什麼，在這方面我超級晚熟，第十本第一百萬就是《汝色》，雖然文章早進入國文課本，對我來說都還是摸索的狀態，第二、三本散文集《花房之歌》、《閣樓上的女子》、後來重出《絕美》，這三書是選本的最愛，對我來說不堪回首。

現在回想起來，那種明朗、熱情、唯美的作品，可能其中有些「九歌」風格呢？這種抒情美文的傳統，如果沒有「九歌」，誰能扛得起呢？所以諸多文學大系與世紀散文家的大器編選，說明文學傳統的承續，人才的匯聚，都是要有大氣魄的出版社才能為之，這絕對是一條能走得通，應該要走的路，四十年老字號，靠的是這種堅持吧！

當我還是默默無名的老新人，見蔡先生與陳素芳總編的機會反而較多，記得有一次帶著三、四歲的奇奇去見蔡先生，奇兒爬上蔡老闆的大書桌，把窗簾給扯下來，陳素芳從此提到他都是「那個很皮的小男孩」，現在那個小男孩快三十歲，人很安靜，話很少。我與陳總編也變成「老」朋友，見面機會反而不多，這是默契變多，不用多說，有書稿就交上，也不多問，連封面也不要求，以前的封面就像蔡先生對襯衫的品味，花花的。

寫作進入十年後，創作與生活越來越靠近，或者說進入以創作為核心的生活，這並非刻意，而是漸進式的，以前寫作與生活分得很開，寫作與教學也是兩碼子事，我從不在課堂上提到自己的作品，書單也沒有我的，聽說我在課堂上很嚴肅，很冷很不易親近，說話直接而犀利。學生自然不太敢親近，我下課後就逃，很怕學生跟上來。

劇團時期，接觸的都是非中文系學生，以劇場創作為重心，其實作的多，寫的少。之後碰上七年級，他們非常主動，喜歡追著我跑，七年級大多是戰神，我覺得三、五、七年級是一掛、四、六、八是另一掛，前者主動，早熟而有為，後者被動，晚熟而有所不為，這兩極是互補，就這樣跟學生越走越近，也寫了一些與他們互動的心得，《散文課》、《創作課》、《美學課》文學三書，這系列算是賣得較好的，我很感激我的讀者，他們或許數量不多，但都是品味特殊且死忠的讀書人，這讓我更肯定，與其賣得好，不如讀者好，平生只追求兩千本足矣！不讓出版社虧錢就好。

我也有賣一萬多的書，感覺上不踏實，非文學類、童書居多。文學書本是小眾，在歐美頂多多一兩倍。莒哈絲早期的書只賣幾千，《情人》賣幾十萬，紅到作者都不承認是自己的書。

寫作是痛快的，出版則讓人痛苦，還好有出版社承擔，他們對不賺錢的文學書願意堅持，光這點就讓人安心。

二〇〇九年住到東海，出了《蘭花辭》，九歌的封面變美也是那幾年，主要是文青的品味變高，新世代作家出來了，《散文課》因漂亮的封面多賣幾千本，救了我這票房毒藥，搬到校園住，寫作、教書、生活的空間一致，核心更集中了，我寫得更多，其他事已漸漸變得次要。

在剛寫作時，詩人羅門說我的文章是曠野中的油田，並非溫室中的花朵；又說創作要用藝術填滿生活，生活與創作無異。那時我不同意他的說法，如今已慢慢走在他說的那條路上，並確認那是一條越走越長，越走越寬的一條路。

對寫作者來說，一百萬字是重要門檻，五百萬字是另一個門檻，很多人在未滿五百萬就倒下了，左拉寫的二十二部曲，約四、五百萬，直到他把寫實主義寫窮了：村上春樹大約是四百萬，我覺得他還可更好，就差那最後的百萬，也是關鍵的百萬。

寫作三十餘年，寫的字數差不多也是四百萬字左右，最後那一百萬字很關鍵，希望我能越過那門檻，對文學作完全的捐輸。

就出版社而言，每十年都有一轉折，四十年之後要面對新世代與人工智慧的衝擊，能熬過這十年也很關鍵，需要更多的努力與支持，我除了繼續努力探求新時代之聲，也祈求九歌的路更久更長，讓作家有更穩的支柱，如今走過第一個四十年，但願下一個四十更燦爛。

作者簡介

周芬伶

臺灣屏東人，政大中文系畢業，東海大學中文研究所碩士，現任教於東海大學中文系。跨足多種藝術創作形式，散文集有《北印度書簡》、《絕美》、《熱夜》、《戀物人語》、《雜種》、《汝色》等；小說有《濕地》、《紅咖哩黃咖哩》、《妹妹向左轉》、《世界是薔薇的》、《影子情人》、《粉紅樓窗》等；少年小說《小華麗在華麗小鎮》、《藍裙子上的星星》、《醜醜》等；傳記有《龍瑛宗傳》、《孔雀藍調》。作品被選入國中、高中國文課本及多種文選，並曾被改拍為電視連續劇。以散文集《花房之歌》榮獲中山文藝獎，《蘭花辭》榮獲首屆臺灣文學獎散文金典獎。

周芬伶在九歌出版的第一部作品是一九八九年的《花房之歌》，最新著作是二〇一七年的小說《濕地》，近三十年間，陸續出版散文、少年小說，以及賞析閱讀系列《散文課》、《小說課》、《美學課》。

知遇

林剪雲

文字有魔力？直逼致命！剪雲深受其害，從小學三年級之後，時常三更半夜躲在被窩中靠著五燭光電燈吞噬小說，即使一再被母親抓包處罰，依舊禁忍不住文字的召喚，所以在那個鄉下小孩皆擁有火眼金睛宛如潑猴的年代，我是班上唯一的「進士」。

對文字著迷的程度，連逢年過節母親買回來的豬肉，攤商以報紙包裹，我小心翼翼取下有深淺不一油漬的報紙，然後攤在地上從第一個字看到最後一個字才甘願起身，此時兩腿已僵直發麻，所以看報紙的樂趣我也在少小年紀盡嘗滋味，跟《中華日報》結緣就在此時。

所謂「熟讀唐詩三百首，不會作詩也會吟」，國三，我們這個資優班正在力拚高中聯考，課堂上我卻開始在抽屜下偷偷寫小說，還有同學來傻問我要不要「小說出租」，那時候還不懂「fans」這字眼，只知道自己宛如喝了現代很夯的蠻牛廣告，對寫小說這樁事精力充沛到不行，成績則你累了嗎一路往下降。

到了下學期寫到失心瘋的我，公然把寫作簿擺在桌面上進入文字森林漫遊，置課業於度外，數學老師也是教務主任忍無可忍了吧？在課堂上拿粉筆丟擲我，痛罵：「林××！你考得上屏女我頭剁下來給你當椅子坐！」

粉筆神準命中鼻頭然後掉落，驚嚇之餘也才從文字魔神仔的掌控中還魂，粉筆不是刀片卻同時削落了我的自尊心，一向自命為資優生中的資優生呢！那堂課，我和數學老師先以眼神「對決」，接著毅然收起寫作簿拿出數學講義，直到高中聯考結束之前我以行動和他的支票「對決」……。

喔！問「對決」的結局嗎？到底我屏女落榜，還是數學老師人頭落地？記得，我返校拿聯考成績單，他笑咪咪直誇讚我：「好厲害！好厲害！」絕口不提他曾當著全班開出這張支票；我呢？其實也沒能要求兌現，因為我真的沒考上屏東女中，而是跨過下淡水溪的高雄女中。

所以國三那年的暑假，好清涼的一季啊！高中開學之前任逍遙。我也就投出一篇小說創作向《中華日報》副刊，生平第一次投稿什麼也不懂，除了基本的姓名、住址之外，年紀、性別、興趣等等全附上——像不像徵婚啟事？

從綠色郵筒吞沒稿件之後，我就進入「等啊等　望啊望」的患得患失，天天跑到離家不近的「民眾服務社」翻閱《中華日報》副刊，但是日日怏怏而回，那番鏖糟和失落的況味，用「思慕」或「失戀」哪個字詞形容比較恰切？

如果，一切就像我歸罪綠色郵筒根本是怪獸只吞不吐，稿件早屍骨無存，我後來的人生就改寫了，百分之九十九以上的機率不會踏上「情字這條路」苦戀寫作，纏綿至今——就如余光中的詩句「你來不來都一樣，竟感覺　每朵蓮都像你」，是只可遠觀不可褻玩的作家夢了，斷念之際，一封《中華日報》的信件「步雨後的紅蓮，翩翩，你走來」，慌慌開封，箋內是質疑我小小年紀怎能寫出那麼好的小說卻又錯字連篇，到底文章抄自何處？信箋後頭署名「蔡文甫」。

的確是小小年紀，當時哪知「蔡文甫」的名號，只是滿腔悲憤，你這個什麼副刊主編讓我苦等音訊，卻是質疑我為文抄公，提筆回信宛如在紙上丟炸彈，砰砰砰火光四射甘羅十二歲拜相我十六歲寫篇小說算什麼！

信寄出去當然是為了洩憤，萬萬沒料到，不久之後那篇小說榮登《中華日報》副刊版面上——

隨著年齡增長，人情世事的經歷增厚，越發感念蔡先生的泱泱文壇長者風範，面對一篇初學寫作者不成熟的習作，竟不忍遽然捨棄，還親自提筆詢問疑點，過後也不計較一個小鬼不知天高地厚的嗆聲，雍容大度地讓小說見報。

當年那個小女孩的確亢奮激越到不辨西東，而且隨著年紀、閱歷，興奮漸漸沉潛感動深深銘刻，也許那個十六歲的我，在手持副刊字字陶醉咀嚼自己的文章鑲嵌在上頭的那片刻，就命定了此生走上寫作的路途，不論後來的人生歲月如何坎坷曲折，我以寫作就是我的宿命那番堅持，「衣帶漸寬終不悔，為伊消得人憔悴」。

雖然刊登第一篇小說早到國三那年的暑假，因為個人種種因素，十年後才真正開始寫作投稿，雖然搬了住處換了筆名，難忘青澀年華和蔡先生那段暖心的互動，所以投稿第一選擇還是《中華日報》副刊，日居月諸流逝十年淚，居然照樣獲得蔡先生青睞，小說一篇接著一篇刊登出來，經過好長一段時間我才跟蔡先生重提那樁趣事，他竟然留有印象，後來我在臺北《中華日報》副刊室與蔡先生見面（總社在臺南），他諸多勉勵之語，我竟有千里馬遇伯樂之感——只是，我擔當得起千里馬嗎？

蔡先生是剪雲寫作路上最幸運的奇遇記，後來我的第一部長篇小說《火浴鳳凰》就在《中華日報》副刊連載，也順理成章在九歌出版。若以棒球術語來說，我就是《中華日報》副刊這個「農場」自家栽培出來的「投手」。

蔡先生於西元一九七八年一手創立九歌出版社，九歌文庫編號一的出版品就是老蓋仙夏元瑜的《萬馬奔騰》，編號二韓韓、馬以工合著的《我們只有一個地球》，都是當年叫好又叫座的創業作。

剪雲十年後在九歌出版《火浴鳳凰》，編號二七二，可見九歌選書之嚴，要在這裡出書多麼不容易，我真是一個幸運的寫作者，否則以我獨來獨往的孤僻個性，怎可能在文壇立足？

今年（二〇一七年）十一月十一日臺灣和平基金會在臺中舉辦「臺灣歷史文學」講座，與我對談的黃震南老師說，當九歌找他掛名《忤：叛之三部曲首部曲》推薦人，他才讀了三分之一就主動打電話回覆他願意，一方面他書放不下來，許久不曾有小說這麼吸引他；一方面又急著起身「Google」我是何方神聖為何之前不曾聽聞過有我這號作家？我在會場也回答得坦白，關於寫作，我的第一步很早，後來作品不論出版或搬上螢光幕都算順利，但我的確沒什麼知名度，因為個性使然又僻處屏東，加上一向認為作家惟作品是問，對文壇學界拉幫結派、黨同伐異的習氣敬鬼神而遠之，所以我就成了「南派」、「北派」都不會聞問的「孤鳥」。

蔡先生於我是「知遇之恩」。「知遇」之難，韓愈早有感嘆「世有伯樂然後有千里馬，千里馬常有，而伯樂不常有」，多得是不幸被埋沒的懷才之人。雖然知名度不足，也夠幸運了，長久以來掛在心頭耿耿於懷的是還沒寫出代表作，在浩瀚的文學之海連滴水的分量也無，是否太辜負蔡先生的知遇之恩？

就是這個「愧對」的念頭，支撐著我寫作至今，十年磨一劍總算讓《忤：叛之三部曲首部曲》面世，也微微閃爍了一絲劍芒，但後頭還有二部曲、三部曲尚待努力。我是跟時間賽跑的人，自己老大不小了，怎能自信暗夜過去就能再見晨曦？一直酷愛泰戈爾「生如夏花之燦；死似秋葉之美」這兩句名詩，死亡是無法避免的課題我很能面對，而我也因為對光陰的急迫感更加努力，希望自己能夠順利完成後面兩部著作，讓這套記載臺灣從近代史走到現代史，代表庶民悲歡離合、掙扎奮鬥的大河小說，得以圓滿。

九歌走過四十個年頭了，若是樹苗已巍然成蔭；若是嬰兒已卓然有成，九歌文學國度早撐起了臺灣的文學天空，我以在九歌出書為榮，更願九歌五十時我已圓滿三部曲。

祝九歌四十生日快樂！

作者簡介

林剪雲

過往：尋找生命之根的漂流者

現況：長住屏東的在地人

嗜好：玩文字

專長：小說、戲劇

寫作內容：《土地關懷》因於安身立命；「書寫女性」則是臨水自照《恆春女兒紅》、《火中蓮》，電視劇本：中視《火中蓮》、《斷掌順娘》；大愛臺《破繭》、《愛在碧海藍天》、《生命的陽光》、《逆光真愛》等。

得獎紀錄：新聞局優良電影劇本獎、中華日報小小說首獎、第一屆大武山文學獎長篇小說首獎、新臺灣和平基金會長篇歷史小說獎、教育部文藝創作獎短篇小說特優等獎項。

在九歌出版作品：《火浴鳳凰》、《世間父母》、《單飛鳳》、《暗夜裡的女人》、《忤：叛之三部曲首部曲》等長篇小說集。

九歌四十，因緣九歌

游乾桂

娛神的祭歌「九歌」，塑造出來迷離淒冷的場景，神非神而是人的神化，活潑優美，莊重典雅刻畫出，不僅披上一層神祕的宗教外衣，更呈現出深邃、幽隱的情調，奇異別具了濃郁的藝術魅力，這是愛國詩人屈原筆下《楚辭》裡曲折、婉麗、晦澀的九歌，在高中閱讀「天問」一文時意外識得的。長達兩小時，一共分為八段，分別以迎神、東君（首演季時為「東皇太乙」）、司命、湘夫人、雲中君、山鬼、國殤、禮魂無縫串連，視覺變換奇魅，氣勢磅礴的華麗舞作，讓臺下觀眾目眩神馳的遊歷一場天上人間，它是雲門《九歌》。

我的「九歌」則平凡許多，少了幽冥的元素，多了陪伴的記憶，在我大學遠離家鄉宜蘭落戶木柵指南山下之後，成了我生活裡小小的一個部分。

童年時期最重要且能閱讀的文字書少得可憐，最大的兩本大書存在心中，一本叫「自己」，我負責經由歲月淘洗弄清楚了自己的能力、性向與興趣，因而懂得自己可能與文學有一點點因緣，閱讀成了一種必要，但家中柑橘、金棗與園子裡竹筍的產值，大約只夠一家人的三餐，學費之外沒有多餘的錢可供購買課外書，昂貴的文字書求之不得，只好轉而用眼耳鼻舌身用心默讀「無字天書」，在天地之間，大自然這本大書裡汲取智慧。

寒暑假除了上山打工之外，能得一些錢幫助家中生計的唯一手段便是夜釣鱸鰻，鯰魚，為了得花心思明白這些夜行性的魚，摸透牠的習性，了解月光下暗黑之魚的作息，下竿沉釣收獲回家；除了夜，大約就是洪水暴雨了，出沒索餌，拉力驚人的把竹竿拉出一個完美的一百二十度，人與魚的對峙，最後收竿上岸，販售得錢，便可要求父母給出一筆賞金，放學後騎上腳踏車到市區書店購買一本剛出版，熱騰騰的，愛不釋手的作家新作，記憶中的出版社就是剛剛成立不久的「九歌」，那應該是緣起吧，至於買了誰的書早因時間久遠有些漫漶了。

唸大學算是求來的福份，本該務農的我可能手腳不夠俐落，看來書生模樣，父親在家人勸說下改變主義讓我進京求學，他們只有約法三章，明確告知可以負擔得起的生活費用，連同三餐只有五元，我必須當家教並且像會計師一樣，精算出餐與餐之間的金錢關係，以便省下幾毛錢，在半個月或者一個月的刻苦之下得了一筆購書款，單車仍是我的腳力，騎上它從政大出發，跨過道南橋，往木柵路前行，過馬明潭，進辛亥路，目的地在遙遠一個多小時之外的光華商場地下書街，挑一本或者數本精神食糧，其中總有一兩本叫做「九歌出版」的大師之作，張曉風、王鼎鈞、張拓蕪、管管、愛亞、胡品清、余光中、林懷民與蔣勳等等老師的精彩作品，因而進到了我的視界，成了未親身受教的傳智師，我提取知識養份的載體。

愛默生說：「買了一本好書，等於把一位好老師帶了回去，而且終生不會再向你要錢。」

這話我是相信的，我在九歌出版的書中只花了一點點的小錢便帶走了很多位當年春風化雨的智慧者，思考了一輩子的人生哲學，他們不著痕跡的醍醐灌頂散見在字裡行間的人生見聞。

人生的因緣極其奇妙，一人一物的偶遇也許只有七十億分之一的機率，很多人是終生不得交會的，當年的小讀者經由人生的歷練，豐富的閱歷與自身的專業成了作者，巧妙的是還與當年省下幾毛幾塊錢，為求其中一本書的出版社有了交會，當他們開心不已找上我，要求出版我的書時，萬萬沒有想到我比他們更開心，我的作家出版計畫裡其實一直偷偷藏了兩個大願，一在林太乙女士的

《讀者文摘》寫一個發人深省的專欄，這件事我做到，而且一寫三年，第二件事便是在九歌出版社出書。

因緣的確成熟，我速度極慢的在九歌出版一本又一本的新書，慢速源於慎重吧；這些年落下的每一個字，在我看來都必須是珠璣，言必有物，那是當年閱讀九歌作品得到的啟思，每一個字都不可只叫做字，而是真實有味，集合成了發人省思的「文章」，期待它能成為花錢買書的讀者的人生載體，希望有一天在他們的生命有了寬度想了起來時，成了有溫度的記憶。

當自己的作品被人喜愛挑選成了國高中課本中孩子必讀的一篇小小的文章時，我深知責任更重大，一筆一畫皆該有底蘊，這個自我要求大約也是九歌暗地埋下的種籽萌芽而成的，文章千古事，得失之在寸心，它在立德、立功、立言的行伍之列，我寫之，必須更加戒之，也許做不了張載的「為生民立命　為天地立心　為往聖繼絕學　為萬世開太平」的格言，但以此為座右銘。

一本書如果只是一本書，我頂多叫做作家，但是一本書如果能夠如同西方諺云：「打開一本書等於打開一個世界。」那麼我可能就是領航員，送智慧的人，夢想的製造家，作家應該是職業，但夢想家則是志業。

很抱歉，九歌給我那麼多，我卻只能說上這麼多了，短短千字文，說不來所有交會裡的美好悸動，但能給真心的一個祝福。

九歌四十，生日快樂，祝願還有下一個四十，下下個四十，感恩它傳法給我，我會接續，傳承出另一個亮彩的知識寶藏。

作者簡介

游乾桂

一個醫心者，人文關懷者，道場曾在醫院，擔任八一八醫院、全家聯合診所、建國聯合診所、臺灣地區婦幼衛生中心的臨床心理治療者。

現在的道場分在講廳，風塵僕僕四處法施，足跡遠至中國、馬來西亞、新加坡、菲律賓等地；主持過電視與電臺節目，散發正能量。

出版一百一十本著作，包括《給未來思想家的21封信》、《再忙也要很浪漫》、《天使補習班》、《爺爺的神祕閣樓》、《親愛的，你今天快樂嗎？》、《一張紙的奇幻旅程》、《轉個彎就是幸福》等等。

二〇〇八年起，游乾桂陸續在九歌出版少年小說及勵志散文，最新作品是，二〇一八年五月的《愛的幸福存摺》。

與九歌的合作

劉震雲

祝賀九歌出版社成立四十周年。

到目前為止，我在九歌出了九本書。前兩本是散本，從第三本開始編號，目前出到「劉震雲作品集」七。

我沒有在臺灣其他出版社出過書，九歌是我在臺灣唯一合作的出版社。這個約定並沒有合同，只是雙方的一個默契。

默契的前提是，雙方合作的比較好。持續合作的好處是，節省溝通成本。

能與九歌合作，緣於十幾年前，經朋友介紹，我和陳素芳總編在北京的一次見面。她給我的印象是：爽朗，富有遠見。這一秒能決定的事，不拖到下一秒。還有，她非常懂文學。

記得介紹我們認識的朋友是虹影。

接著，受九歌的邀請，我去臺北參加過兩次書展。見到了從蔡文甫先生到我的書的責編等許多朋友，他們給我的印象是：言簡意賅，非常專業。

兩次書展都很熱鬧。

留下的比書展印象還深的，是臺灣的吃食。臺灣本地菜，基隆的海鮮大排檔，都合口味；臺北還有一種火鍋叫「白甘蔗涮涮鍋」，甘蔗汁作底湯，涮海鮮，味道鮮美，過去沒吃過。一天半夜，肚子餓了，一個人走出酒店，在臺北街邊的地攤上，吃了一碗餛飩。地攤是夫妻檔。夫妻長得都順眼，衣著乾淨，桌子、抹布也都乾乾淨淨。與他們聊天，話語中，還有民國時代傳承下來的詞語。除了詞語，還有口吻和態度：和藹而善良。一碗餛飩吃下，感慨萬千。

猛烈的，是臺灣金門高粱。

比合作更重要的，是在合作的過程中，建立起來的友誼和信任。

期待繼續合作。

期待九歌出版社下一個四十年的輝煌與堅持。

作者簡介

劉震雲

一九五八年五月生，漢族，河南延津人。北京大學中文系畢業。中國人民大學文學院教授。

曾創作長篇小說《吃瓜時代的兒女們》、《故鄉天下黃花》、《故鄉相處流傳》、《故鄉麵和花朵》（四卷）、《一腔廢話》、《手機》、《我叫劉躍進》、《一句頂一萬句》、《我不是潘金蓮》等。中短篇小說《塔鋪》、《新兵連》、《單位》、《一地雞毛》、《溫故一九四二》等。

其作品被翻譯成英語、法語、德語、意大利語、西班牙語、瑞典語、捷克語、荷蘭語、俄語、匈牙利語、塞爾維亞語、阿拉伯語、日語、韓語、越南語、泰語等多種文字。其作品在國內外多次獲獎。根據其作品改編的電影在國內外多次獲獎。

二〇〇四年起，劉震雲著作開始在九歌出版，第一部作品是《手機》，之後陸續出版《我不是潘金蓮》、《一地雞毛》等長短篇小說，最新長篇小說《吃瓜時代的兒女們》則於二〇一八年四月出版。

小床母的文學預言

黃秋芳

九歌出版社的書，對我來說，最夢幻的應該是「童話列車」吧？遇見列車長徐錦成先生，搭上這班純真夢幻號，遠遠仰望著第一號乘客，鄭清文，臺灣文學和兒童文學牽手的開路人，學著在天地魂魄間，凝視生命的微細起伏，看千絲萬縷情意牽纏。

搭上「童話列車」的這本童話集《床母娘珠珠》，幾乎等於是我半生回眸的文學預言。純真、熱切、專注、迷糊、一路跌跌撞撞的小床母珠珠，在萬般落空疑無前路時，收到南極仙翁的快遞。四種法寶，仿如臺灣這四十年的文學素描。在解嚴前的晦暗中，依賴閱讀，用「歡歡洗腦刷」做腦部按摩，忘記傷心、恐懼；解嚴後，灑上「安寧冷精」，用書寫安住生心；而後隨著文化的休養生息，讓「如意桃木劍」為陪伴與守護注入不可思議的靈能；最近十年的「如意屏」，在後現代的紛繁拼貼中，透露出信任和溫暖，讓我們重新拾起勇氣，繼續走下去。

歡歡洗腦刷，九歌的第一個十年

臺灣解嚴三十年了，我們一起經歷半甲子以前難以想像的歷程。

就在戒嚴最後十年前後，臺灣文學出版業「五小」先後成立，和狄更斯《雙城記》的年代這樣相像，最好和最壞、智慧和愚蠢、信仰和懷疑、緊繃和碎裂、光明和黑暗並列，充滿希望，也令人絕望。幸好，還有純文學的長河小說、大地的傑出翻譯、爾雅的精緻淳美、洪範的文學典範和九歌的文學孕養，讓我們棄絕地獄，擁抱文學，在日漸升溫的繁華裡，慢慢走向天堂。

九歌的第一個十年，我閱讀，如「歡歡洗腦刷」的腦部按摩，掙脫戒嚴局限。在十五歲到二十五歲間，最乾淨的青春時候，隨著九歌溫厚瀟灑的人生隨筆，為生命信念，確立一種看遍人生的清靈洞明。

喜歡看吳魯芹《瞎三話四》、《淺調低彈》，在《雞尾酒會》和《師友・文章》中，有一種無須盡說卻綿延迴盪的溫暖；隨著王大空的笨鳥，慢飛、再飛、滿天飛，讓我們在不算如意的現世人間，從不忘記天空的寬闊；方瑜在昨夜微霜的回顧，葉慶炳「晚鳴軒」的詩詞、誰來看我的莞爾、我是一枝粉筆的坦然，幾乎就是臺大中文人的集體記憶。

最難忘的是琦君的溫淳惆悵，深切揭露了時間背後的抑忍與悲傷。有一年她回臺北，看著我的鞋子歡喜不已地問：「這鞋很舒服吧？」帶她到阿瘦皮鞋店，看她一口氣買了近十雙鞋款不同、尺寸不一的鞋子，不知該送給誰，只是兀自開心：「有誰來看我的時候，喜歡又穿得下，就帶走吧！」

這時，母輩的寂寞已然成為她的寂寞，母心似天空的遙遙追念，早已成為她日常的關懷與實踐。時移歲往，這樣的寂寞和付出，不也慢慢都成為我們共同的負擔？

安寧冷精，九歌的第二個十年

大學畢業後，我居無定所，一個工作又一個工作，一個城市又一個城市，一個月或三個月，最多半年就是極限。師友朋輩久未相見，總習慣探問：「你在哪裡？」

那些時，「希代」的朱寶龍先生喜歡聽故事，總是在這個故事、那個故事的縫隙裡聽見光亮。就是他陸陸續續寄來的預付版稅支票，支撐我所有天涯海角的夢想，在每一個異地行走著，只要天黑，我就關在一方小小的書桌靜靜寫字。透過一篇又一篇採訪稿，建構著世界的張望和想像；散文和極短篇，速寫靈光直覺；所有的小說，都是糾纏在靈魂裡的爭執和奮鬥。

解嚴後，文學世界花繁色豔，四地都是撞擊和波瀾，就在九歌的第二個十年，我寫作，如「安寧冷精」，走到哪涼到哪。年光浮塵，在字紙間化成小說、散文、採訪，累積成一本書又一本書，一個出版社又一個出版社，「漢光」的詩詞古典，「爾雅」的童詩旅程，以及纏綿在小說裡的一生愛戀，「聯合文學」的都市迷惑、「草根」的土地鄉愁、「小說創作」的青春摸索，各自長出不一樣的臉模，仿如流動是一種宿命，文字，成為半生日記。

從日本回來，成立「黃秋芳創作坊」，把都會的漂流種植成小鎮的安住。辦讀書會、土地訪談、社會運動、兒童文學探索，曾經迴旋在小說、散文裡的小我浪漫，慢慢發酵出論述、教學的大我期盼，「萬卷樓」的論述，「國語日報」、「螢火蟲」、「大樹林」和「富春」的文學教養……，在臺灣的文學汪洋邊，拍岸的浪花泡沫，成為一段又一段歷史的風景。

如意桃木劍，九歌的第三個十年

「黃秋芳創作坊」經營十年，像春蠶吐絲，一點一滴壓縮著自己的時間和心力。暫停下工作室的多元跋涉，走進兒童文學研究所的嶄新殿堂，在論述和創作間拓墾出雋永清新的少兒領地。九歌，成為更換跑道的幸運符。〈床母娘的寶貝〉獲九歌年度童話獎；〈魔法雙眼皮〉獲九歌少年小說獎；連續三年，編撰《九十五年童話選》、《九十六年童話選》、《九十七年童話選》，接生在「九歌少兒育嬰房」的這些書 Baby，無論是年度童話、床母娘珠珠，或者是邊緣女孩陳明瑜，都是我最鍾愛的孩子。

童話神靈小床母，纏繞著天地牽絆，在淳美永恆中交疊迴盪。一如徐錦成為床母娘寫的序：「床母娘珠珠的首部曲，是一個暫時的結集。床母娘總也不老，可說的故事還很多。黃秋芳若不接著寫，等於手握如意桃木劍卻不施展，白白糟蹋了上天的禮物。」

小說角色陳明瑜，從《魔法雙眼皮》的叛逆茫然、《不要說再見》的疼痛淒惻，延伸到新生代《向有光的地方走去》的掙扎奮鬥，上一代到下一代的三世情纏，以至於接續在三部曲之後各種少年小說小短篇，全都繞在這些親疏友朋人際脈絡裡，交錯糾結。從中文系跨界到兒童文學所，歷經少兒世界的童詩、兒歌、童話、少年小說的各種嘗試，在九歌的第三個十年，像執掌著如意桃木劍的小床母，全心全意的守護與陪伴，蛻生出純真信仰。

如意屏，九歌的第四個十年

每一次出入九歌，和掌門人蔡文甫先生打個招呼，就是最安心的印記。最後一次相見，是在陳憲仁先生的退休宴後，看八十三歲的蔡先生，一個人搭高鐵來回，不需攙扶，一派溫舒從容，在聲光引誘繁複、破碎雜學糾纏，大半的電子媒介越來越張狂的不安年代，他就像古書上走出來的幽雅書生，留下傳奇，悠然自在地看新世代慢慢接棒。

跨進九歌的第四個十年，心態上，還以為自己是那個純真、瘋狂、無所謂跌跌撞撞的小床母，身邊已然出現更多更青春更熱切的新聲後浪，體能豐沛地把我們往前擠進王母娘娘、七星娘媽、南極仙翁……那個遙遠的傳說世代。所以，依傍著卡爾維諾為下一輪太平盛世題寫備忘錄的精神，我們也開始準備「南極仙翁的快遞」，為下一個文學世代，鋪墊出豐富的閱讀滋養。

和九歌簽訂「對字，多一點感覺」書系，引領著我們的孩子，對字、對生活、對無限的可能，多一點感覺；和創作坊團隊夥伴一起出書，我習慣不領支票，把版稅全額換書，用來整建和創作坊孩子們一起起造的閱讀宮殿；看著團隊夥伴放大影印版稅支票，作為送給父親的壁掛裝飾時，心裡生起無限迴圈，彷彿融進了文學長廊，遙想吳魯芹的《師友文章》、王大空的《笨鳥慢飛》、琦君的《母心和佛心》……

連續幾年，參與九歌現代少兒文學獎決審，掙脫「兒童文學」的假想和框限，相信「好的文學」有一定的標準，為少年小說揀選出多元嘗試又能系統依存的未來，像如意屏，奢想著「看一眼，用永遠，看一次，用一世」，收納生命的祕密，讓小說成為模擬人生的答案。

四十年流光一瞬，謝謝九歌。這四十年，因為九歌，我們竟可以為所愛的人、為關心的世代，寄出不知道什麼時候、也不知道對誰會有幫助的「未來快遞」，這真是最美麗的幸福。

作者簡介

黃秋芳

臺大中文系、臺東大學兒童文學研究所畢業；曾獲教育部文藝獎小說首獎、吳濁流文學獎小說佳作、中興文藝獎章小說獎、法律文學獎小說特別獎；臺灣兒童文學協會童話首獎、文建會全國兒歌創作獎、九歌少年小說創作獎、年度童話獎；經營「黃秋芳創作坊」，推動讀書會、寫作訓練、文學營隊。

黃秋芳在九歌著作含童話《床母娘珠珠》；少年小說《魔法雙眼皮》、《不要說再見》、《向有光的地方走去》；閱讀書系《對字，多一點感覺》、《輕鬆讀三國》、《三國成語攻略》；並編撰《九十五年童話選》、《九十六年童話選》、《九十七年童話選》。

我開始說話

虹影

臺灣對我來說，是另一個世界，從我有記憶開始。重慶在上個世紀曾為國民黨陪都，據說在一九四九年被共產黨掌管前，奔逃到臺灣去的美帝國主義的走狗蔣匪幫留下大批特務，收集情報，以配合有一天他們反攻大陸。上小學時老師讓我們這些小孩子觀察身邊人，看誰在家裡藏了發報機，偷偷發報？誰懷揣駁殼槍，誰在寫密碼式的文字，誰在角落裡接頭？臺灣的老百姓過著水深火熱的飢寒交迫的日子，我們要過海峽去解放他們。老師的話，我們一片空白的心當然信。重慶夏天酷熱難忍，冬天陰冷潮濕，經常下雨，是一座霧山城，江之南岸，有太多的小巷子，太多拐來拐去的石梯，幽深的防空洞，又無下水系統，垃圾和汙水橫流，身處這麼怪誕的貧民窟，我看每個成人都是特務，都在和臺灣聯繫，覺得蔣匪幫隨時會來，把我們的幸福生活毀掉。

長大一些，知道了鄧麗君，她的歌聲跟我從小聽到的革命歌曲截然不同，我墜入其中，心想，能允許人唱這樣動人心腸歌的地方，會是什麼樣的？小時知道的臺灣，被賦予了新的內容，變得神祕起來。八十後代我流浪在路上十年間，讀到油印冊子上臺灣詩人的作品，一夜之間，瘂弦、商禽、洛夫和余光中等名字，俘獲了我的心。他們的詩，有自我，有痛苦，有想像力，不是大陸眾多歌功頌德口號式的豪邁或甜心餅乾的偽詩。我開始讀陳若曦、白先勇、朱西寧先生一家的小說，受益頗深，通過他們的文字，臺灣在我心中，變得生動具體，令我嚮往，如同嚮往有著莎士比亞、簡奧斯丁的英國和艾米莉迪金遜、福克納的美國。

一九九一年我到了倫敦，也是那一年我的詩在《聯合報》得了詩歌正獎，接著又得到了《聯合報》、《中央日報》短篇小說獎，對我這個在大陸發表作品難的作家來說，是一種莫大的鼓舞和安慰，它們堅定了我的文學夢。一九九五年我參加《中央日報》的百年中國文學盛會，第一次看到心儀已久的詩人作家，會間偶遇朱西寧先生，與他長談，我一生中從未與一個陌生者說過那麼多話，與他自然會談到張愛玲。張覺得自己名字俗氣，而我名字也如言情小說家，更何況字不吉利：《毛詩注說》「虹乃陰陽之氣不當交而交者，蓋天地之淫氣也。故朝西而莫東也。此刺淫奔之詩。況女子有行。又當遠父母兄弟。」他笑著看看我，說他家鄉也有種說法：「東虹風，西虹雨，北虹出來動刀兵，南虹出來賣兒女。」反正見虹無好事，哪個方向都不行。但他說我有好運，上帝會保佑我。他說過的每一句話彷彿在耳邊。這個小時最忌諱的地方，街道布局乾淨，民風純樸，禮儀著唐代遺風，文人也頗有君子氣度。有一天深夜，初安民約我在一間酒吧，我見到了早已喜愛的蘇偉貞、袁瓊瓊、管管等人，偉貞見我稱讚她戴著的一個價值不薄的耳環，馬上取下送我。我不收，她非要我收下。也是在那時，認識了詩人散文家爾雅出版人隱地先生。他很固執，看不懂我寫未來的長篇《女子有行》，不出版，他退稿信說，除非你能說服我值得出版的理由。我寫了一封長信，講我為何寫這部女權主義的小說。他最後出版了，而且打破他一年中絕不出同一個作家兩部長篇的規矩，又出版了《飢餓的女兒》。我們打傳真，我們寫信，一字一句校細節，那些信如果裝訂起來，會有一本書那麼厚。他後來又出版了《K》，這小說後來被中國法院以淫穢罪禁掉。那一年《飢餓的女兒》獲得了《聯合報》讀書人最佳書獎，隱地先生給我打來賀電，並要給我一張機票從倫敦飛臺北。我因為有事，未能成行，但臺灣認知我的寫作，這對一個流寓在海外靠中文寫作的人來說，就是生命中的空氣和水。二〇〇二年聯合文學出版《阿難》時，請我去了臺灣參加新聞發布會，那是我第二次到臺灣。也是這次，九歌的總編輯陳素芳女士來我的酒店，與我見面。她告訴我，九歌的創始人蔡文甫先生秉持著「為讀者出好書，照顧作家心血結晶」理念，辦了九歌，從未改變。她對我作品的理解打動了我。以後我們書信往來，彼此更多瞭解，她在九歌工作了幾十年，與母親相守，上班看書稿，下班回家也讀書稿，書癡一個。這樣的人，值得我真心。從那之後，我寫完一部小說後，總會寄給她，請她給我的小說提看法。

我告訴一直出版我書的隱地先生，新長篇打算給九歌，他給我回信，說沒問題。九歌先出版了寫清末民國初年舊上海女黑幫黑暗小說《上海王》，接著又出了《上海之死》和《上海魔術師》兩部，它們是我對中國現代化形成的縮影寫照，重寫《海上花》在那樣大變革的亂世之中的命運和自我選擇，也是我懷念不在人世的養父的一種方式。九歌也出版了以東北滿映李香君的故事為藍本的小說《綠袖子》，還有散文集《火狐虹影》、編著《鏡與水——大陸女作家女性之愛小說選》。陳素芳女士編輯書，仔細周到，跟隱地先生一樣追根溯源，無疑給我的作品添了翅膀，她認真地選擇封面和裝幀設計，也用心地宣傳。之後《飢餓的女兒》續篇《好兒女花》和最新奇幻長篇《米米朵拉》，皆是我最重要的作品，也由九歌推出。《米米朵拉》幾易其稿，九歌的編輯都一直與我互動，寫信給我。九歌也一樣重視我的詩歌，出版詩集《沉靜的老虎》，裝幀設計一如我的小說一樣精美講究，讓我深深感動。

在我的童年，甚至少女時代，我這個被社會所欺辱的人、被家裡忽視的人，是個被剝奪了話語權利的人，沒人傾聽我的聲音，以至於我從不得不沉默到習慣沉默。在小學，我被老師點名回答問題，我都發不出聲音，只能支支吾吾，有口吃障礙。上初中時，文革近尾聲，批林批孔，每個學生得發言，輪到我時，我緊張得要命，害怕說錯話，會引來災禍，我親眼見太多人因為說話或是寫字，被人批鬥，甚至被迫結束生命，跳入長江裡，我沒有說話，被老師狠狠批了一頓。整個成長過程，我都在一種膽戰心驚中，最先之所以選擇寫詩，其實是想寫下的文字，不要被人看懂。

好多年好多年，我成了一個不能順暢開口說話的人。

可是，臺灣，這個在我幼年時，是另一個世界的小小島嶼，卻使我開始講話，把心中積下的話，那些人間的悲喜劇，通過想像力編織出來，寫成文字，首先在臺灣出版。在這兒我遇到了值得終生尊敬的人：隱地先生、蔡文甫先生、陳素芳女士、朱西寧先生、瘂弦先生、陳義芝先生、王德威先生、孫康宜先生、馬森先生、黃粱，還有蘇偉貞、陳玉慧、黃寶蓮，好長的名單，一想起你們，我的心便溫暖起來，真的，我渴望說話，謝謝世上還有這另一個世界，對我優容有加，褒攜愛護！願九歌長歌，聲聲不絕！

作者簡介

虹影

享譽世界文壇的著名作家、詩人、美食家。中國女性主義文學的代表之一。代表作有長篇《饑餓的女兒》、《K——英國情人》等，詩集《魚教會魚歌唱》等，現居北京。

作品被譯成三十多種文字在歐美、以色列、澳大利亞、日本、韓國和越南等國出版。曾獲紐約《特爾菲卡》雜誌《中國最優秀短篇小說獎》、長篇自傳體小說《飢餓的女兒》曾獲臺灣一九九七年《聯合報》讀書人最佳書獎；被中國權威媒體評為二〇〇〇年十大人氣作家之一；二〇〇一年評為《中國圖書商報》十大女作家之首，被《南方周末》、新浪網等評為二〇〇二、二〇〇三年中國最受爭議的作家；《K——英國情人》被英國《獨立報》（*INDEPENDENT*）評為為二〇〇二年Books of the Year十大好書之一。美國伊利諾大學（University of Illinois）二〇〇八年年度書。二〇〇五年獲義大利「羅馬文學獎」。二〇〇九年獲《亞洲週刊》最佳小說獎。二〇〇九年被重慶市民選為重慶城市形象推廣大使。

虹影在九歌出版的作品，小說《上海王》、《上海之死》、《上海魔術師》、《好兒女花》，散文《我這溫柔的廚娘》，少年小說《米米朵拉》以及詩集《沉靜的老虎》。

堅持文學奮戰向前

蔡素芬

最初接觸九歌出版社，是國高中大量閱讀當代文學作品時，那時不但迷上翻譯文學，也初接觸臺灣現代文學，適好純文學性的出版社如九歌、爾雅、大地、純文學等相繼成立，以出版當代作家作品為主，無論去書店或接觸各出版社寄來的書訊，都可獲得新書出版的訊息。我在接觸翻譯書和當代文學之前，讀的多為童話、民間故事、明清章回小說，與九歌等出版社的作品接觸，才算真正認識了臺灣當代作家和作品。

整個高中階段讀了不少九歌出版社的回頭書，當時按月收到書訊，對沒有經濟力的高中生而言，書訊上的回頭書就是寶，價格既便宜又可挑到好書，當時一般文學書的定價大約七八十元，回頭書一本三十元，雖說是汙漬書，其實書況都很好，也就樂此不疲的買回頭書看。

沒想到日後成為一名作者，更沒預料會一頭栽入文學版面編輯這一行，既是編者，和出版社有更多機會接觸。過去陌生的出版人與作者，都日漸熟識，以文學為誼。二〇〇五年，九歌的陳素芳總編輯邀我為當年度的年度小說選當主編，由於在副刊工作，盡日閱讀作家們的新作，而年度小說選從在爾雅編選的階段即是個人案頭書，我在大學時的作品也曾被編入小說選，因此對年度小說選有獨特的親切感，也就接下這個編選工作。在接近交稿的階段，我們的聯繫都很順暢，和素芳也有諸多對選入的作品的討論，那是一段愉快的編選經驗，鳥瞰式的閱讀當年度發表在各媒體的作品，同時建立起編選觀點，這對從事文學編輯的編者而言，何嘗不是檢視自己文學品味的機會。

過兩年，九歌再次找我編選作品集，這次的工作艱鉅多了。為了迎接九歌創立三十年，創辦人蔡文甫先生大手筆為臺灣戰後出生的作家編作品選，以詩、散文、小說、評論為類別，每類編選三十名戰後出生、創作力仍旺盛的作家菁華之作。編選委員會由李瑞騰教授擔任召集人兼評論卷的主編，阿盛主編散文卷、白靈主編新詩卷，我主編小說卷。這是九歌二十周年時的「臺灣文學二十年集」選集的延續，只是又歷經十年，編「臺灣文學三十年菁英選」時，要關注的作家和作品就更多了。

為了選定各卷的三十位作家名單，委員會多次與蔡先生和素芳開會，蔡先生會詳加詢問某些作者創作量較少卻選入的理由，這是對這套書公正性的關心，畢竟九歌每年投注人力和財力在年度小說、散文的編選，在三十年之際推出菁華，更得一絲不苟。人數的設限，雖難做到絕對的公平，但我了解蔡先生的關心點在於每個選入的作家，都需有作品的說服力。至於遺珠，在持續的創作活力下，還有九歌四十。而轉眼間，四十周年確實已到，這四十年來，九歌出版的歷程，也就是臺灣文學發展的歷程，在一九七〇年代，戰後受中文教育的臺灣青年，或在臺灣生長的流離第二代，都有足夠的能力發揮創作才華，書寫此鄉此土的成長經驗。九歌在這當口，從思鄉、反共作品一路跟著臺灣社會的成長，文學出版品紛紛反映社會情狀，這是出版社長達四十年經營留存的社會記憶與紀錄，也是浩大的文學社會工程。

在這文學工程下，我有幸在九歌三十年時與之接軌，匯入成為其中一員，閱讀了過去三十年來優秀作家的作品。二〇〇七年整個年度，大量閱讀選入的小說家們的前中後期作品，以便寫精準的評介，眼力磨損不少，但也因編選這套選集，對臺灣小說的寫作群像，有更深入且全面的了解。回想初涉文學、身為文學少女時，並沒想過成為服務文學讀者的一員，這個服務比自己的創作，需有更大的客觀性和責任感。

當然其後十年，以至今日，文學又匯入了更多樣的變化，九歌在四十年的此時，更大氣勢的推出文學選集，可見蔡先生畢生投注文學出版，堅持文學，不改其志。

不管是開會或私下的拜訪，有機會向蔡先生請教及問候時，他講的話總有幾句我聽不懂，凡能聽懂的，我會隔外高興，聽不懂的，旁邊有最佳翻譯，女兒澤松或總編輯素芳總會適時轉譯蔡先生的意思。後來我有幾本小說也由九歌出版時，和蔡先生不必直接接觸了，他手下的工作人員都很有程序也很嫻熟的操作編務，而聽聞蔡先生雖年事漸高仍全盤關心出版社狀況。在他初創出版社的這一代出版家中，他算是堅持奮戰向前的，雖然文學環境大不如前、雖然即使九歌集團開闢有其他出版路線，但文學的基調始終守住，還廣納新世代創作者，這對一個老字號又沒雜誌書報等媒體附加的出版社而言，是相當不容易的。

做為文學媒體人，總可收到九歌的贈書，從中挑書寫書介；少女時讀九歌回頭書，中年讀九歌免費書，文學歷程與因緣輾轉，真是越讀越「無價」了。臺灣文學幸有九歌灌溉，做為文學閱讀者，才知道了這塊文學園圃裡的奇花異草。以四十年成果為基，九歌是越來越豐實的。

作者簡介

蔡素芬

一九六三年生，淡江中文系畢業，德州大學聖安東尼奧雙語言文化研究所進修。大學起即屢獲國內重要文學獎項，一九九三年以《鹽田兒女》獲聯合報長篇小說獎，表現一個時代的縮影，此後創作，題材多元，格局廣闊；《燭光盛宴》獲二〇〇九年亞洲週刊十大華文小說、金鼎獎及多種選書推薦。二〇一四年出版鹽田兒女系列第三部《星星都在說話》，掌握社會脈動，境界更為開闊；同年授與的吳三連文藝獎，稱其能書寫鄉土，也能書寫眷村，又能書寫海外生活，具用心與視野。作品被譽為「兼跨純文學與大眾文學，極具美感」。

主要作品：長篇小說《鹽田兒女》、《橄欖樹》、《星星都在說話》、《姐妹書》、《燭光盛宴》，短篇小說集《臺北車站》、《海邊》、《別著花的流淚的大象》。

蔡素芬又編又寫，自二〇〇五年起，陸續為九歌編選《九十四年小說選》及出版長短篇小說《燭光盛宴》、《海邊》、《別著花的流淚的大象》。

我與臺北

畢飛宇

我和臺北的關係非常簡單，起源於一個人，蔡澤松。

我和澤松在郵件裡交往了大概有一年，所談的當然是出版事宜。在香港，我們到底見面了，——她是一個嬌小的女士，還喝酒，這讓我吃驚不小。作為一個大陸人，我對「澤松」這兩個漢字是有直覺的：男，身高在一米七八左右，藏青或黑色西服，戴著瘦邊的金絲眼鏡，皮膚白，雙眼皮，頭髮是中分的，一絲不苟。當然了，「澤松」愛游泳，打網球，不嗜菸酒。對，「澤松」的語態必須平和。他說話的方式是「醬紫」的，遇到不合適的話題，他往往不反駁，微笑著，說，還OK啦。對，「澤松」一定是一位好好「先生」。

結果呢，我的直覺像掉在彌敦路上的冰塊，碎得一地。

嬌小的澤松是女中豪傑。在香港，她很有禮貌地和我說話，偶爾還捋捋頭髮。她說話的語調確實很平和。她說，她是在北京的地鐵裡看到拙著《玉米》的。出了地鐵口，她撥通了臺北的手機，對九歌的總編輯陳素芳大姐說：

「這個作者你給我拿下！」

一霎時，澤松面目全非。我清楚地記得澤松說「拿下」時的手勢，她細小的食指指著香港無辜而又狹長的天空。她很快就喊我「大哥」了。我把我的「鹹豬手」搭在了「我兄弟」的肩膀上，心裡頭真想給周潤發打個電話，「小馬哥」，和我們一起喝酒去！

細一想，澤松叫我「大哥」可也不是胡來，有淵源的。她的父親，九歌的創始人，蔡文甫先生，老家是蘇北的鹽城，離我的老家，蘇北的興化只隔了一條河。澤松是我們「蘇北」人，我們在香港見面了，屬於他鄉遇故知。

我被澤松「拿下」了，後來我就來到了臺北。在九歌，我和蔡老先生終於見了面。蔡老先生滿嘴的鄉音，如果我不講「國語」，和我的鄉音幾乎就一樣。我們聊得正歡，陳素芳大姐卻進來了，她插在我和蔡文甫先生的中間，蔡老說一句，她就說一句；蔡老再說一句，她就又說一句——這可是怎麼說的呢？素芳大姐很歉意地對我笑笑，解釋說，蔡先生口音重，許多人聽不懂，我來替你做翻譯。嗨，我一拍大腿，說，你就歇著去吧。我聽不懂？你翻譯了我才聽不懂。

因為鄉音，我和蔡家——也就是九歌——結下了情誼。蔡老先生有三千金，分別是澤蘋、澤松、澤玉。在我的眼裡，她們就是蘇北大地上的玉米、玉秀、玉秧。這是一種先驗的情誼，沒邏輯，無須培育，是命運與祖上的賜予，不可辜負。

老實說，臺灣的出版界對我是厚愛的，但是我哪裡都不去。我解釋了，其他出版社的朋友都是仁厚的人，都理解。這就是說，我們沒有業務上的往來，卻一樣可以做朋友。這很暖心。這就逼著我熱愛臺北的生活。我就待在九歌，好無所謂，壞也無所謂。我也不指望九歌的版稅在一〇一的陰影底下買房子。對了，我還記得我在九歌的第一任責編叫至宜，她姓什麼我都沒搞清楚，她就離開了，我就記得她叫至宜，宜蘭的宜。她是宜蘭人。

我的現任責編是佩錦和珊珊。關於珊珊，我特別想多說幾句。嚴格地說，是珊珊讓我感受到了臺北特別的縱深。我是在和珊珊第三次見面之後才知道的，她居然是商禽的女兒。就在十天前（二〇一七年十月十七日），我和瘂弦有過一次交流，我們交流的地點是愛荷華，聶華苓老師家的餐桌。

說是交流，其實是我聽瘂弦說。瘂弦的話題是商禽的一首詩，老實說，那首詩我沒有讀過。在詩中，詩人描繪了他的回家，是深夜，遠方的車燈把詩人的陰影射在了他家的大門上，而心臟的位置正是鎖孔。詩人掏出了鑰匙，對著自己的心臟插了進去。我驚異於這樣的詩，驚訝於這樣的感知。更讓我驚訝的是八十五歲的瘂弦，在談論商禽的過程中，他的讚美溢於言表。同時代的詩人之間能有這樣的心心相印，斯乃人性之大美。

巧合的是，離開愛荷華之後，我去了一趟匹茲堡。

眾鳥啁啾，黑人一句話都不說
氣溫正在下降
我望著遠方，雖只是早上九點
我彷彿已經看見了落日黃昏

這是商禽〈匹茲堡〉的最後四句。寫於一九七〇年的十一月。他「看遠方」的地點是第五大道還是弗貝思（Forbes AV）大道？我在這兩條大道上不知道走過多少遍，我看到過無數的鳥，在路邊與黑人一起分享過我的中國香菸，我經歷過早上九點，我看見過落日與黃昏，可是商禽，你為什麼如此悲傷、如此憂愁？

在商禽寫下這些詩句的時候，我才六歲。而現在，我年過半百，商禽，他的女兒，正用最苛刻的目光掃視著我的文字。這是生命裡最為特別的饋贈，我理當珍惜。

話題沉重了，來點開心的。

我熱愛臺北還有一個重要的人，那就是呂正惠。雖然觀點相左，但是，我欽佩這個學者，我也喜歡他血管裡的正大與光明。他的唐詩研究讓我獲益良多。當然了，我最喜歡的還是和呂老師喝酒，只要喝到一定的地步，呂老師的臉上就會浮現出嬰孩般的笑容，我說過，「類似於卡通」。有一次，我也記不得因為什麼了，我和呂老師之間發生了一點雖不嚴重卻是針鋒相對的「理論衝突」。衝突到後來，呂老師大人大量的一面體現出來了，他端起了酒杯，要和我做兄弟。呂老師是我的前輩，我做他的學生還差不多，做兄弟可是不敢的。但是，天地良心，我也虛榮啊，我看了看四周，酒席上幾乎都是呂老師的弟子——我要是和呂教授拜了把子，在坐的這些菁英們可不就要喊我「叔叔」了麼？剎那間，我體會到了啥叫「惡向膽邊生」。我真的端起了酒杯，和呂老師結結實實地喝了這杯「把子酒」。金門高粱伴隨著我的邪惡，興致勃勃地布滿了我的全身。仗著呂老師，我的大哥，我一下子就成了「叔叔」。

當然，這些都是戲言，不能當真的。我真正想說的是這個——我喜歡臺北的人情。

作者簡介

畢飛宇

一九六四年生於江蘇興化。揚州師範學院中文系畢業，曾任教師，後從事新聞工作。八〇年代中期開始小說創作，他的文字敘述鮮明，節奏感掌握恰到好處。曾獲得英仕曼亞洲文學獎、魯迅文學獎、茅盾文學獎、百花文學獎、中國作家大紅鷹文學獎、中國小說學會獎等，《推拿》獲選為《中國時報》開卷年度十大好書。

自二〇〇五年起畢飛宇陸續在九歌推出作品集，計有：《玉米》、《青衣》、《平原》、《造日子》、《推拿》、《大雨如注》、《充滿瓷器的時代》、《小說生活——畢飛宇、張莉對話錄》、《小說課》等書。

關於飛翔、安定和溫情

——致九歌

朱少麟

凌晨三點四十五分，天寒，微雨，我在書房裡，用耳機聽著Mark Knopfler的吉他曲，The Long Road，大抵上聽過這首歌的人，會承認它有股邪門的力量，能讓人特別沉溺入前塵往事中，這時我想起的，是一隻鴿子。

那隻鴿子，住在臺北市某棟危樓的頂樓，那是一個我連在夢裡也不曾回顧過的角落，我也在那頂樓住了一年。

那一年我二十一歲，剛剛離開大學校門，老家在遠方，阮囊羞澀，進退失據，我在市區精華地帶，居然以低價租到了一間雅房，此房就在這棟危樓的頂層加蓋處。

說它是危樓絕不苛薄，電梯早已失靈，二樓以上多半呈廢棄狀態，樓梯間的閃爍燈光永遠提供一種災難電影效果，幾個最陰暗的拐彎處還見得到焚燒過紙錢的殘跡，靜壓過聲，塵多於物，疑似人鬼共居，總要一口氣爬上五樓，我才見得到第一個活人，獨居的女房東，請容我說她也是個適宜驚嚇人的好手，這位中年女士略矮胖，面容恆常睏倦，她喜歡穿著連身的睡衣，在五樓走廊上散步，總是有辦法讓歸來的我與她偶遇，讓我感覺就像誤闖進別人臥榻一樣的不恰當，但我是個太愉快的年輕人，朝她歡樂地揮揮手，我就繼續爬上七樓，回到客宿的雅房。

這七樓原本該是個妝點華麗的空中花園，當時已經繁華謝盡，只剩下一些石雕造景、少數的植物殘樁，還有一圈乾涸的魚池，上面懸著小小一道寂寞的石砌拱橋，魚池旁是四間相連的鐵皮房間，後頭還有公用衛浴間，然而這只占頂樓一半的幅員，還有另一半的空間，阻擋在一排陳舊的木板隔障之後，那一邊貌似有一棟傾頹的巨大鴿屋。

我是頂樓唯一的租戶。

終於有一天我穿過隔障，證實那邊是個雄偉的鴿屋遺址，至少容得下百來隻鴿子棲身吧，但當時只剩下點點落羽，和大量的鴿糞痕跡，有幾隻鴿子似乎被我驚擾了，撲簌飛走，在天空畫了半個圓，消失，又飛回來，停歇在腐朽的鴿屋門簷上。居處毀了，鴿了還是戀家的吧？我這麼想。

「就我哥啊，他以前愛養賽鴿啊，」女房東煩惱的告訴我：「拜託他好幾年了，也不回來整理。」直到我更進一步，鑽進鴿屋裡探險那一次，才發現了此生最驚奇的謎團，半毀的鴿屋內有許多小型鐵籠，其中一個鎖死的籠子裡，竟然站著一隻鴿子。

活的，心平氣和的，被關在這被拋棄了好幾年的鐵籠裡，這隻鴿子，對我咕噥了一聲。

我就不叨敘當時是如何一再確認鐵籠毫無出口，如何發現籠內的水盒食槽早已經乾枯崩碎，又如何在與這隻老鴿子對望時禁不住難受。

我給了牠清水與食物，牠不太積極地受用了；我想辦法剪開了鐵籠，牠平靜地選擇留在籠內。

除了屋簷上那幾隻鴿子接濟牠水米、幫助牠活命以外，我完完全全找不到合理的解釋。幾個月後我搬離了這頂樓。

人生中也許還有更多值得思索的未解之謎，但這隻鴿子撩撥我心的程度不太一般，若說是同情牠，似乎貶低了某個神祕又莊嚴的題目，總之我惦記著這隻鴿子，牠那種與困境毫不相干的靜默，在我的心裡產生了分量。

很多年過去了，我在短暫的寫作期之後又停筆，開始另一種平淡的小生活，某種程度上來說算是佇足不動了，再怎麼摒棄外緣，沒辦法無視的是，遠遠的那頭，有個人始終惦記著我，那是九歌的蔡文甫先生。

因此這時候忽然又想起那隻鴿子，有點巧合，得知九歌正要隆重展開四十週年慶，我想我得從長久隱居中洩露出一些東西，帶著敬意。

回想起來，與九歌結緣，是在它成立二十週年之前不久，當時我完成了第一部長篇小說，就像個正統的初生之犢一樣，我將原稿掩護在一篇很狂妄的自介信之下，寄送給十幾家出版社，之後是幾個月的苦候，這焦躁結束於蔡先生的一通電話，當時我並不知道承蒙一個出版社負責人親閱稿件是多麼大的榮幸。

記得那是一個深夜，電話那端的蔡先生氣喘吁吁，讓人有種看著他趕路奔來的即視感，他第一句話的耿直程度，是不容許任何作者忘懷的，他說：「你這個小說是自己寫的，還是抄來的？」

成功地讓我錯愕之後，蔡先生自言自語似的繼續納悶，「不可能啊，從哪可以抄來這麼好的小說？」

當下我明白了兩件事，蔡先生的敏捷語速讓人難以插嘴，還有，絕不能小覷這位長輩對於年輕世代的兼容能力。

簽約，付印，蔡先生親自寫序，親自引領我應付媒體，小說問世後相當順遂，一時間蔡先生贏得了伯樂之名，雖說他早已是資深伯樂，但在那純文學出版物正要式微的時節，他如此提攜一個素人寫作者，對許多人來說幾乎就是暗夜明燈，那幾年裡，蔡先生被指名遞交了好多小說原稿，每當見到他苦笑著示以我又一疊新稿，好像在說「看你這匹千里馬把我累得啊」，我總有點羞赧之感，千里馬是謬讚，我大約只狂奔了九十里，但蔡先生品賞文章之銳利倒是真，這些年我欠了他一句話，蔡先生，是我沾您的光。

蔡先生寫了文章勉勵我是天生的作家，天生這兩字，對我來說，那意思更傾向於來去皆沒有頭緒，幾年之後，我決定不寫了，短短的寫作生涯中，只與九歌合作，從一而終，我的經驗可能較為局限，但在這兒我樂意說出一些真心的想法。

與九歌合作的幾年間，我算是個難以照顧的作者，不閱信不應酬，拒絕曝光排斥採訪，這樣倔強的脾氣，在出版社的眼中，想來不算特別，特別的是他們對於一個文壇新人能保有如此高度的寬容，蔡先生的女公子澤松小姐常伴左右，處處守護著出版事宜，令人心安，總編輯陳素芳小姐永遠溫暖支持我的執拗，這些業務上的護持，慢慢發展成近似老友式的相濡以沫，儘管再缺乏經驗，我也明瞭這待遇不太正常。

必需承認，我的確仗著新鮮人的幾分野性，刻意試探出版社的底限，而九歌也有雅量調整接招，雙方就這樣勾引出了一些非典型的相處之道，一切都是為了讓小說問世成功，不是嗎？不只，更因為九歌有敦厚的本質，本質中有個堅持，他們必需呵護能寫之人，即使這呵護已經超越了合約關係，到了超越之處，雙方幾乎締結成了某種親族，我以為這是很自然的，當一個作者，將作品交給了出版社時，雙方不就應該是血脈相連嗎？

事實上我知道這種自然的互相愛護是罕見的，我是很幸運的，幸運之餘，變本加厲，隱居十幾年，將作品的一切後續事宜全推給出版社，九歌溫柔地扛起了經紀人的職務，這些年來依照我意，接洽或阻擋各方探詢，若沒成千，應該也有數百樁勞務了吧，九歌從無抱怨，每當小說又新刷了一版，還要來訊問候勉勵，不盡然關乎利益，這其中有真正的類似於父愛的慈祥，以一個文學出版社來說，我想不出更可愛的形式了。

而最奇特的是，蔡先生始終惦記著我，封筆十二年以來，每隔三年五年，他總要寄來一封親筆函，豪邁的字跡裡，是柔聲的勸請，內容大約都是，少麟，要寫，你要繼續寫下去。

一家出版社，能讓一個寫作者真心感到虧欠它，這也許不容易。

更不容易的是，四十年了，歷經各種潮流交替，即使不再觀察文壇的我也看出來了，九歌必需因時就勢婉轉調整，但誰也明白，九歌從沒放棄純文學的主旋律。

九歌它，真的成了綿長的歌謠，有部分隨流行，有更多保留了原本的神俊，還始終能押韻。

祝福九歌，謝謝九歌，除了身為穩健的出版社，我想說，您們還成就了某些只能用美學衡量的意義。

作者簡介

朱少麟

一九六六年出生於臺灣嘉義，輔大外文系畢，曾在政治公關公司任職。其小說以意識流、蒙太奇筆法將主題融入行動中。

一九九六年在九歌出版《傷心咖啡店之歌》是她的第一部長篇鉅著，一舉成名。

一九九九年《燕子》再創佳績，與《傷心咖啡店之歌》並列「最愛一百小說大選」書單，為讀者最期待的作家；二〇〇五年出版睽違六年的作品《地底三萬呎》再度震撼文壇。

與九歌一起成長四十年

徐錦成

九歌出版社成立於一九七八年三月，當時我十一歲，恰巧是開始懂得自己找書來讀的年齡。四十年一晃眼就過去了，我確實是「看九歌的書長大」的。

讀九歌書的最早記憶，是「老蓋仙」夏元瑜的書，他是博古通今的雜家，文筆幽默引人入勝，我讀他的書，增進了不少文史知識。後來我大學就讀中文系，必須承認，夏元瑜是最早啟發我中國文學興趣的作家之一。

大三升大四的暑假，我寫了一篇兩千多字的短篇小說〈父親的百寶箱〉，投稿《中外文學》被錄用。《中外文學》有標示作品文類的編輯慣例，〈父親的百寶箱〉刊出時被標示為「散文」。我雖知它是一篇「第一人稱小說」，但作品被如此歸類，也無可奈何。不久〈父親的百寶箱〉被陳幸蕙老師編入九歌版的《七十八年散文選》（一九九〇年一月），之後又曾再被收入另外兩本散文選。它一直被視為散文，直到我第一本短篇小說集《快樂之家》（一九九四年九月，時報出版）收入該作，我才算對它的文類歸屬表了態。前幾年臺灣文壇有過一陣對「第一人稱小說／散文」的反省，我有時會想，如果時間重來，我是否該提醒《中外文學》主編及陳幸蕙老師：〈父親的百寶箱〉是一篇小說？

第二次入選「年度散文選」是廖玉蕙老師主編《八十九年散文選》（二〇〇一年三月）的事，作品〈夢十夜〉是與日本文學對話的夢境，篇名來自夏目漱石的名作。夢境到底是散文？或是小說？根本就說不清。但無論如何，該文也收錄在我第三本短篇小說集《私の杜麗珍》（二〇〇一年十一月，圓神出版）裡。我認為「虛構」是判斷小說與散文的重要依據。但虛構與否只有作者自己清楚，這個原則顯然不適用於讀者。關於小說與散文的分野，我至今沒有明確的答案。或許，這個問題原本就沒有答案吧！

兩度入選九歌版「年度散文選」，除了是一種光榮，更重要的是觸動了我對「年度選集」的思考。我讀碩士班時便想到，臺灣童話應該可以像小說、散文、詩一樣，一年編一本選集。到了讀博士班時，終於向九歌提了案。九歌考慮後決定要做。我去了一趟社裡，跟蔡文甫先生及陳素芳總編輯面談。蔡先生有句話令我印象深刻，他說：「雖然看起來是未知數，但只要走下去，就會走出一條康莊大道。」「年度童話選」至今維持每年出版，與「年度散文選」、「年度小說選」並列，是臺灣文壇每年一度的盛事，也是九歌對臺灣文壇重要的貢獻。我很榮幸擔任「年度童話選」最初三年（二〇〇三—二〇〇五）的主編。

童話是兒童文學的一環，我之所以向九歌提案編選「年度童話選」，而不找其他專業的兒童文學出版社，除了因九歌已有「年度散文選」及「年度小說選」的經驗外，更重要的是因為我一向視兒童文學為臺灣文學的一環。長年來臺灣文學研究者經常忽略兒童文學，而兒童文學界也習於偏安一隅，導致主流文學與兒童文學鮮有對話。兒童文學並非九歌主力，但由九歌主導「年度童話選」，有助於讓主流文學界看見童話，這一點是其他專攻兒童文學的出版社做不到的。

我讀博士班期間，不只為九歌主編三年的「年度童話選」而已。我還因私愛棒球，蒐集多篇臺灣棒球小說後，向九歌提案出版《臺灣棒球小說大展》一書（二〇〇五年二月）。更在「年度童話選」的基礎站穩之後，建議以作家為主體、編選一人一本的精選集「童話列車」，該書系首發於二〇〇六年六月，推出的兩位名家是司馬中原與管家琪，至今（二〇一七年七月）已累積十二部臺灣童話作家作品了。

不論是主編「年度童話選」、「童話列車」書系或《臺灣棒球小說大展》，當時的我不過是個文學系博士生而已，在學術界毫無地位，但九歌並不嫌我資淺輩晚，賦予我重任。如今我已在大學教書十幾年，說真的，還沒看過其他博士生有我當年的機遇。

取得博士學位後，我進入大學任教。「童話列車」書系持續編選，而《臺灣棒球小說大展》也在二〇一三年八月增訂新版，改名《打擊線上：臺灣棒球小說風雲》，收錄的作者由原先九位擴編為十四位，是至今臺灣棒球小說最完整的呈現。若說我這十幾年來在學術界有點成績的話，無疑就是在兩件事上：兒童文學（尤其是臺灣童話）及運動文學（尤其是棒球小說）。而這兩件事都因為跟九歌合作，變得更具體。如果不是九歌給我舞臺，讓我編出許多書，我的學術生涯將只局限在狹窄的象牙塔內，無法普及大眾讀者。

與九歌的合作也不僅在編書上。一年前我萌發到偏鄉國小義講的念頭，馬上聯絡九歌，讓我使用「九歌特約兒童文學主編」的名義巡迴義講。我希望每次義講，九歌都提供五本我主編的童話書贈送給該校。這件事對出版社毫無利益，但九歌依然支持我。自二〇一六年十一月至今（二〇一七年七月），我已在南臺灣義講了十六所偏鄉國小，九歌也相對送出八十本書。我講課的對象是國小高年級學生，主題是臺灣童話，聽眾最多時有三十幾人，最少的一次僅有四人（高雄市大樹國小和山分校）。不論路途遠近，我都自己開車去，車上總是載著五本九歌的童話書。義講的點點滴滴，我整理在臉書社團裡，名稱是：「九歌童話列車駛進偏鄉」。這個計畫仍進行中，臺灣在教育上的城鄉差距很大，我希望持續走訪偏鄉國小，與九歌一同散播兒童文學的種子。

明年（二〇一八年）就是九歌成立四十週年了，為了慶賀這件事，我向社裡提出編選《臺灣兒童文學讀本》的計畫。我的構想是：坊間已有多種「臺灣文學讀本」，偏偏尚無《臺灣兒童文學讀本》這樣的書，四十年來九歌累積了大量的作者班底，我希望編出一本專屬於九歌的《臺灣兒童文學讀本》，收錄的作家都曾在九歌至少出過一本書，而收錄的作品都是從九歌以往的出版品中選出。這些作家不限於大家印象中的兒童文學作家，而作品在當初也不見得被視為兒童文學作品，只要確定適合兒童閱讀即可。一如以往，九歌再度同意我的企畫，委託我編選這本書。而我覺得，這本書其實是九歌送給自己的四十歲生日禮物。若無四十年來的兢兢業業，這樣一本專屬九歌的書是不可能編出來的。編一本旗下作家的「兒童文學讀本」替自己祝壽，這是臺灣出版史上是首見，說不定在世界出版史上也是創舉。

十幾年來，我與九歌多次合作，這種緣分是當年那位捧讀九歌書的文藝少年決不可能預料到的。若說還有什麼遺憾，就是我還沒在九歌出過自己的書，還不算九歌的作者。何時能有個人著作交給九歌出版，無法預期，只能一句「隨緣」吧。

跟九歌的種種合作，明顯形塑了我的文學事業（或許也稍微形塑了九歌的文學事業）。一位「看九歌的書長大」的少年，長大後編了許多九歌的書給更多人看——人生中還有什麼事情比這更美好？謝謝九歌，以及與九歌一起成長的這四十年！

作者簡介

徐錦成

臺東大學兒童文學研究所碩士，佛光大學文學系博士，成功大學中文系博士後研究。現任教於國立高雄應用科技大學文化創意產業系。作品獲聯合報文學獎、磺溪文學獎等多種。著有小說集《快樂之家》、《方紅葉之江湖閒話》、《私の杜麗珍》、《如風往事》；繪本《黑暗中的小矮人》（施依婷繪圖）；論著《臺灣兒童詩理論批評史》、《鄭清文童話現象研究——臺灣文學史的思考》、《運動文學論集》。編有運動文學《臺灣棒球小說大展》、《打擊線上：臺灣棒球小說風雲》；兒童文學《九十二年童話選》、《九十三年童話選》、《九十四年童話選》及「童話列車」系列等。

二〇〇三年，九歌在徐錦成建議下開始臺灣首創「年度童話選」編選工作，與年度散文選並列。二〇〇六年主編以單一作家為主的「童話列車」系列，九歌四十週年，則主編《臺灣兒童文學讀本》。

九歌路

吳鈞堯

這是我的找書路：出三重市仁愛街，斜穿安慶街連正義北路，再右轉重新路，我經過的騎樓高低起伏，它們或築斜坡、或多砌幾個石階，都為了預防大雨來，淡水河完全不跟堤防商量，後娘一般。騎樓如浪，我心如浪，因為我要到書店。

我被許多誘惑考驗，烤章魚丸子、甜不辣攤、五燈獎豬蹄飯，我把口袋捏得緊，不讓口舌留一點點口水。凡，文字形成一股誘因，都該有某種根深蒂固的安靜，它們平常都小而乖順，像飽足睡憨的嬰兒，一旦警醒都乖張，像受了天大委屈，書店成了我聲張與索討的所在。我還得通過一個試驗。書店附近正是電影院，有院線與二輪片，海報貼滿戲院外牆，像載了太多歡樂的口腔，嘟嘟嘴、圓鼓鼓，我不斷對比海報與書，孰優孰劣、孰得孰失？沒有得失、優劣，而是一個時間問題，進戲院不過兩小時，買書但能一輩子陪。

書店該叫「國園」，如今早已不在，只能在回憶中與它團圓。這是一家書店的意義，像是什麼也不做、哪裡都沒去，它的靜候就是一款美德，而且它不趕人，除了翻閱漫畫書，會惹來老闆注意，像是「嘿嘿嘿」，像是「我有注意到，你都來看免費」。我沒有那個問題。我都會買書，掏出一度捏緊緊的紙鈔，鬆開，像一本書開在我的掌心上。

在一次次的找書路以後，我才瞧出書店的眉目。書店氣息安靜，肇因一批安靜的書，架構書店的五臟六腑，「顏面」可以一周、一個月更換，如時興的交友雜誌、歌本、婦女與理財刊物，文學才是書店的心臟，十幾年後我方知曉「五小」大名。一九六八年，文壇稱「林先生」的林海音創辦「純文學出版社」；一九七二年，作家姚宜瑛成立「大地出版社」；一九七五年，作家隱地成立「爾雅出版社」；一九七六年，詩人楊牧、瘂弦、葉步榮創立「洪範書店」；一九七八年，時任《中華日報》副刊主編的蔡文甫，辦理「九歌出版社」。八〇年代初，它們都很有規模了，各擁一個書架。寫書、出版與讀書，看似交集，與我只有一個胳臂遠，但又海角天涯。

九〇年代中葉，那一天有風有雨，還有點愁，我頻看錶，一小時、十分鐘……還有五分鐘，我終於下班了，循南京東路五段走到四段；騎樓有高有低，有寬敞與仄礙，走在南京東、也像走在正義北，我遠遠看見一個灰影縮在冬日的寒冽中，她的名字曾以「責任編輯」出現九歌叢書，約莫一周前，她給我電話，「蔡老師要我跟你聯絡。」蔡老師，呃……該不會是蔡文甫吧？

二〇一七年春夏之交，作家畢飛宇率領作家團訪臺，九歌與印刻，兩大出版陣容邀請旗下作家與會，訂定「文學價值分享、兩岸創作發展、推廣、培植與創新、實體書店推廣閱讀的價值」等發言方向，來客畢飛宇權充主人，引領作家盍各言爾志。面對大哉問，我心虛詞窮，也可能酖吃蛋糕、快飲紅酒，任何發言都是打擾；更可能，我是剛剛睡飽的孩子，怎麼一個天亮，忽然長大了？我細細追問自己的找書路，再度看到一個風雨交加日，寒冷中彼此辨認，陳素芳一開口就說，「蔡老師問你，有沒有興趣在九歌出版？」

很多年了，這句話總響著，它也響在其他人心裡，當時文壇流傳「文章發表要上兩大報，出書則要找五小」，讀書、寫書與出版，在這三岔路口，終於設有一個號誌，紅燈還是綠燈？如果紅燈，我該如何摸索，在大雨與枯旱之際，鑿渠道疏通春夏秋冬？我偏離發言，談「五小」與「九歌」，說「蔡文甫」、「蔡澤玉」父女與「陳素芳」，他們都該加上引號，如同「蔡老師問你」一樣，必定被我跟許多人，一遍遍畫上紅線。一畫再畫的紅線轉綠了，一段一段的路頭，都沒有盡頭。

交流會後，我持畢飛宇、張莉合著的《小說生活》請畢簽名，他很驚訝，張莉的名字已經寫上，「二〇一四年冬，澳門」。找書與讀書路都是長途跋涉，梁實秋、余光中、林文月、張曉風，迄陳義芝、鍾怡雯、楊富閔等；舊的不會更舊，但永遠有新的，我帶著《小》欣然赴約，也帶著《小》與張莉不約而遇。是「九歌」約了我，還是我捏緊自己，見「九歌」？

英國作家馬丁・艾米斯著有《時間箭》，全書「倒著來」敘述，水往上流、雲往下飄，我倒著走出國園書店、接正義北路，騎樓低高伏起，穿安慶街、連仁愛街，倒退上三樓，門關了後我進屋，房門關了後我跳上椅子，我手上沒有書而打個飽嗝，書桌上沒有「小五」……我慶幸，當記憶「倒退嚕」，其中一段是我拜訪蔡文甫老師，在九歌二樓雅室，他高興收下我贈與的金門高粱。

爾後，我為愛飲辯護，都舉蔡文甫為例，「睡前小酌高粱，是蔡老師的養生之道呢。」

蔡文甫儒雅俊朗，使得他的高大不具威脅，而更顯寬厚，他鄉音濃，十之五六我都是猜的。那是我經常「倒退嚕」的場景，我從正襟危坐漸而或倚或靠，聽不懂的猶然沒聽懂，但我們相談甚歡，一旁的酒，則還沒有開。

作者簡介

吳鈞堯

曾任《幼獅文藝》主編達十七年，現專職寫作，執筆《人間福報》、「鳳凰讀書頻道」、《南方週末報》、《臺聲雜誌》等兩岸專欄。曾獲臺灣《中國時報》、《聯合報》等小說獎，梁實秋、教育部等散文獎以及九歌出版社「年度小說獎」、五四文藝獎章，金門歷史小說《火殤世紀》，獲二〇一一年臺北國際書展小說類十大好書、文化部第三十五屆文學創作金鼎獎。二〇一六出版《孿生》獲國家文化藝術基金會長篇小說獎助。

吳鈞堯兼擅小說與散文，一九九八年，在九歌出版散文集《龍的憂鬱》，二〇一七年出版《一百擊》則是他對散文創作的重新撫觸與開拓。

長者的鼓勵及提攜

鄭丞鈞

二〇一八年三月就是九歌的四十歲的生日，這是九歌編輯部寄給我的邀請函裡的訊息。

在此之前——請原諒我這麼不諳人情事故，我並不知道九歌的四十歲生日到了，但在幾十年前，我就和許多人一樣，書架上有許多九歌出版的圖書，那時連我們東勢鄉下的小書店，幾坪大的店面裡都擺滿文學書籍，只要是國文課本介紹的文章及作家，我就有興趣去探索，還連帶的延伸到其他作家的作品，也因此我這個在臺灣中部土生土長的客家子弟，腦袋裡竟也塞了許多異鄉的經歷及回憶，比如北平的琉璃廠、兔二爺什麼的。

那時還未有強烈的「品牌意識」，只要是課本裡出現，或是我有興趣的作家或作品，就是我涉獵的對象，更何況我那時年紀小，作家及出版社對我來說只是一個遙不可及的模糊影子，在封閉、寧靜的小鎮裡，反而是「無敵鐵金鋼」，以及後來的「楚留香」對我來說還比較親切、熟悉。

不過成年後到了臺北讀書、工作後就不一樣了。大學畢業後我在兒童雜誌出版社工作，對於出版社的運作及風格，開始有初步了解，也接觸一些作家，因為工作的關係，童年時鯨吞蠶食兒童故事的熱度又開始萌發，被出版社逼著寫了幾篇故事後，發現自己有一點點會捏造兒童故事的天賦，有一天見到報紙廣告，於是趕緊寄回郵信封，向九歌要了一份第二屆的「現代兒童文學獎」徵文辦法。那時創作心勃發，不斷留意各單位、各出版社所舉辦的兒童文學獎項，和其他徵選童話、短篇兒童小說的比賽大為不同的「九歌」，就此在我心中留下深刻的印象。

只是參賽之事並沒有那麼順遂。因為只有「一點點」的天賦，一次寫出四萬字的中篇故事，對我來說並不容易，我摸索了好多年，一直到第十四屆九歌現代少兒文學獎，才以《我的麗莎阿姨》

獲獎。

在這十餘年當中，我努力在社會求生存，除了不斷嘗試新工作，還結婚、生子，並到臺東師院兒童文學研究所進修，而且讓我們夫妻費心的是，大兒子還是個從頭到腳、從裡到外都有毛病的唐氏兒，這十出頭年裡的每一個重大轉折，我都銘記在心，心境隨之不斷變化。一直到研究所畢業，感覺一切都較底定後，才靜下心，花了數個月的時間，寫出《我的麗莎阿姨》。

在這十多年「沉潛」的歲月裡，我針對少兒文學獎徵文所下的工夫，就是每年添購少兒文學獎的得獎作品，尤其是第一、二名的作品，更是一遍遍的翻閱、細讀，家中「九歌兒童書房」系列書籍越來越多，幾十冊的規模，已在我書櫃占有不可小覷的勢力。可能是老天爺為了補貼我所花的書錢，在我拿到第二屆比賽辦法的十餘年後，也就是第十四屆九歌現代少兒文學獎，我第一次參賽，就得到第二名的殊榮。

不過在頒獎前，卻出現一個讓主辦單位傷透腦筋的插曲，我因為個性「龜毛」，不想北上領獎。那時已轉換跑道，到臺中擔任國小教師，並在教務處兼任行政工作，九歌多次邀請要我出席，而我卻不以為意的多次拒絕，甚至想請住臺北的同學出席、代領。

終於在頒獎的前一天晚上，我那個性直率的妻子，在客廳裡念我，說我不想出席，那當初就不應該參賽，讓人家困擾。真是一語罵醒夢中人，終於覺悟的我，第二天早上八點向教務處請假，並在九點多聯絡九歌，說我下午將出席典禮，因為臨時找不到人照顧孩子，也不想再費神訂購車票，於是我們一家四口，就坐著家中那部一千三百C.C.的福特小汽車，直往北部闖。

到了頒獎的現場，因為有人特別說明，說這個就是今天特地從臺中來的鄭丞鈞，九歌的蔡文甫先生還和善的與我聊了好幾句。

臺中到臺北其實並不遠，這樣善意的解釋，更讓我覺得不好意思。

之所以將這過程說得那麼仔細，是因為我慢慢體悟到，要辦一個兒童文學徵文比賽相當不容易，更何況已持續了二十幾年，九歌照顧臺灣文學的這份心，讓我相當感動。

隔年我以《帶著阿公走》，得到第十五屆九歌現代少兒文學獎的首獎，三年不得參賽的規定過後，我又「忝不知恥」的參加了兩屆，又得到首獎及第二名，多次出席頒獎典禮，再加上曾擔任少兒文學獎的複審評審，九歌所做的努力，我都看在眼裡。

我不是個絕頂聰明，能先知先覺的人，但至少不會不知不覺，心境轉換之後，我對出席少兒文學獎頒獎典禮的心態是越來越莊重，對每位能在大熱天出席現場，為得獎者加油、鼓勵的來賓都感到相當的感謝及感恩，而這些貴賓及評審們，都是九歌力邀來的。

有一年在九歌少兒文學獎的頒獎典禮中，我因為是評審，所以坐在兩位得獎者的後方。每位上臺致詞的來賓，我多給予最熱烈的掌聲，我這人平日就喜歡唐突、滑稽，但不管今天臺上說話的內容再多正經或一板一眼，我都洗耳恭聽，因為我相信他們都是帶著誠摯的心，以及感佩九歌的努力而來的。只是那兩位得到榮譽獎，應該是彼此熟識的得獎者，卻在別人上臺恭賀及勉勵時，在那兒拍攝、討論自己相機的特質，我當然很想從他們後腦勺「巴」下去，所以我那一次掌聲特別響亮的另一個原因，就是希望能在後頭拍醒那兩位身在福中不知福的人。

影響所及，我對上臺領獎的態度，是越來越謙恭，有一次頒完獎在致詞時，我說出能領這個獎，就像長輩在我肩頭上拍了拍，並說了一些鼓勵我的話。的確是呀！在座者很多都是在創作上，或者在其他領域上比我傑出的長輩或先進，所以能得獎，能接受他們掌聲，不正是長者的鼓勵及提攜嗎？

二十餘歲在臺中中興堂領「臺灣省兒童文學獎」的童話獎時，我是嚼著口香糖上臺的（我太太事後看到主辦單位寄來的照片時，有數落了我一頓），但現在我不會這麼荒唐，而這一切，都是九歌對我的影響。

所以這十餘年與九歌的相處，我越來越覺得他就像一位長輩，不斷的在對我這個後進勉勵著。真的很感謝他。

作者簡介

鄭丞鈞

臺中東勢客家人。臺大歷史系畢業，臺東師院兒童文學研究所碩士。曾獲九歌現代少兒文學獎、臺灣省兒童文學獎、文建會兒童文學獎、大墩文學獎、臺中文學獎，以及國語日報兒童文學牧笛獎等獎項。已出版《帶著阿公走》、《機器人大逃亡》、《妹妹的新丁粄》等書。

九歌少兒文學獎是鄭丞鈞少兒文學創作的起點，他先以《我的麗莎阿姨》獲第十四屆評審獎，再分別以《帶著阿公走》、《我不是小偷》分別獲第十五屆及第十九屆首獎。

感念與感謝

張經宏

我的第一本書《摩鐵路之城》因著絕佳的運氣而被評選為首獎。華人文學競賽最高額的獎金、氣派的新書發表會（臺北國賓飯店與數則動畫的短片宣傳）、電視與平面媒體的採訪，在出版與作者趨於沉寂的年代，讓初次出書的我被各界注目了一段時間。這樣的關注與際遇，於我一直有著極難言明的，深深的感念與感謝。

如果沒有記錯，文甫先生舉辦的小說競賽，原是為了鼓勵長篇小說，以兩年時間徵選，頭一回評審們議定首獎從缺，九歌乃決定再辦一回。當初我寫這篇作品，是想弄出一本學生們覺得有趣的書，把小說化身為教案，盡可能老實地教他們「寫作或許是這麼回事」，這個懵懵的念頭讓我寫得算是順利。有趣的是這書出版後不久，我就離開了學校；若干老師則私下反映，寫這種「教壞囡仔大小的書」，並不適合來學校演繹推廣（在今日魚龍交雜的各式強調教育，呼喚正能量的浪潮下，被歸之於「具有破壞性」的書籍，說不準是種另類的恭維呢？）也有些社會人士對我說，高額獎金的名目是他們注意到這本書的誘因，這也是少數他們讀過的小說之一。自己的作品能被看見甚而入了讀者的心，與之共鳴共感，是莫大的福氣吧。種種效應的震盪使小說很快地拍成電視單元劇，出了韓文版，也送去法蘭克福參加書展，算是熱鬧了一陣。

之後我的短篇小說、散文、小品文、少年小說皆順利出版，九歌幫了很大的忙。有次母親與我聊天：你幫人家賺回了版稅沒？「別再說了，講這個我都不好意思了。」我有時想，若當年文甫先生把獎金拆成十份，用來鼓勵十本創作，於新人來說，也是極可觀的資助啊。寫到這裡，對於九歌仍耐心地等著下一部長篇作品，他們的呵護與期待，我深覺歉疚。

回想我的求學、教書與寫作，似乎常在扮演某種「陪晦」的角色，大學時和兩個嗜讀小說的學長夜遊蟾蜍山，也許喝了酒，一個自許將是優秀的小說家，一個則稱要寫出動人的小說，無話可說的我只好順勢應聲：那我也來寫小說吧。日後他們之一當了中醫師，另一個則成了墜樓人。十多年後我被學校派去教文學鑑賞，也開始動筆寫作，陸續得了幾個獎。彼時整個文學團體的氛圍對於得獎這類的事，已有許多反思，且不少負評正是來自早些年得獎的寫手們。然對文學夢有著憧憬的學生來說，被肯定仍是他們在寫作的沙途上渴求的綠洲啊。好幾次我在校園的樹下，陪著小自己二十歲以上的學生說：「別急，至少你還有二十年的時間，慢慢來就好。」某次學生懊喪著臉：「我有那麼差嗎？還要等那麼久？」

我哪裡知道，此刻的我面對的，經常是不知來自何處的、傾巢而出的晦暗與孤寂。我仍在冷冽的靜默中，與時間忽快忽慢的驚詫中，低頭記錄著、觀察著。

總之，憑我這鈍材，沒有文甫先生的深願與華麗的手筆（一家以純文學為主的出版社，竟能給出比國家資源多上數倍的獎金！）不可能成為被看見的作者。當年這富麗的手筆一揮，鼓動了多少隻身負才具的筆奮力向前呢？我懷著深深的敬意與祝禱。

作者簡介

張經宏

生於一九六九年，臺中人，臺大哲學系畢業，臺大中文所碩士，曾任中學教師。

曾獲教育部文藝獎、聯合文學小說新人獎、時報文學獎，倪匡科幻小說首獎。九歌二百萬小說獎首獎。著有散文集《雲想衣裳》，少兒小說《從天而降的小屋》，小說《出不來的遊戲》、《好色男女》。

二〇一一年，張經宏以《摩鐵路之城》獲九歌二百萬小說獎首獎，之後陸續出版短篇小說《出不來的遊戲》及散文集《晚自習》等。

九歌少兒文學苗圃裡的種子如我

鄭宗弦

自小喜歡畫畫的我，曾立志長大後要當一名國畫家，但學業成績表現優異，使我不得不循著家人的期盼不斷升學，而走入自然科學的領域，邁上農學之路。後來又因為研究農業推廣教育，發現自己對人與教育更有興趣，進而轉行從事國小教師一職。

求學之路峰迴路轉之後，竟因緣際會遇上九歌出版社。而在它的協助之下，我意外的岔出人生的規畫，蛻變成一名少兒文學作家，二十年來出版了少兒小說、少兒散文、童話與繪本，共計八十多本。

這一路走來，貴人很多，而九歌出版社是其中最讓我喜出望外的大貴人。

猶記得當年就讀農業推廣教育研究所時，指導教授對我的碩士論文最大的批評是：「一篇科學的論文給你寫得太感性了。」當時感到難過，不過畢業後再回想此事，卻恍然驚喜。自小喜好文學、民俗與藝術的我，下筆「感性」自是長久薰陶而來，我想：如果做回自己，換個方向往文學發展，弱點反而能變成強項吧？

因此在服兵役時，我利用空閒時間閱讀大量的散文和小說，其中九歌出版的諸多作品便滋養了我的文學性靈。

接著我嘗試創作，將生活所感寫成雜文投稿報章雜誌，並創作「更感性」的成人散文參加文學比賽，漸漸小有成果，心中也開始萌發出一棵小芽——如果我也能出一本書，贏得作家的美名，那該多好。

就讀臺東師院師資班時，到兒童文學研究所修習林文寶教授的「兒童文學」課，意外的發現門口貼了一張簡章。仔細閱讀後才知那是「九歌現代兒童文學獎」的比賽簡章，徵選的作品是「兒童小說」——一個對我而言頗為陌生的領域。

它有豐厚的獎金，對當時是個窮學生的我，實是大誘惑。更棒的是它還幫得獎者出書，換句話說，只要我得了獎，我就順理成章當上作家。我不禁驚呼，天下竟有這麼好的事情？

我一路細想下去，既然將來要跟孩子們相處，如果能為他們寫作，既能教學相長，又「寫」以致用，應該是個美妙的境界。就這樣，我開始研究小說，研究兒童心理，也參閱了許多九歌出版的兒童小說作品，自學摸索。然後我回顧童年往事，磕磕碰碰的，在稿紙上一筆一畫的寫出四萬五千字，熬夜到頭暈想吐，終於完成處女作《姑姑家的夏令營》，寄去參賽。

天下真的就有這麼好的事情，它得了佳作，它變成了一本書，而我瞬間成了一名作家。

「當你有心完成一件事，全世界都會來幫助你。」我真心相信這句話。

在「兒童文學」的課堂上，林文寶教授叫我過去說：「原來你就是鄭宗弦，恭喜你，我是這次比賽的評審。決審名單公布後，我看到你寄去的信封地址寫臺東，感到很好奇。打電話回臺東叫我太太查一下，原來你修了她的書法課，也修了我的課，想不到是我們的學生。」

我好驚訝，原來評審竟然是我的老師。

而在九歌的頒獎典禮之後，他對我說了一句「足感心」的話：「希望能在以後其他的頒獎典禮上再看到你。」

這話對我有莫大的催眠與鼓舞作用。

在那同時，我也參加了師院生的童話比賽獲得獎項。頒獎典禮上，來賓之一的名童書作家洪志明老師恰恰坐到我旁邊，似乎正在簽收版稅的收據，一邊喃喃的自嘲說：「唉！寫書賺不了什麼錢，得來的版稅都買書送人了。」

他親切與我聊天，得知我也得了九歌的獎，便說起李潼云云。

「李潼？」我好奇的問。「李潼是誰？」

「什麼？」洪老師萬分驚訝。「你寫兒童小說的人，竟然不知道李潼是誰？」

看他的表情，我似乎應該表現羞愧，但來自異領域的我，實在一無所悉而顯得有些尷尬。

於是我找來李潼老師的小說作品，認真研讀，再搭配文學評論的書籍，仔細思考，從此功力大增。

我仍繼續參加九歌的比賽，在接下來的三年內，陸續以《第一百面金牌》獲得第三名，以《又見寒煙壺》獲得第二名，以《媽祖回娘家》榮獲第一名。

那一年的第一名還有個副名「文建會特別獎」。領獎致詞時，我笑稱：「我不知道這個獎為什麼叫做『特別獎』，不過它確實很特別，對我而言，它是個很特別的『進步獎』，因為我從四年前開始參賽，從佳作、第三、第二，一路『進步』到第一名。」

跟第一次參賽就得到第一名的天才型作家不同，我雖資質駑鈍，但憑著努力學習，刻苦踏實，慢慢也能步步向上，得到進步的成績。

比賽能激勵選手的鬥志，檢討得失，培養其信心，激發潛力。每次參賽，我都沒有事先請別人幫我看作品，而是等成績公布後，出了書，再參考別人的評論，作為下一本改進的目標。例如：

第一本（佳作），我聽到了「結構鬆散」。

第二本（第三名），我聽到的是「結構完整，但情感不足」。

第三本（第二名），我聽到「所有條件都俱足，水準不輸第一名，相差的是你寫一地的災難，第一名寫的是全人類的戰爭」。

第四本（第一名），我聽到了「你寫出了全天下媽媽們的辛酸」。

這是我進步緩慢的原因，卻也是我所堅信，能穩健臻於「專家」的好方法。

我常跟小學生分享此勵志的過程，很高興自己能提供給他們一個正向的示範。

我也為自己多年來犧牲假期，戮力筆耕的堅強意志感到自豪，因為我結合本土的人事物，常民的文化與孩子遭遇的困境，寫出許多作品，幫助孩子們啟蒙與成長。從他們的回饋感言中，我為他們欣喜，也肯定了自己的人生價值。

而這一切必須感謝九歌辛苦開墾了苗圃，讓撒下的種子如我，能發芽生根，長成大樹。

九歌不但出版好書，九歌也作育英才，盡其所能的培養文學新星，可以說，如果沒有九歌，就不會有現在的我。

值此九歌出版社四十週年的生日之際，除了祝福之外，我還要獻上無限的感恩之意。

謝謝您，九歌。

作者簡介

鄭宗弦

知名少兒文學作家，曾連續四屆榮獲九歌現代兒童文學獎，還曾獲得教育部文藝創作獎、小太陽獎、好書大家讀年度最佳兒童讀物獎等，數十個文學獎項。

作品涵蓋少兒小說、童話、散文和繪本，著有：《媽祖回娘家》、《第一百面金牌》、《臺灣炒飯王》、《姑姑家的夏令營》、《又見寒煙壺》、《雨男孩・雪女孩》、《豬頭小偵探系列》、《穿越故宮大冒險系列》、《來自星星的小偵探系列》等八十多本書。

他的作品取材多元，無論寫實或奇幻，都期盼大家讀了之後能愛護環境，珍惜與家人朋友相處的時光。

鄭宗弦的兒童文學創作，在他參加四次九歌現代少兒文學獎最可看出進步的痕跡。其中第七屆獲獎作品《第一百面金牌》發展出《臺灣炒飯主》等系列，獲第九屆首獎的《媽祖回娘家》同時獲得「小太陽獎」等多項獎項的肯定。

一排綠綠的

陳思宏

一排綠綠的，是我對九歌的最初印象。

我生在彰化永靖農家，父親只有小學學歷，母親只上過兩天學，九個孩子幫父親經營貨運事業，典型勞動家庭，窮忙。七個姐姐都愛閱讀，鞋廠打工、家庭代工的薪水主要用於學費、家用，若有剩餘，便用來買書。父母嚴禁我們讀「尪仔冊」，但不反對純文字書籍，小說散文詩歌都是苦日子的救贖，農家孩子沒錢沒新衣，靠閱讀壯大想像力。過年前大掃除，姐姐們整理這一年來大家買的書，洪範爾雅九歌分類放，九歌書背之首是綠底白字，寫著「九歌文庫」，在書架上集合排好，一整排，綠綠的。

我跟著姐姐讀九歌文庫，王大空、杏林子、洛夫、林清玄，特別喜愛琦君，在書頁上抄寫佳句，想辦法在枯燥的作文課上應用作家文句。幻想長大後當作家，但代表學校參加縣級作文比賽從未得名，投稿《國語日報》不曾被採用，倒不感挫敗，就是一直寫。整本過期的日曆被我回收拿來當書頁，背面抄寫上自己的課堂作文，自己裝訂，書封用色筆亂畫，在書背上畫綠長方形，寫上「九歌文庫」，陳思宏著。我記得這本自製書意外被拿去燒洗澡水，瞬間成灰。自製書燒了不傷心，天冷有熱水可洗，徹底忘了寫書之事。

二〇〇七年，李昂老師負責《九歌年度小說選》，把年度小說獎頒給我，我從柏林飛回臺北領獎。當時我剛出版長篇小說《態度》，賣況淒慘，已經自稱作家，卻少了小時天真，年度小說獎牌握在手上，腦中盤算著何時退場，不想寫了。頒獎典禮上，九歌總編輯陳素芳前來恭喜，忽來一句：「有沒有興趣與九歌合作啊？」真的嗎？我這麼不暢銷，賣相這麼差，總編輯大人，是客套吧？

林榮三文學獎頒獎典禮，我和楊富閔站在臺上等小說獎名次，楊富閔的〈逼逼〉得了首獎，我第三。得獎已是意料之外，任何名次我都開心，那時，我又找回寫作的單純樂趣，就是想寫，不得不寫。頒獎之後茶敘，素芳姐再度與我聊出版，當時我已經發表了許多關於柏林的文章，她說，那就來出一本柏林書吧！

《叛逆柏林》書稿交給素芳姐，在九歌的健行文化出版。這本書讓我找到了讀者，首次嘗到再刷滋味，書中的文章入選國小五年級國語課本。

從此，我加入了這個「一排綠綠的」出版行列，陸續在九歌出版了三本書。

這些年來，其實一直有其他出版社與我接洽，但我都回答，書我會交給九歌。其實並沒有簽署新書契約，是感激。我在寫作谷底時，素芳姐給了友善的出版邀約，當時我誤認為客套，原來是真誠。我最糟的時候，九歌相信我。

每次回臺北，我一定不先知會，忽然出現在九歌出版社。我喜歡嚇埋首工作的編輯，以誇張的笑聲打亂辦公室裡的秩序，喝杯咖啡，交換八卦，微笑道別。走出九歌大門時，編輯大人總是說：「我們等你的書稿喔。」

我四十一歲，九歌四十歲，在心裡與九歌打勾勾，約好，一排綠綠的，不准失散。

作者簡介

陳思宏

一九七六年生，彰化永靖製造，農家的第九個小孩，現居德國柏林。網站：www.kevinchen.de

二〇〇七年陳思宏獲九歌《九十六年小說選》年度小說獎，二〇一〇年起，作品陸續在九歌及關係企業出版，計有：《叛逆柏林》、《柏林繼續叛逆》、《去過敏的三種方法》。

畫撥單的遠方

言叔夏

前幾年出書時，第一次去了九歌位在八德路巷弄裡的出版社。從淡水線轉板南線，在忠孝敦化長長的地下甬道裡，邊對著出口號碼，手扶梯攀升，有點訝異這以一歷時彌久之綠書背、於書店低調示人之老出版社，竟坐落於此繁華地（它不是理應位於冬日的古亭抑或麗水街等城南一帶？）。實則我移居北城多年，卻極少踏入此區，更少在白日掠經此地。上午十點鐘的尷尬時間，夜裡光影交錯的人臉忽而大片消失了，街廓空曠到不可思議。沿八德路拐進的細小巷子裡，陰天早晨的城市微微地轉身，裸露出兩側公寓的岩礫與溝紋。據說舊臺視離此地亦不遠，腦中不知怎地，浮出的竟是白光葛蘭從陽臺探頭之臉（且梳著波浪髻）。

學生時代常讀九歌，不是因為偏好其出版物，而實是它太易跨過城市與鄉村的某條虛擬曖昧的文化界線，將綠書背地毯般地鋪得綿密且長。即使在我童年老家附近一尋常書局（大量販售文具、禮品的老式書局），仍有一排書櫃，經年累月地賣著一本兩本的琦君與杏林子。推著金邊鏡框的書局老闆可能並不識文學之奧義，卻能細數琦君的橘子是否紅了。想來我對文學最初的想像，也是從這樣的一小櫃書開始：那是放課後的空疏午後，架上的書是一口井，可以讓人將自己埋藏起來；大雄式地（是的就是那位大雄）將書店裡的整櫃書看完，就有一種到過遠方的錯覺。書裡的人在遠方站得小小地。而所謂的遠方，究竟是哪裡呢？鄉下書店書進得少，於是日久我會央母親幫我去畫撥一本循著書末廣告頁的書目清單看來的書名；畫撥號碼一長串，把肚子貼在涼涼的郵局櫃臺上時，畫撥單上紅框框的備註欄我想寫上：遠方的朋友您好，我也想看這本書……

多年以後踏進學院，正是網路時代的攀峰之際，出版社的戰國時代末期，各式書背摩斯密碼般地在架上交談，黃書背多當代作者，紅書背凋金碎玉。九歌的綠色書背倒是安靜地潛沉進書架的底處，像是深海藻類。偶然拿出來摩挲，指尖便有一種初衷之感。比如曾麗華的《旅途冰涼》（啊現在還有用聲音在寫作散文的人了嗎？）藏它多年仍剔透如玉。作者少寫，數十年來只成書兩部，一部洪範，另一部即是九歌，都是薄得像蟬翼的小開本。封面設計老式，以致即使從書店買來的新書也像是舊書。

開始寫作以後有許多年，這些蟬翼般的書頁，在行李箱的夾層裡，和我去過了不遠不近的幾個遠方。童年時的我必不知道，寫作究竟可以將我帶得多遠，遠至地平線看不見的彼端，直到所來的故鄉，都變成盡頭的海市蜃樓。但第一次真正拜訪九歌時，有個神祕的瞬間，我卻忽然理解，關於書寫裡的遠方，還有所謂的「命運」，究竟是怎樣的一件事了。或許是因為東區巷弄裡民家一般的出版社，讓人有了這樣的錯覺。又或許是初夏的巷弄，靜謐得像是與它原本的時空脫離。等待門開以前，無意間我仰頭望向二樓時，不知怎地，首先浮上心頭的竟是那張童年的紅色畫撥單。不知許多許多年以前，這二樓窗口的某人是否也收到那備註欄上的話了？也許也曾在心裡這樣回覆我：遠方的朋友您好，您想看的書如下……如果可以，真想問他，那時的天氣好嗎？九〇年代，或者，八〇年代的天空，都是藍得要刺穿人的顏色。其實寫作的路上或免旅途冰涼，必須幾經跋涉與繞路；而我最初的字，或許早已先於我的書稿，被寄到這裡來過了。

作者簡介

言叔夏

一九八二年生。政治大學臺灣文學研究所博士班畢業。現任教於東海大學，曾獲林榮三文學獎散文獎、臺北文學獎、花蓮文學獎、全國學生文學獎小說獎、國藝會文學創作補助等獎項。著有散文集《白馬走過天亮》。

《白馬走過天亮》是言叔夏第一本散文集，二〇一五年獲《九歌一〇四年散文選》年度散文獎。

頌歌與萌芽

李時雍

薩默維爾已入秋，焦枯的葉覆蓋了街道，從寓居的一扇窗望外，陽光金黃燦亮。在房裡，一個人靜默讀完詩人獻給祕密情人的《船長的詩》（九歌，二〇一六）。這是我最後帶進行李的書之一，另一本，《一百首愛的十四行詩》（九歌，二〇一六），也是聶魯達。

每一日，窩在房間讀書，有時散步，穿過松鼠棲息的草地，到懷德納或拉蒙特圖書館。來到學生時代的尾聲，竟彷若初始。那年，在嘉南的平原，初識文學的二十歲青年；第一次遠離家，第一次獨居的孤寂，帶領他貼進詩人的孤獨。

我的文學經驗晚熟，遲至大學才心動於音韻和隱喻，書架上擺放著從父親書房攜來的書，成排綠色的書背，從中抽出，一天一本讀，數算著思念的日子。

因緣之下，二〇〇五年我和父親在報紙副刊開始連載以「兩地書」為名的專欄。書信體例，隔週一篇，分享彼此南方與北地的生活所思。那一整年的時間，我們也曾一起旅行北京；而後我獨自轉赴東北長春參加文學會議，發表了生平第一篇關於詩的論文，也認識影響自己至今的小說家、詩人、導演。

也約莫在那前後，朦朦朧朧地，心底浮現讀文學的念頭。而這一路的痕跡，譬如父親寫給我的〈只能帶你到北京〉、或我所記下的〈長白山之旅〉，都珍貴地留存在最初的六十篇文字裡。

隔秋，遷居風城，我如願進入臺灣文學所。九月，開學之際，「兩地書」亦結集出版。《你逐漸向我靠近》（九歌，二〇〇六）成了我的第一本書，成為架上整排綠書背的新成員，亦與父親母親的書同在行列。

編書的過程實已印象淡遠。但我卻深深記得新書發表會當天，聽眾席間盡是一路照顧自己的父執輩師長們；才開口，就禁不住胸口一陣烘暖：「由衷感謝文學的起步，是從如此的祝福開始。」記得我這麼說著。

喜歡文學，最初必然是因為幾本觸動過心的書；往後更多時，盡是因相遇的人。

多年之後，因編輯另一本散文集《給愛麗絲》（九歌，二〇一三）事宜，我才真正踏進出版第一本書的出版社。素芳總編輯帶著我，拜訪工作中的蔡文甫先生，介紹說，我也是九歌的作者。但見蔡先生桌上散疊著偌多新書，聽到他直到現在，依舊仔仔細細閱讀出版社的每部作品。

書印成的早晨，編輯逸華捎來了訊息。我迫不及待騎著腳踏車，馳騁如孩子，直往靜巷內的九歌。想起從靜默唸書，寫下第一個字、到一本書，一瞬十年。

有時我也會從書架取下最初的詩集。《十四行詩》（九歌，一九九九）後來又有一本《雙情詩》（九歌，二〇〇九）的版本，二〇一六年連同《二十首情詩和一首絕望的歌》（九歌）與《疑問集》（九歌）再出新版。每個版本一出，我就重新再讀一次曾埋藏在青澀心靈中萌芽的詩句。也因此想著：希望自己的書，也會有天如此在某人的架上。

闔上書，離開房間、走進秋天異地的街道。孤寂有時，然而行李裡有一本兩本綠書背的詩集，就像陪伴，就是祝福。

作者簡介

李時雍

臺灣大學臺灣文學所博士候選人。曾任《人間福報》副刊主編、《幼獅文藝》主編，現為哈佛大學費正清中國研究中心侯氏家族獎學金研究員。在九歌出版第一本著作，散文集《給愛麗絲》。

水歌吟哦間，燈火二十年

何敬堯

下課鐘響，同學們或往操場，或駐足陽臺談笑，十分鐘的時間，是短暫的時刻。踏下樓梯間，我往廊道另一側幽暗的小室前行。

那是坐落於一樓走廊最北側的盡頭，圖書室。

我習慣在下課時分，走入那一間燈光幽微的小教室翻閱書籍。從窗櫺的縫隙透進來的陽光，像是一束束的光，照射在書櫃上。在光束的範圍內，總會閃射出無數顆發光的塵粒，安靜熠旋於書櫃之間。我因霉味而鼻子過敏，每當想稍緩鼻塞，就會仰著頭，同時凝望著照映進來的光束裡的發光塵埃。

漂浮的塵粒，看起來很像是磨細的鑽石粉。

因為高聳的書架擋住了天花板的光源，我只能在微細的光鑽粉中，將書扉翻開，湊近從窗戶而來的光源，一字一字的讀。

我想要確定，是否這本書值得翻讀，是否值得我小心翼翼拿到櫃檯登記借閱，是否寫著我會喜歡的文字。

中層的書架上，排列著書背上方是翠綠色塊、寫著「九歌文庫」的書系。這系列的書籍數量十分龐大，一本一本排列起來很壯觀。還只是國中生的我，對於這些書籍排列起來的畫面，感到萬分震撼。

因為讀書越來越多，也越來越清楚自己的偏好，選書挑剔，不可能每本書都喜歡。但，如果是這樣龐大的書籍系列，就算我再怎麼挑食、再怎麼偏好，肯定能從這茫茫書堆中，翻找出一些喜愛的書吧。因為這樣的想法，書背有著翠綠色塊的「九歌文庫」，成了我最常翻讀的書。

當時，我對於「出版社」、「文學」、「作家」這些概念皆是懵懵懂懂。我只憑著一股莫名而來的熱情，挑燈閱讀，書籍成了我逃遁現實的一種途徑。

在這些書中，令我印象最深刻——不，應該說是影響我一生想要創作的重要契機——是我閱讀起向陽的《十行集》。

一開始只是在課堂上的試卷，讀到了向陽的詩作〈立場〉。詩中的句子，引起了我對於這位詩人的興趣，下課時間就前往圖書室想要尋找他的作品集。

我拿起《十行集》，不讀則已，一讀驚心。

我沒有意料到，原來一個字可以表現出如此多的意義，原來一個句子，能與另一個句子連接，組合成如此新鮮的感受。

新天地。

那是一座新穎的天地，著迷不已。我時常吟誦、謄寫一首名為〈水歌〉的詩句：

> 乾杯。二十年後
> 想必都已老去，一如葉落
> 遍地。園中此時小徑暗幽
> 且讓我們聯袂

夜遊，掌起燈火
隨意。二十年前
猶是十分年輕，一如花開
繁枝。樹下明晨落紅勾雨
請聽我們西窗
吟哦，慢唱秋色

或許只是少年不識愁滋味，強說愁的嘆慨，仍只是十幾歲的少年的我，在這首詩中的奇異世界，彷彿尋找到一座只屬於自己的天地。掌燈夜遊，幻夢無限延伸，文字彷彿就是創造新世界的不思議魔法，足以鋪陳出一座瑰麗樂園。

就在那時，我立下了期望創作詩歌的願想。

這個願念，猶如命定的預言、變化的轉捩點，開啟了我未來數十年寫作的日子。下課時間，十分鐘，是短暫時刻。如今憶想當初，這段十分鐘，卻似乎延伸得如此漫長。

二〇一八年，就是我與這首詩相遇的，第二十年。

二十年前，我因讀這首詩感動心悸，因而踏上寫作路途。二十年後，我是否還能記得，當時讀詩的心情呢？

二十年，竟匆匆瞬過。一夢之間，物事變換，心境也數番更迭。

當初我是因為這首詩、這本書，想成為寫詩的人。在國、高中時期，為了要增進寫詩技藝，便仿照宋詞的韻律格式來填詞，同時也寫了許許多多詩作，參加了大大小小的文學獎，一心一意往詩路衝刺。但我在大學時代，總算體認到自己能力不足，毫無半分詩才。

在失望的心情下，我決然投筆棄字，以為自己再也不會繼續創作。不過，卻因為一些機緣，再度提筆，想寫一些有趣的小說。因此，才又燃起了創作之慾。

踅來繞去，始終在這條創作道路踏步。

文字、文學、創作……這些念想，究竟有什麼魔力，讓我無法棄離？

畢竟，閱讀他人的著作，其實很輕鬆。只需盡力感受書中世界，敞開心胸，踏入作者想像，就能享受文字帶來的奧妙風光。如果只是單純閱讀，文字將鋪展一座美妙樂園。

創作，卻是另一種截然不同的過程；那是煎熬，折磨，永無止盡的修行。

這樣的過程，痛苦壓抑，很多時候，一直想放棄。尤其會自問：值得嗎？

在國中時閱讀的〈水歌〉字句，浮現於腦海，詩中瀟灑任遊的自適，光陰流轉的一往無悔，彷彿提醒我，有一些細微的事物，還在陰暗的角落默默發光，等著我掌燈前來、探尋。

但更多時候，我會遺忘這首詩。

生活忙碌，一件事情跟著另一件事情接踵而來。求學、工作、營生，為了存活，為了一些目標而打拚。我常常，不會記起這首詩。

記憶裡那座陰暗的圖書室、空氣中發光的塵粒、書架上一本接著一本的書籍……這些記憶中的畫面，我常常不會特意想起。

「莫忘初衷」，一位同是創作圈的朋友，常常這樣提醒我。每當想起「初衷」這兩字，我就會再度回憶起，曩昔時光中的那座深幽圖書室。憶起當時的悸動，當時的願念。

我滿懷感謝，當年的九歌文庫，給了我啟蒙的基石。儘管，我的詩人之夢並沒有延續至今，但創作的心願，卻在「小說」這個文類有了嶄新出發。

多年之後，因緣際會，我有幸在九歌出版社，出版我的第一本小說，彷彿是一種冥冥之中的緣份。

能夠順利在九歌出版我的作品，羅珊珊是我衷心感謝的編輯。若無她之慧眼與費心，我絕無法順利將我的小說文稿，以「書籍」這樣的實體呈現出來。

羅珊珊是一位極有經驗的主編。每當我有了一些想法，想要調整書籍文案、書封設計、座談活動等等細節時，羅主編總以細膩的專業考量，與我進行各種協調。

若以一般人的眼光來看，我這樣的創作者應該屬於「機車」、「龜毛」？我甚至對於每本作品的書封裝幀、內頁設計，都會與羅主編反覆討論，有時候吹毛求疵到我覺得真不好意思的地步。但，羅主編卻總耐心與我討論，何種方向可行、何種方向有疑慮。

在《聯合文學雜誌》的 No. 386 期「重版出來」專刊中，羅主編曾在訪談中說：「編輯工作很重要的一部分，就是幫助作者把一本書變得具體。」在羅主編的帶領下，我也逐漸一窺「創作」與

「出版」是如何具體鏈結起來。一本書，在完稿、校稿、編排、美編、印刷、通路……各個步驟中，逐步被編織而成。

這時，我才發覺，創作絕非是一個人的事。書籍，是經由眾人之手，共同揑塑完成的一件作品。如此感悟，是我當年在幽暗的國中圖書室中，觸摸著一本本書扉時，從未想過的環節。

九歌總編輯陳素芳，更令我感恩感念。在我人生最低潮的時刻，陳總編願意來電鼓勵，讓我詫異萬分，感激不已。與陳總編通話完，放下手機的那一刻，我的心頭又響起那個問句：這一切，有價值嗎？

若無陳總編與羅主編一直以來的支持、鼓舞，我無法想像我會如何前進。二十年前，九歌出版了向陽的《十行集》，為我點起了一盞燈火。二十年後，這盞燈火仍舊熠熠閃爍。

前行的路儘管灰闇寂寥，我似乎又有了一些動力，抬起步伐。二十年的短暫歲月，萬物幻變，同時也是成長的印記。

當年指尖撫摸的「九歌文庫」上綠下白的書背、封底上方介紹作者的設計，數年前早已更換新版，替換成符合新時代裝幀風格的鮮麗色彩。每本書籍皆會依照作品的特殊調性，尋找合適的設計師來打造獨一無二的書籍封面。

物事衍變，書籍也在一日一日進化。

因書而結緣，因創作而成長，或許我不應該問值不值得。因為這條路還很漫長，淺薄的我見識不足、體悟不夠，還遠遠不足以回答這樣的問題。

二十年已過，不代表完結，而是象徵著一個階段的結束與，另一個階段的開端。

——路漫漫其修遠兮，吾將上下而求索。

儘管夜闇，毫無方向，更不明瞭未來何去何從。無論在哪個時候，總感覺迷茫困惑，疲累不堪。這時，我就會想起當年的那間圖書室，陰濕的空氣裡有著奇異的霉味，空中飄著發光的塵埃。在翻開的書扉之間，存在著一座遼闊寬廣的新世界。

我還未走過所有字句，我還未寫完我的故事。

作者簡介

何敬堯

小說家，臺中人。臺大外文系、清大臺文所畢業。創作風格橫跨歷史、奇幻、民俗、推理，近年致力採集臺灣鄉野奇譚。榮獲全球華文青年文學獎、臺大文學獎、文化部年度新秀，美國佛蒙特藝術中心駐村作家。著有妖怪百科全書《妖怪臺灣：三百年島嶼奇幻誌》等。

在九歌出版的作品分別是小說《幻之港》、《怪物們的迷宮》、《華麗島軼聞：鍵》。遊記散文《佛蒙特沒有咖哩》。二〇一八年新作《妖怪鳴歌錄Formosa：唱遊曲》。

臺北故事

楊富閔

時間二〇〇八年十二月的傍晚將近六點，東海別墅天色全黑，氣溫呢？應該很冷。夜市已經開始了！我走出賃居三弄的學生會館，牽車正要趕到人文大樓旁聽開在進修部的文學課。

這時接到一通聲音微細話質不夠清楚的電話，隱約聽到那頭傳來：你好，請問你是楊戶閔嗎？我維了半天同時退入會館大廳，然後電話就斷掉了；我回撥傳來對方也在電話中，猜想大概正要通話吧！不知為何我就乖乖在裝潢典雅的接待大廳坐著等待。大概從小到大會把富閔念成戶閔的人都是我的長輩，因而心中覺得是件重要的事：我的小學老師、家族親戚，都是這樣喊的，每次聽到都會覺得十分可愛親切。如今我對那通電話的記憶最為清晰的也是臺灣國語的戶閔，多麼像是用來指認彼此確認身世的神祕口音，這日熱訊千里跋涉傳到大度山上，於是我聽到了！

電話那頭是九歌《九十七年小說選》的主編季季——其實我也不很確定這個季季是哪個季季，但我當時讀過一篇季季的散文叫做〈鷺鷥潭已經沒有了！〉印象非常深刻，猜想就是這位吧！接著她向我道賀拙作〈暝哪會這呢長〉收入了年度選集，然後提醒我她已發出電子信，希望可以知悉更多有關我的創作發表狀況等。當時我的腦袋瞬間浮出的是：這個主編非常用功，親力親為，逐一去電通知；接著我也不顧初識的季季仍在電話中隨即歡呼耶耶起來。現在一路回想，我是因著作品被納進而開心呢，還是因著季季老師的來電。有種我們這人世終於接上了線碰上了頭而振奮不已。

所以後來我有去上課嗎？邊敲打這篇文章邊細細回想，嗯，不告訴你。只知第一時間折回宿舍打開電腦，電子信早就躺平在那；我也忘記是否提供更多關於創作經歷與發表狀況給主編季季，當時我連稿子要投到哪裡都不知道啊！然而這封來自她親自發送撰寫的郵件，我記得署名除了是季季還有相當醒目的敬上二字；後來當我開始也學習接發許多業務文字，便習慣提醒自己補上敬上。只是我要敬的是哪個上呢？是敬編輯師長的拉拔提攜，也是敬每段起於文字結識的情緣，更是敬寫作初衷這件事吧！這些年來一路支撐我寫下來的不正是初衷嗎？

這篇小說帶領我認識季季，從而相識了九歌出版社的陳素芳總編輯，很快我也接到陳總編的電話，時間是二〇〇九年四五月之交，那時研究所已經陸續放榜，我決定要到臺大念書，回想起來許多事情開始變化，而我身在變化之中卻不自知，只顧著回到臺南放起長假。

一個晚上父親駕車載著我與母親來到友人的山上農舍，山路特險．白天我也不願騎來，聽說山路盡頭是營區，同時是大內最大的墳場。山路亦是大內的制高點，車行完全得以清楚望見夜間山村聚落，以及更遠處通車尚未十年的國道三號福爾摩沙高速高路。大內其實也在劇烈的變化。途中陳總編輯突然來電，不知為何包括父親在內以至整個車體、山區似乎都靜下屏息聽著我的應答。父親是否順勢就把車上廣播的音量降低呢？

陳總編的電話，給我的印象是除了是爆表的熱情，被我偷偷注意到的是：她有看稿，她把我的文章都看完了，並且給出我意料之外的想法。如此雖是一通來自出版方的問候來電，反到提供了我一個學習的機會。我們談的範圍都在文章之內，現在想來卻比文章更多也比出版更多。

二〇〇九年八月隻身北上，獨自居住於萬隆捷運站附近的四樓套房，展開至今尚在發展之中的臺北故事，故事之中我很愉快始終都有季季老師與陳總編輯的身影。我常接到她們的電話、信件、臉書，無數的飯局……我仍時常感覺處在激烈變化之中，而她們已成我在臺北的友達，提供我文學上最多的討論與支持。

二〇一〇年五月我的第一本書《花甲男孩》在九歌出版。書名是我取的。頁眉有個男孩剪影，說是給予一種向前行的感覺。封面有個端坐半空中俯瞰紅塵世間的滑板男孩，常常有人問我那是你嗎？天啊當然不是我。只是不是我會是誰呢？記得當時整箱贈書寄到臺文所辦公室，我遮遮掩掩把它搬至三三一研究室的入口座位，我實在太閉俗了，同屆研究生乃至所上學長姐老師們其實比我還要開心，我們還在溫州街一家小酒館聚了餐拿書拍了張大合照。

二〇一三年九月《解嚴後臺灣囝仔心靈小史》同樣在九歌出版，距離《花甲男孩》問世將近四年，卻是一次出了我的第二本與第三本書。其實出書之前我都不知道稿量到底積了多少，很快我又接到陳總編輯非常阿莎力的判斷，她說我們就一次發行兩本。我不知道如何會意這個出版決策，我只知道我負責寫並且放心寫。現在想來對著當時仍是新人作家的我來說，這是相當貴重的肯定，給予我更多的信心。

二〇一七年五月《花甲男孩》接受植劇場邀請，拍攝成為電視劇而重新增訂發行；同個時間我執行科技部的研究計畫正在哈佛大學擔任訪問學人，無論是作品的出版或者電視的播映，都讓我隔著十二小時從美國遠遠看向臺灣、看著自己的從開始到現在。我已經認識《花甲男孩》好多年了。我在臺北也住了好多年。偶爾會開始問起自己，究竟什麼時候才會離開的問題。很幸運地電視劇受到歡迎，小說被人廣泛重讀，而我持續接到季季老師與陳總編輯的噓寒問暖。我是戶閔。如果二〇一七年《花甲男孩》在電視或者出版層面有著嶄新意義，這是一件令人歡喜的事。我最想要與季季老師和陳素芳總編輯分享。

為此我也謹以此文致敬於《九十七年度小說選》的主編季季，以及九歌出版社的陳素芳總編輯，同時祝福九歌出版社四十週年社慶生日快樂。

作者簡介

楊富閔

一九八七年生，臺南人，目前為臺灣大學臺灣文學研究所博士候選人。研究與趣為戰後臺灣文學、文學寫作與教育。

曾獲「二〇一〇博客來年度新秀作家」、「二〇一三臺灣文學年鑑焦點人物」；入圍二〇一一、二〇一四年臺北國際書展大獎。部分作品譯有英、日、法文版本。寫作《中國時報》「三少四壯」、《自由時報》「鬥鬧熱」、《聯合報》「節拍器」、《印刻文學生活誌》「好野人誌」、《幼獅少年》「播音中」等專欄。

出版小說《花甲男孩》、散文《解嚴後臺灣囝仔心靈小史》（共二冊）、《休書——我的臺南戶外寫作生活》、《書店本事：在你心中的那些書店》。編有《那朵迷路的雲：李渝文集》（與梅家玲、鍾秩維合編）喜歡臺語歌、舊報紙、鐵支路。持續努力寫成一個老作家！

二〇一〇年，楊富閔在九歌出版第一部作品短篇小說《花甲男孩》，二〇一七年植劇場改編成電視劇「花甲男孩轉大人」是二〇一七年最熱門的話題。

———

關鍵四十

——說史/懷人

陳素芳

說史

一九七八—一九八八年

啟航

上世紀七，八零年代是臺灣文學的黃金年代，報紙三大張六個版，其中一版就是副刊。幾個重要的副刊，像聯合報的《聯副》、中國時報的《人間》副刊，中華日報的《華副》，還有各級公家機關及學校必訂的中央日報的《中副》，每日刊登創作稿。報紙發行廣，閱讀者眾，作品能見度高，累積作家知名度。當時文壇有一說法：「文章登兩大報，出書在五小」。「五小」指的是純文學，大地，爾雅，洪範，九歌五家文學出版社。五家規模都不大，負責人兼總編輯，下設編輯一人，其他業務部門也都是一人單位，然而出版的作品都是當代臺灣重要文學作品，叫好又叫座。

一直以來，臺灣就有文人辦出版社的傳統，王藍早在大陸時期就創辦了紅藍出版社，來臺後寫《藍與黑》，就在自家出版社出版。陳紀瀅辦「重光」，平鑫濤創「皇冠」等。到了七零年代，成立出版社是許多文學人的夢，而且逐夢踏實，一兩年就有一家成立。聯副主編林海音於一九六八年創設「純文學」，一九七二年作家姚宜瑛成立「大地」，一九七四年〈人間副刊〉主編高信疆兼辦「言心」，一九七五年，身兼作家與編輯的隱地創辦爾雅，次年詩人瘂弦、楊牧與葉步榮、沈燕士共同成立洪範書店，九歌則是「五小」中最「年輕」的一家，成立於一九七八年。

一九七一年，蔡文甫仍在汐止國中任職，應聘兼任「華副」主編，一九七五年自汐止國中退休，正式專任主編。當時，他與「小說函授班」同學王鼎鈞時相往返，討論作品。王鼎鈞的《開放的人生》就是在華副刊登的專欄「人生金丹」。王鼎鈞對蔡文甫說：「你結識不少作家，為何不辦一家出版社？」蔡文甫覺得力有未逮，立即否決，另一方面內心卻因這番話起了漣漪。王鼎鈞以爾雅、洪範等的成功事例遊說，他認為此時是出版的黃金時代，稍縱即逝，還建議一人登記一家。蔡文甫說資金不夠，當時申請註冊登記需新臺幣三十萬元，王鼎鈞說會借錢讓他先去登記，之後，王鼎鈞申辦時，再還他補足註冊資本額（事後證實，這是王鼎鈞鼓勵的誘餌，資本額補足後，他從未去登記）。蔡文甫說沒有書稿，王鼎鈞說要特地寫一本書壯行色，這本書就是《碎琉璃》；蔡文甫說不懂發行，便和王鼎鈞約定，如果爾雅不同意代理發行就不辦出版社（「洪範」早年就是由「爾雅」代理發行）。爾雅隱地同意代理一年。至此，資金，書稿，發行一一解決。一九七八年，蔡文甫獨資創辦的九歌出版社正式成立。

創業好成績，打下好基礎

出版社成立之初，蔡文甫即擬定兩條出版路線，一是文學創作為主的「文庫」，一是生活導向的「叢刊」。「文庫」之名來自日本的「岩波文庫」與商務的「人人文庫」，「叢刊」則取法當時對文化界影響深遠的「文星叢刊」。

內容確定後更要有形式相輔，確立產品風格，蔡文甫商請畫家楊熾宏設計以「九」為圖型變化的標誌，以綠色為主視覺，書背上方，以綠底白字標示書號，「一排綠綠的」，陳列書店，一眼即看到，也成了日後愛書人的回憶畫面。

由於蔡文甫長期從事小說創作又主編「華副」，對文壇自不陌生。第一批書分別是文庫五本：夏元瑜的《萬馬奔騰》、王鼎鈞特別為九歌創業而寫的《碎琉璃》，傅孝先《無花的園地》、葉慶炳《誰來看我》，楚茹譯《生命的智慧》，蔡文甫編《閃亮的生命》則列為叢刊一號。

當初規畫《碎琉璃》為九歌文庫一號，有同業說創業第一本書名「碎」不吉，蔡文甫欣然同意，改以氣勢磅礡的《萬馬奔騰》。當初為出版社命名時，「九歌」、「長廊」二個名字猶疑不決，也是這位同業一句：長廊音似蟑螂，決定以九歌為名，感念於此，日後這位同業經營困難，四處告貸，蔡文甫慨然伸出援手。

那是紙媒全盛時期，副刊閱讀者眾，影響深廣，偶有書評刊登，書即銷量大增，最著名的例子是，遠在撒哈拉的三毛寫素未謀面的張拓蕪，他的《代馬輸卒》，成了暢銷書，所以張拓蕪總說三毛是他的恩人。當時出版品類不多，文學創作經常擺設在書店最顯眼處。文學書起印三千到四千。九歌第一批書作者，知名度高，上市之後立刻再版；全套新書在報紙刊登廣告，郵購預約即超過一千二百套。尤其是報導十位殘障人士奮鬥故事的《閃亮的生命》深獲好評，報章雜誌大篇幅報導，《讀者文摘》中文版轉載，還榮獲當年新聞局金鼎獎。

九歌雜誌普及偏鄉

九歌初創時，蔡文甫還住在汐止，同時任「華副」主編。編輯工作自己來，寄書，包書，全家總動員。第二年由汐止遷居臺北市八德路三段。由於當初與爾雅約定代發行一年。期滿，自己發行，九歌也由一人公司增列發行，會計，編輯各一，並開始出版報紙型書訊「九歌雜誌」。

臺灣最早有報紙型書訊起於《愛書人》雜誌，刊載書評、出版社活動、新書資訊、郵購優惠辦法等。為豐富內容，蔡文甫像編副刊一樣，以文章為主，再佐以廣告，特闢作家動態、讀友交流區。在網路未起、書店不普及的年代，九歌雜誌，成了都會區外的購書參考，紅框畫撥單成了許多人回憶畫面。

全盛時期，單本新書預約超過五百、一千是常事。讀友名單則是累積自每次新書出版看報紙廣告郵購者。在沒有電腦的年代，以手工書寫，一人一卡。九歌十周年時就找到三位每一期均購買新書的讀友北上一起慶祝。

隨著每月有新書出版，九歌雜誌由不定期改為每月發行，進入二十一世紀，傳媒日新月異，報紙型書訊效益日減，九歌雜誌改為雙月刊，內容不變，依然是與讀友互動的平臺。

名家與新人並立

當時許多名家均與其他出版社合作多年，而且成績斐然，邀稿不易。琦君在九歌第一部作品《與我同車》出版於一九七九年，直到一九八四年以後才開始長期合作，梁實秋在一九八〇年出版《白貓王子及其他》，一九八五年以後作品才全由九歌負責，而余光中則要等到一九八五年他離港返臺定居高雄以後了。

為擴大出版領域，蔡文甫積極尋找新稿，張曉風《地毯的那一端》風靡各地，婚後寫的散文集《步下紅毯之後》再創高峰，獲當年國家文藝獎。杏林子不畏身體病痛在艱困中寫作，鼓勵人心，她的《杏林小記》甫一出版，書評與銷售量成正比。文壇四大名嘴之一王大空的人生散文《笨鳥慢飛》，楊小雲婚後復出文壇的半自傳小說《水手之妻》，這些出版於草創期的作品，風行一時，奠定九歌基礎，更歷經漫長歲月，陪伴不同世代的讀者成長。

名家之外，新人更不可忽略，時年二十六歲的陳幸蕙出版第一本散文集《群樹之歌》，林清玄則是報導文集《傳燈》。一九七六，一九七八年當時影響力最大的聯合報，中國時報分別開始徵文比賽，臺灣文學獎風氣為之大開。文學新人大顯身手，開拓了八零年代臺灣文學新氣象，出生於五零，六零年代的作家正值青壯期，創作力旺盛，是文學榜單上的常客，也因此開始他們的文學事業。林清玄是散文類的得獎專戶，蕭颯在九歌出版第一本作品《我兒漢生》是備受文學獎肯定的短篇結集，《如夢令》則是她的第一部長篇小說。以〈油麻菜籽〉〈不歸路〉在兩大報獲獎備受矚目的廖輝英，則於一九八六在九歌出版她的一部長篇《盲點》，從此開始經營長篇小說，九零年代是她的全盛時期。

年度散文選

創業初期，九歌維持每年二十五本左右的出書量。當時選集盛行，主題掛帥，張曉風為爾雅編選的《親親》、《蜜蜜》風行四方，小民為九歌編的《朋友的愛》、《師生的愛》、《父母的愛》成績亮眼，還有些不掛編者名，就標示「〇〇等著」。琦君作品深受歡迎，由她掛名「等著」的作品比比皆是，在一次聚會中，同輩女作家不以為然說：「又是琦君等著。」林海音回說：「你就是等不到。」

出版新作之外，整理彙編散佚重要文學作品也是九歌重點工作，一九八二年出版應鳳凰編姜貴編《永遠站著的人：姜貴短篇小說選》，由此開始，才有了日後姜貴作品陸續出版，包括代表作《旋風》在消失多年後與讀者重新見面。

同年，蔡文甫接受林錫嘉建議出版年度文選，當時爾雅的年度短篇小說，本本叫好又叫座，《七〇年散文選》是九歌年度文選第一本，列九歌文庫一〇一號，是總編輯陳素芳文學編輯生涯的第一本書。次年十一月，臺灣第一家複合性書店金石堂文化廣場在臺北市汀洲路成立，一改過去書店以書及文具為主，兼含餐飲與服飾，其後包括在重慶南路書街的分店一家家開張，臺灣書店業有了重大的變化。尤其是每月推出銷售排行榜，每年標示暢銷作家排行，隱隱成了書市風向球。初期未分類，文學創作，尤其是國內作家，如琦君、席慕蓉、張曉風等均是排行榜上的常客。

一九八八—一九九八年

一九八七，臺灣解嚴，報禁開放。過去的禁忌鬆綁，新局面新思維，也帶動出版的新面向。人人有話說，文學書不再獨占鰲頭，過去起印三、四千立即再版的風光不再，退書比例逐年攀升，心靈勵志，知識，歷史，漫畫，國外翻譯小說，大陸作家作品等大行其道，品類繁多，除了國人創作的文學類，出版一片榮景。

一九八九年，第一家誠品書店在臺北仁愛圓環開張，舒適高雅的閱讀空間，標榜藝術人文，與金石堂書的百貨式書店分庭抗禮。兩家大型書店的出現，加上之後連鎖書店的崛起，重慶南路書市一條街逐漸沒落，對堅持走文學路的「五小」而言，過去書出版後發行上市，現在必須考量如何在書店有搶眼的亮相位置。在純文學出版社林海音的號召下，五家出版社負責人定期聚會，交換意見，後又加入了遠流及戶外的負責人王榮文與陳遠見。

中華現代大系跨越兩個十年

新十年伊始，九歌遷入新建辦公大廈，逐漸擴大規模。蔡文甫開始擘畫未來兩大方向。一是出書量擴大，由每年二十五本上下增至七十五本左右，一是出版方向須有使命感。

出書量增多，文學品質卻不能打折，名家，新人相互遞嬗，展現文學既與時並進又與時光拔河。廖玉蕙、周芬伶、林文義等就是初在文壇大放異彩時加入。為擴大作品影響力，主動為作家申請各類獎項，廖玉蕙，與周芬伶在九歌第一本書：《不信溫柔喚不回》、《花房之歌》即在出版後獲得該年的中山文藝獎。

十年耕耘有成，整理重要文學資產，更是蔡文甫身為文學出版人的使命。

七〇年代之前，臺灣曾有兩套文學大系，分別是《當代中國新文學大系》（一九四八——一九六二，天視出版公司）與《中國現代文學大系》（一九五〇——一九七〇，巨人出版社），市面早已絕跡，兩套大系曾分別收入蔡文甫的小說〈磁石女神〉、〈放鳥記〉。

一九八六年蔡文甫與李瑞騰赴美參加美西華人學術研討會，在作家鄭繼宗家中書房看到中國大陸有多種版本的文學大系，在眾人鼓勵下，決定急起直追，出版大系，展示民主臺灣的文學風華。為顯示一脈相承，特委請巨人版總編輯余光中續任總編輯，並增列過去大系所無的評論、戲劇類，由齊邦媛、張默、張曉風、李瑞騰、黃美序分別擔任小說、詩、散文、評論、戲劇主編。

大系出版，深獲各界肯定。儘管耗時費工，版權問題，要一一克服，費用龐大，編輯費、轉載費、印製費更是可觀，但保留時代佳篇，還原時代氣息，更可作文學研究的資料，構築臺灣文學史，意義重大，蔡文甫決定繼續此一重大文學工程，二〇〇三年再請余光中主其事，續編《中華現代文學大系（二）：一九八九——二〇〇三》由馬森、張曉風、白靈、李瑞騰、胡耀恆分別主編小說、散文、詩、評論、戲劇，共五卷十四冊。

一九八九年五四運動七十周年，《中華現代文學大系（二）：臺灣一九七〇—一九八九》五卷十六冊出版。跨越兩個十年，作者超過三百人，六月二日正式問世，新書發表會當天，老，中，青三代作家二百多位到場，堪稱當年一大文學盛事，隔二天，六月四日，大陸天安門事件爆發，震驚世界。

開啟宗教生活化，文學化熱潮

大系出版，必須投入大批的人力物力，那還是一個可以等待的年代，書籍即使不暢銷也可長銷，大系深獲各界肯定，初期的投資漸漸回本。九歌敢勇於從事，是因為蔡文甫個人的文學使命感，加上九歌十年辛苦耕耘有成。無論名家或新人在出版市場上都有亮麗的成績。其中一九八四年林清玄開始書寫的菩提系列，更開啟宗教生活化，文學化熱潮。

「菩提系列」第一本是《紫色菩提》，書中大部分文章是在天主教刊物《益世》雜誌發表，他預計以「菩提」為名寫十本書。因為之前琦君的《母心・佛心》被基督教所屬的大書店退貨，出版社建議他改較無宗教色彩的書名。因為作者堅持，出版社抱著疑慮出版，銷售之熱烈卻出乎意料之外，之後的「菩提系列」本本暢銷，連續三年，林清玄都是臺灣最暢銷的作家。《紫色菩提》被評選為臺灣三十年來最暢銷及最有影響力的書。這系列作品大受歡迎，也間接影響了林清玄的文學生命與生活。世紀初，他的作品開始在大陸出版，蔚為風潮，多篇文章還被選入中學課本，在中國大陸享有極高知名度。

一九八九年，被譽為「紙上風雲第一人」的高信疆，為慈濟證嚴法師編訂《證嚴法師靜思語》一書，一改過去宗教書為善本書免費贈閱的概念，找來知名美術設計家李男負責裝幀設計，有鑑於「菩提系列」的成功，就將此書交由九歌出版。使原本僅在功德會員間流傳的書冊，通過一般書籍發行管道，一躍而為書市大贏家。流風所及，宗教大師嘉言錄、開示語蔚為出版熱潮，在二十世紀末，更顯突出。

成立分支機構：健行出版社、九歌文教基金會

固守文學陣線外，因應潮流，調整在一九八七年納入旗下的健行出版社路線，由蔡文甫長女蔡澤蘋主其事，保健之外，增闢生活路線，寫小說的楊小雲調轉筆鋒，不說故事談兩性，《從相愛到相處》、《每天給自己一個希望》等，就在熱鬧紛陳的市場上脫穎而出。

一九九二年七月，蔡文甫自任職二十一年又一個月的《中華副刊》主編退休，並以退休金加自籌款五百萬元成立九歌文教基金會，由朱炎任董事長，李瑞騰任執行長，特選在端午詩人節成立大會，當天頒贈藍星詩社屈原詩獎，舉行「詩歌文學的再發揚」座談會，舉辦詩人張默的個人收藏「臺灣現代詩集大展」。

取之於文學，基金會成立，旨在為文學服務，推廣閱讀。與董事會商議後，蔡文甫設定兩大工作要項，一是小說寫作班，一是少兒文學獎。

因為青年時期參加中國文藝協會主辦的第二期小說寫作班，身受其惠，基金會成立，特委請李

瑞騰規畫小說寫作班。請小說作家分享創作經驗與鑑賞方式，每期二十六堂課，上課地點就在一九八九年成立的第一家九歌文學書屋。

小說寫作班總計辦了十期，結業學員超過四百位，期間並由九歌出版第一期學員凌明玉的短篇小說集《愛情烏托邦》，第三期學員黃錫淇的長篇小說《感風吟月未了情》。

基金會第二項要務就是舉辦兒童文學獎。

早年蔡文甫曾以筆名「丁玉」在《中央日報》發表「中國名人故事」，出版社成立後，原擬將作品投遞出版兒童讀物的出版社，爾雅出版社隱地以林海音的純文學出版社也有兒童讀物為例力勸他由九歌出版，決定接受建議，因此而有了九歌兒童書房系列。第一集在一九八三年出版，分別是楊思諶《五彩筆》、楊小雲《小勇的故事》、嶺月譯《巧克力戰爭》、蔡文甫《中國名人故事》。在版權未明文規範前，嶺月寫信之外還親赴日本與作者大石真見面，相談甚歡，以象徵性臺幣一元，取得作者同意權。

由於投入兒童文學市場，蔡文甫深刻體會國內下一代閱讀的作品多來自翻譯，為鼓勵國人創作，基金會成立，即創辦少兒文學獎。這一年，辦了十八年的洪建全兒童文學獎停辦，少兒文學獎成立，適時補上國內少兒小說獎項的空白。

少兒文學獎徵文以文長四萬至四萬五千字的少兒小說為對象，首獎獎金二十萬元，為鼓勵新人，特規定首獎得主三年內不得參加。第一屆首獎是李潼的《少年龍船隊》。

由文建會到文化部不間斷贊助，九歌少兒文學獎從上世紀末到新世紀，連續辦了二十六屆，成了國內唯一長篇少兒小說為徵文對象的獎項。得獎作品結集成書一百七十四冊。鄭宗弦、陳素宜、王文華、鄭丞鈞等都是在參賽中脫穎而出的佼佼者，由此出發，大步邁向兒童文學創作天地。

華文世界首部《尤利西斯》全譯本

成立分支機構外，一九九〇年增闢九歌譯叢。第一號是彭淮棟譯《我兒子的故事》，作者南非的娜汀・葛蒂瑪，正是該年諾貝爾文學獎得主，葛蒂瑪被譽為世界十大小說家之一，得獎半年前九歌就已簽下此書。

詹姆斯・喬伊斯著《尤利西斯》，被譽為二十世紀文學經典第一名。全世界二百多種譯本中獨缺中文。一九九一年，蔡文甫邀宴旅美作家莊信正，莊信正當著很多文友及記者面，希望九歌出版金隄所譯之刪節本，蔡文甫當下即決定要出就出全譯本，並請莊信正轉告金隄先生，接著便簽約預付翻譯費。當時金先生旅居美國，分五年預付美金，使金先生不致因翻譯而擔心生活費用。

金隄畢業於西南聯大，是沈從文的學生，與夏志清是北大同學，早在一九八六年已在中國大陸天津百花文藝出版社出版《尤利西斯》節譯本。

一九九三年金隄夫婦來臺北參加《尤利西斯》上卷（一—十二章）新書發表會，由朱炎教授主持，參加的學者及作家五十餘人。接著又參加成大、中山大學、中央大學及臺大文學院等院所舉辦之演講、座談。其中一場在臺大，朱炎教授特在授課中途趕到，並以山東鄉音朗誦了「尤」書第十二章描寫都柏林市井人物一段文字，全場撼動。

金隄譯《尤利西斯》中文全譯本，譯文精確，注釋完備，當時媒體譽為「二十年前梁實秋翻譯莎士比亞全集以來最大盛舉」。各方交相讚譽，讀友口碑載道，上卷初版不到一月即售罄，立刻再版。下卷（十三—十八章）則於一九九五年七月出版，次年，蔡文甫偕學者莊信正、李奭學、曾麗玲以及金隄，參加中國大陸天津舉辦第一屆喬伊斯大會。在今天，愛爾蘭喬伊斯紀念館中，仍可看到九歌版《尤利西斯》與世界各種譯文版本並列。由於《尤利西斯》全譯本各界肯定，上市成功，所以當香港學者黃國彬提出《神曲》全譯本構想時，蔡文甫欣然同意，始有二〇〇三年《神曲》的出版。

挑戰高難度的作品

鍥而不捨爭取出版困難度極高的好作品，一直是出版人的挑戰。一九九五年，堅持「不出書，不教書，不上電視」的張繼高，終於被蔡文甫「十年剪稿」的誠意打動，因而有了《必須贏的人》，以及過世後《從精緻到完美》、《樂府春秋》問世。

同年，張默、蕭蕭編《新詩三百首》出版。一九九四年，蔡文甫參加一場新詩討論會場，見《創世紀》詩刊上，載有張默編纂《新詩三百首》之構想，乃主動電請提出計畫，積極推動。依兩位編者張默、蕭蕭的構想，時間自現代文學開始至今，長達八十年（一九一七—一九九五）。內容涵蓋兩岸及海外，並分大陸篇（前期）、臺灣篇、海外篇、大陸篇（近期）等四卷。總計詩人二二四家、三三六首詩，每一家均有編者鑑評，介紹詩人，賞析詩作。新詩在文學市場上一向屬小眾。本書分上下二冊，書前有余光中總序，書後則有兩位編者對編輯此書的理念陳述，總計一三七六頁。編印及轉載費等預算在百萬元以上。編印後很難收回成本。但《新詩三百首》編選之時空廣闊，有詩選、詩史及為新詩定位之特質。就如同《唐詩三百首》，出版後普獲廣大讀友認同，並常為各級學校指定讀物。中國大陸接著編有多種《新詩三百首》，但選入臺灣詩人之作品為數甚微。二〇一七年逢華文新文學百年，邀請蕭蕭續任主編，重新分輯、新增一九九五到二〇一七年間表現出色的詩人及其作品，於二月推出《新詩三百首百年新編》。

然而，也是這一九九五年年底，文學「五小」的龍頭純文學停辦了。時年七十八的林海音決定結束她一手締造事業，版權還給作家，庫存書相贈，從容優雅，瀟灑的與出版揮手告別。許多純文學出版的經典名著，如王藍的《藍與黑》、琦君的《琦君寄小讀者》，以及余光中多本散文集等因此得以順利在九歌出版，繼續流傳。

次年（一九九六），原麥田出版社的蘇拾平、陳雨航，貓頭鷹出版社的郭重興，PChom 的詹宏志，格林出版社的郝廣才等人成立城邦出版集團，這種集結不同出版類型，整合發行、倉儲等資源，開拓更廣大的出版市場，預示著出版競爭日漸激烈，也逐漸改變過去出版的營業模式。

傷心咖啡店之歌

面對種種變局，固守文學須面臨更大的考驗，加強行銷與編輯力，尋找文壇新人更是刻不容緩。

一九九六年九歌收到二十五萬字左右《傷心咖啡店之歌》稿件時，蔡文甫讀了五千多字，很快地被書中人物、故事吸引，兩天內即讀完，覺得作品和當前年輕人的脈動、思維相連，立刻通知作者朱少麟來出版社一談。這是朱少麟的第一本書，當時她白天任職公關公司，花了五個多月的時間，在夜晚完成這部長篇小說。她將作品投遞數家大型出版社，大多石沉大海，願意出版者，卻堅持要刪去五萬字，甚至十萬字。與朱少麟談過後，並確定作品不是抄襲，理解她對作品企欲表達的意念，雖然擔心太長會影響讀者閱讀的興趣，但為了尊重作者的創作理念及寫作長篇的魄力，更期待文壇新勢力崛起，決定先不考慮市場因素。由於朱少麟是文壇全新的面孔，甚至未曾在報刊發表作品，為吸引讀者翻閱，在一個評審會上，蔡文甫趁便向鄰座的名評論家馬森推薦這位從未寫過文章的年輕人，出手便寫了二十多萬字的長篇，馬森便寫了一篇〈遇到了一位天生的作家〉序文，同時找來十位名家推薦。《傷心咖啡店之歌》剛出版時，並未受到特別注意。漸漸地，有讀友在網路上發表心得，寫讀書筆記，甚至摘錄部分文字，互相傳閱。《傷心咖啡店之歌》書中的人物、對話，深深打動了年輕敏感孤寂的心靈，一傳十，十傳百，在書店即將下架時，卻開始在網路發燒，就這樣從上世紀暢銷，新世紀長銷，歷久不衰，二〇一四年出版五十萬紀念版，也是一舉衝上排行榜。叫座之外，《傷心咖啡店之歌》與朱少麟另一部小說《燕子》，同時獲選「當代小說一〇〇」，另一部長篇《地底三萬呎》也是深受歡迎，年年再版。

臺灣文學二十年集

一九九八年，即將跨越二十世紀，而九歌出版社亦已創立二十週年，在與李瑞騰商議後，蔡文甫決定將文學彙編工作集中在臺灣，突顯在自由風氣下的文學總成績。特編選《臺灣文學二十年集》一九七八—一九九八四卷，《新詩二十家》、《散文二十家》、《小說二十家》、《評論二十家》，彰顯戰後世代創作特性，表現臺灣文壇二十年來的文學成就。由青壯派作家白靈、陳義芝、平路、李瑞騰等四位負責編選。與一般文選不同，選定光復以後所有在臺灣出生的作家，他們在五十年左右的時空裡，如何孕育、成長、茁莊。作品之外，每家均附小傳，照片，主編並就各家風格品評。

新書發表會上，齊邦媛教授呼籲政府成立文學館為臺灣文學界留下寶貴資產，催生了臺灣文學館。

《臺灣文學二十年集》出版，確立了九歌每一個十年的彙編工作，二〇〇八年三十周年慶，由李瑞騰總策畫，推出《臺灣文學三十年菁英選》分別由白靈、阿盛、蔡素芬、李瑞騰主編詩、散文、小說、評論卷，每卷選出戰後出生的三十位作家的作品，二〇一八新文學一〇一年，擴大選文範圍，由陳大為、鍾怡雯主編的《華文文學百年選》，分臺灣、中國、香港、馬華四大區塊，以年繫文，呈現新文學百年來在詩，散文，小說的總體表現。

面向文壇，回首來時路，二十周年推出《九歌二十》，三十周年是學者汪淑珍的《九歌繞樑三十年》，迎接四十年則是由李瑞騰、陳素芳主編的《九歌四十——關於飛翔、安定和溫情》。

一九九八—二〇〇八年

解嚴，報禁開放，一九九九出版法廢止，新出版社一家家成立，出書量爆增，新世紀，文學出版面臨更多更艱鉅的挑戰。

網路科技時代來臨，傳播媒介多樣，資訊輕易可得，對平面媒體的依賴大幅降低，閱讀習慣開始改變，文字紙本閱讀率逐年下降；加上書種多樣，行銷通路多而廣，大型書店，量販店，便利商店都投身圖書商場，尤其是一九九五年成立的博客來網路書店正逐步改變愛書人的購書習慣，直接影響實體書店。

此外，報禁開放後，報紙增張，新報社一家家成立，投入大量的人力，財力，卻不敵前仆後繼的新興媒體，新辦的自立早報、中時晚報，二〇〇〇年政黨輪替後國民黨黨報中央日報，以報導娛樂，藝文，體育的民生報等先後停刊。與文學息息相關的副刊，影響力限縮，過去長篇小說逐日連載再出書不復見，文學獎的光環漸退色，種種改變，都衝擊著同為紙媒的出版業，尤其是文學出版。

二〇〇〇年大地出版社易手經營，改變出書方向，與純文學歇業一樣，意味著臺灣文學出版「五小」真正成了傳奇，翻頁過去，黃金時代結束了。

出版不再只是理想性高的文化手工業，書是文化商品，過去出書，印好上市，自然流通，等著再版。現在出書，印好上市，才是另一場戰爭的開始，而且前哨戰在決定出書那一刻就已經開打。

正面迎接時代潮流，九歌進入第三個十年，維持出版特色與風格，深耕強化國內文學的縱深。為擴大閱讀面，吸引文學閱眾外，契合社會需求，旗下健行出版社增闢新書系；考量年輕讀者的需求，成立分支機構天培文化。

文學領域再擴大

文學榮景不再，文學職志卻不可改。在子公司開展新路線時，九歌固守文學戰線，積極爭取文字雋永耐讀、深具文學意義的好書。文學先行，不涉政治信仰及其他。廣邀社會精英以文學之筆寫就的好文章集結成書，例如李家同、邱坤良等，更積極爭取雋永耐讀好書擴增九歌文庫的內容。

一九九六年林太乙在九歌出版自傳性散文《林家次女》，輕靈簡明又帶幽默的筆調，以赤子之心寫童年也寫她不平凡的父親林語堂，並側繪大時代知識分子的飄零，深深打動了海內外華人的心靈。之後，林太乙又陸續將長篇小說《蕭邦，你好》、舊作《金盤街》，以及過世（二〇〇三）前編好的散文集《女王與我》交給九歌。

主編中華副刊時，蔡文甫即大量刊載臺籍作家作品，鍾肇政的「高山組曲」，即是在華副連載。成立九歌出版社後，創社初期日據時代結束後才開始學中文的陳火泉的人生小品，即是耀眼的例子。一九九四年，在一次評審會議上，蔡文甫與葉石濤兩人因對文章看法相近而相談甚歡，回辦公室後即主動向葉老約稿，不久《展望臺灣文學》書稿及新寫的序寄來，序文上葉老寫著「蔡先生接受我投稿」，蔡文甫立即更正：「蔡先生向我邀稿」。之後，葉老也陸續在九歌出版《追憶文學歲月》、《臺灣文學的回顧》。

二〇〇一年，沈君山《浮生三記》及曾麗華《旅途冰涼》夫婦兩人新書發表會，嘉賓雲集，會上，天下文化高希均說：「出版人有沈君山這樣的朋友何需要敵人呢？」沈君山一枝好筆，世所公認。天下文化好幾年前就與他約好出書，沈君山卻遲遲未能履約，倒是先在九歌出新書了。九歌原是向文字像水晶般剔透的曾麗華約散文集，曾麗華寫得好寫得少，於是就試著建議由她和沈君山出合集，沈君山大不以為然，一句：「就一人一本。」九歌大喜過望，因此而有了《浮生三記》。為了履約，兩年後沈君山在天下文化出版了《浮生後記》，還找了九歌陳素芳為他校對。二〇〇五年沈君山二度中風，在九歌出版他最後的著作《浮生再記》，三本「浮生」書後有他逐年記下的生平大事，際遇榮逢，瀟灑人生，對照他三度中風後多年纏綿病榻，不禁令人唏噓。

另一位是王拓。王拓早年寫的小說，早已是公認臺灣鄉土文學代表作。二〇〇〇年張曉風奔走海峽兩岸為九歌選編了《小說教室》一書，收入華文現代小說發展以來，她所喜愛的十九篇短篇小說。新書發表會上她說：臺灣文學創作的中流砥柱是由「第一代半的外省人」以及「末代半的日據人」組合而成。時任立委的王拓就是曉風口中「末代半的日據人」，收入書中的是〈炸〉。他從立法院趕來與會，蔡文甫向他表達九歌希望重出他的經典《金水嬸》、《望你早歸》。王拓欣然同意，並加了新版序〈我的人生，我的夢〉，文章似酒，加了歲月這一味更見醇美。王拓寫來一派平和，沒有坐過「政治牢」的怨懟，只有因入獄無法見母親最後一面的悲傷，既慨歎文學已遠，又隱隱透出「我將再起」的雄心。不久，王拓寫了近兩萬字新稿寄來九歌，卻始終不滿意。二〇〇五年發表的三篇短篇：〈土地公不見了〉、〈早晨的太陽〉、〈鬼來了！鬼來了！〉，小說家王拓回來了。寫實風格依舊，同情小人物，與過去迥異的是，多了說書者的悠然，緩解了命運的沉重。二〇〇八年臺灣二次政黨輪替，民進黨再度淪為在野黨，王拓臨危受命，擔任黨的祕書長，寫小說的筆再度擱下。直到二〇一三年卸下黨職，再找回他熱愛的「爬格子的感覺」，他約了陳素芳見面，請她幫他印每頁五百字的稿紙，他要向文學歸隊，準備寫大河小說了，而且是三部曲。

二〇一六年，三部曲初定，王拓過世。

大陸作家

上世紀九零前後，大陸作家作品開始在臺灣問世，阿城的《棋王・樹王・孩子王》、張賢亮的《男人的一半是女人》，讓人見識到極度情境下生命的韌度與壓抑，之後莫言的《紅高粱》、蘇童的《大紅燈籠高高掛》，因為電影推波助瀾，氣勢磅礡的大鄉土之歌、道德規範僵化的社會下女子的悲鳴，均令人震撼，和稍後王安憶、李銳等的作品，在二十世紀末的臺灣文學市場異軍突起。然而，或許是生活背景，或許是臺灣獨有的認同角力，更可能是生活的瑣碎令人不耐閱讀大量的文字，由於在臺灣出版的大陸小說，多屬大敘述，大歷史，更有道統龐大的影子，動輒二十萬字以上，往往令人卻步。除了知名度極高的少數，較難引人注意。

九歌出版大陸作家作品自一九九五年開始。透過余光中的推介，詩人北島的作品，先後在九歌出版，包括詩集《午夜歌手》、《零度以上的風景》、《開鎖》、《午夜之門》以及散文集《藍房子》。一九九七年張賢亮來臺，九歌當面約定他的最新長篇小說《我的菩提樹》，成名作《男人的一半是女人》也於二〇〇四年重新出版。

兩岸開放後，作家往來日益頻繁。各大報文學獎的榜單上開始出現大陸作家名字。一九九二年嚴歌苓以小說〈少女小漁〉獲中央日報文學獎第二名，收入爾雅出版的《八十一年短篇小說選》，張艾嘉改編成電影，大受好評，同名小說集因此熱銷，之後她的長短篇小說陸續在爾雅、三民、九歌出版。九歌出版第一本嚴歌苓的作品《海那邊》，就是她獲遍臺灣各大獎的作品結集，之後又陸續出版《第九個寡婦》、《一個女人的史詩》、《補玉山居》等長篇小說。

另一個與嚴歌苓一樣長年旅居海外卻在臺灣文壇發光發熱的大陸作家是虹影。一九九七年虹影自傳性小說《飢餓的女兒》在爾雅出版，臺灣文壇側目，反應熱烈。虹影長期旅英，她的作品早已在西方世界有多種譯文出版，而在中國，她是話題性強的作家，《飢餓的女兒》、《K》都引來熱烈的討論，尤其是以真實人物為藍本的《K》；然而話題性，並不影響她的文學性，二〇〇四起即陸續在九歌推出她的上海系列：《上海王》、《上海之死》、《上海魔術師》。

儘管市場未必看好，文學卻不能自囿於小天地，除了在臺灣具高知名度的作家外，更積極尋找中國大陸寫作風格獨具而臺灣較陌生的作家。

在中國有「鬼馬」作家之稱的劉震雲，是大陸文壇的名嘴，他說：「世上有用的話，一天不到十句話。」小說《手機》就是對說話有獨到詮釋的作品，經由導演馮小剛改拍電影，是二〇〇三年大陸的賀歲片，票房一枝獨秀。電影熱鬧，荒謬，細看小說卻是往返三代女人橫跨八十年的故事，在歷史、地理框架下，語言在時間長河裡漂出重量。二〇〇四年九歌出版《手機》，愛書人一片喝采，隱地還特別為此寫書評大力推薦。《手機》之後，除了舊作，劉震雲每有新作均是大陸與九歌同步出版，包括獲二〇〇九年茅盾文學獎的《一句頂一萬句》，以及二〇一二年的《我不是潘金蓮》。

另一位是畢飛宇。二〇〇五年，九歌出版了他的中篇小說《玉米》，場景是七〇年代的蘇北農村「王家莊」，三姊妹玉米、玉秀、玉秧，美麗的臉龐與世故老練的心，畢飛宇成功書寫在體制龐大陰影下壓抑的情欲、人性的扭曲，讚嘆佩服之餘不免令人不寒而慄。《玉米》出版果然引起注意，然而真正讓他在臺灣成為愛書人追逐追讀搶拍合照的，則是獲二〇〇九茅盾文學獎寫盲人世界的《推拿》。

典藏小說、典藏散文、作家作品集

從九零年代跨越新世紀，文學九歌雖已穩健走過二十年，卻不能昧於商業競爭激烈、文學書籍銷量江河日下的事實。

在整理重要文學資產時，審視自家作品，有許多作家的作品雖已不復在書市流傳，其期間透露的時代氣息，文字風格，隨著時間流逝更顯其文學之高蹈。於是就有了以文類分的「典藏小說」、「典藏散文」系列，以及作家作品集的規畫。除了九歌出版品外，並克服困難取得版權出版其他出版社已絕版的經典。

這些作品以符合現代美學的封面設計，重新排版，並附書評或導言，既滿足年長讀者懷舊心情，更可讓年輕讀者體會深刻閱讀與傳承之必要。

二〇〇四年「典藏小說」登場，由小說家同時有多年出版編輯經驗的陳雨航策畫，並為每一本書寫導言。此系列有原在九歌文庫的顧肇森《貓臉的歲月》、蕭颯的《我兒漢生》，也有陳若曦寫文革的《尹縣長》、廖輝英成名作《今夜微雨》、姜貴的《旋風》、鄭清文的《峽地》以及郭良蕙的《心鎖》。

寫《現代中國小說史》的夏志清推崇姜貴是「晚清、五四、三十年代小說傳統的集大成者」，並曾專文論《旋風》是：中國諷刺小說傳統——從古典小說到近代作家如老舍、張天翼和錢鍾書中最近一次的開花結果。此書初問世，胡適、蔣夢麟、高陽等均以書信或專文稱許，蔣夢麟更讚譽為「現代水滸傳」，姜貴還特地將評選文章自費出版《懷袖書》表示個人對那些批評家「感恩知己」的心意。然而不論作品或作者本身都是命運多舛。

《旋風》完成於一九五二年，六年之內，被退稿不下數十次。姜貴多次都想將手稿付之一炬，終究不捨。一九五七年，五十大壽前一年，仿傳統作九不做十，將壽宴費用挪為出版壓在箱底多年的《旋風》，並改名《今檮杌傳》，並在章節下加似章回小說的對仗回目。一次印五百本，贈出的書約二百。二年後，在吳魯芹推薦下，恢復原書名，並刪除章節回目，由臺北明華書店出版，一九六二年版權移至高雄大眾，一九六六年，為生活所苦，姜貴將這本書與另一長篇《碧海青天夜夜心》

版權售與高雄長城。

姜貴民國前四年出生，青年時期歷經寧漢分裂，南昌暴動，這也成了他另一部重要作品《重陽》的寫作背景，對共產黨的崛起十分了解，遂有《旋風》的創作。一九四八年，姜貴舉家遷居臺南，一生以寫作為業，生活困頓。一九七八年，他與陳若曦同獲第一屆吳三連文藝獎，卻在獲此殊榮的二年後去世，享壽七十三。

姜貴生前著作頗豐，但他未善加保存，作品有不少散佚。應鳳凰女士翻遍數十年之報章雜誌，蒐集了二十多篇中短篇小說編成《永遠站著的人》及《姜貴的小說續編》二書，於一九八二年由九歌先後出版。

一九九九年，聯合報舉辦「臺灣文學經典三十」，《旋風》名列其中。蔡文甫應邀主持其中一場研討會，張曉風女士在會場建議，由聯合報副刊或九歌文教基金會，影印絕版多年之《旋風》，提供喜愛閱讀之讀友。蔡文甫當場說明不能違反著作權，並答應設法解決版權問題後重新再版。經過多方探聽，找到版權所有人長城出版社負責人，親赴高雄，購回《旋風》及《碧海青天夜夜心》二書版權，並於同年重排精印，使得這絕版多年的名著，得以重新問世。

鄭清文寫於一九七〇年的《峽地》，這是鄭清文第一部長篇小說，由臺灣省文藝處出版，一如他常用的海明威「冰山理論」，情節文字看似風平浪靜，其中卻蘊藏著波濤洶湧。另一本是郭良蕙的《心鎖》。《心鎖》出版於一九六三年，由於書中縱情、貪欲等情節赤裸裸呈現，無法見容於當時的衛道人士，被視為禁書，郭良蕙還因此被中國文藝協會開除會籍，對她的寫作傷害甚深，重新面世，別具意義。

擴大典律範圍，「典藏小說」之外，二〇〇六年推出「典藏散文」，在版面設計上樸素典雅，呈現散文的雋永耐讀。這些難忘的好書有學者夏濟安的《夏濟安日記》，讓人一探一代學者理性之外的感情世界。吳魯芹的散文知識與趣味兼具，瀟灑從容，謔而不虐，原在傳記文學出版卻早已在書市絕跡的《雞尾酒會及其他》正是其中翹楚。

「典藏散文」選編已逝或鮮少動筆的作家經典，「新世紀散文家」則是向自上世紀起即持續筆耕且依然保持創作高度的作家致敬。

「新世紀散文家」由陳義芝主編，邀請名家自選作品，以創作不同時期分輯，書前約請專家學者撰寫緒論，作者自述散文觀，書後有作家創作年表及重要論評，由點自面全面性了解散文家的藝術風格與創作技法。「新世紀散文家」自二〇〇二年至二〇一六年，以作家精選集為名，計有林文月、董橋、蔣勳、周芬伶、楊照、余光中、劉再復、廖玉蕙、陳芳明、顏崑陽、劉克襄、蔡詩萍、張曉風、阿盛、平路、陳玉慧、王德威、席慕蓉、鍾怡雯、舒國治。正如陳義芝在編輯前言所說：「這批優秀作家的作品見證了一個輝煌的散文時代。他們的創作觀更合力建構出當代中文散文最精萃的理論。」

「新世紀散文家」以宜於教學的體例呈現，「名家名著選」則精選當代名家名著，以大字排版閱讀舒適，軟精裝封面，宜於收藏，琦君的《母親的金手錶》和《夢中的餅乾屋》因而在新世紀再創書市熱潮。

此外，為凸顯作家多年耕耘有成，以作品集形式呈現，包含新作，舊作，以及在他家出版轉到九歌的作品。包括梁實秋、琦君、余光中、張曉風、廖玉蕙、廖輝英、周芬伶、朱少麟、鍾怡雯、楊富閔等，還有大陸作家畢飛宇、劉震雲。

年度文選：小說選、散文選、童話選

「年度文選」堪稱「臺灣文學特產」。臺灣有「年度文選」，最重要的推手是隱地，一九六八年他開始選編當年十一篇最具代表性的小說，嗣後，「年度小說選」數度更易出版社，一九七五年他創立爾雅出版社，一九八〇接力出版，並補編一九六六與一九六七兩年，直到一九九八年，始由九歌出版社接辦。

九歌版年度散文選是臺灣持續最久的文學選集。一年一年的選集累積起來，即是一筆可觀的史料。藉由選集維護文學的自主性，保存臺灣當代文學資料，也為文學史留下紀錄。同時亦能發掘當年有潛力的作家、作品，使年輕創作者受到肯定與鼓勵。

二〇〇四年九歌接受學者徐錦成建議推出「年度童話選」，將文學觸角延伸至下一代，展現臺灣一年來的童話成績單，兼顧學術與閱讀樂趣，主編之外，更增列兩位以上在小學或國中就讀的小主編，共同選文並選出年度童話作家，第一屆年度童話作家是鄭清文。

至此，每年三月，固定出版年度文選：散文選、小說選、童話選。

文學向下紮根，一九八二年推出的少兒書房適合中高小學閱讀的少年小說，是下一代過渡到成年的閱讀前導。推出童話選後，再將視野瞄準低年齡層的小讀者，二〇〇六年童話列車順勢推出，搭配彩色圖文，並有專家導論，除了耕耘有成的黃海、林世仁、黃秋芳、管家琪等童話名家，還有小說大家司馬中原。

天培文化與世界接軌

千禧年伊始，子公司天培文化成立。蔡文甫感念幼年時大哥天培的護持，特以大哥為名成立子公司，由次女澤松負責。澤松學的是傳播，從事廣告工作多年，對時代嗅覺敏銳，在文學之美標準下，以計畫編輯方式，廣泛使用各種行銷手法，期望在競爭激烈的書市突圍而出。初期規畫五大書系：貼近土地環境具環保概念的「綠種子」；側重人文生活美學，彩色圖文的「原色調」；引進國外文學作品的「閱世界」。

首批新書分別是：馬以工《城市生態》、金恆鑣《讓地球活下去》、黃光男《生活美學》、成寒《推開文學家的門——漫遊全世界作家的屋子》，以及吳爾芙著張秀亞譯《自己的房間》。

馬以工是國內環保先驅，一九八二年與韓韓合著《我們只有一個地球》，開國內環保議題寫作的先河，多年來從事的也是與臺灣環境息息相關的工作。金恆鑣曾任國際生態學研究網副主席職位，是第一個擔任這個職位的亞洲人。他們的著作，從愛地球出發，再貼近此時此刻我們生存的土地。發現問題，提出見解，正是「綠種子」系列的精神：與大自然對話。

彩色圖文的「原色調」則側重生活的人文面，《推開文學家的門》，走訪文人故居，搭配作者成寒拍攝的照片，正值旅遊文學熱潮，出版之後，成績亮眼。

引進國外文學作品的「閱世界」首先推出維金尼亞吳爾芙的《自己的房間》。《自己的房間》開啟英語世界裡女人造始運動，是女性主義的里程碑，出版於一九二九年，臺灣最早的譯本是一九七三年純文學出版，張秀亞譯。天培重新出版，更是向文學女性先行者致敬。

天培初創時，正值翻譯小說在書市大行其道，各家競標國外獲獎好書以及暢銷新書。投入新戰場，蔡澤松勤上國外網站，大量閱讀國外書訊，廣納各界建議，陸續推出印裔後起之秀鍾芭．拉希莉、加拿大國寶級女作家瑪格莉特愛特伍，英國女作家多麗斯．萊辛系列作品。

與華裔小說家哈金同班同學的鍾芭．拉希莉，是印裔後起之秀，二〇〇〇年初試啼聲，一鳴驚人，紐約時報上佳評如潮，天培決定買下她的第一本著作《醫生的翻譯員》版。在取得版權後兩個月，《醫生的翻譯員》榮獲二〇〇〇年的普立茲獎。中譯本也擄護臺灣讀者的心，獲中央日報年度十大好書。

二〇〇七年十月十一日，高齡八十八歲的多麗斯．萊辛獲得了諾貝爾文學獎。她在一九六二年完成的《金色筆記》，描寫多種女性思維、感覺和經歷，奠定她在西方文學不可撼動的地位。在創業初期天培即簽下了她於一九八八年完成的《第五個孩子》，以及二〇〇〇年完成的續集《浮世畸零人》二書版權，並於二〇〇一年出版。

「閱世界」引進歐美優質文學，與世界接軌。加拿大國寶級女作家瑪格麗特．愛特伍，她的作品早已獲西方文學界高度肯定，二〇〇二年天培首先引進她的作品，第一部是她獲布克獎的長篇

《盲眼刺客》，出版後各界讚賞，包括國內同是寫小說的女作家，此後艾特伍每有新作，天培必竭力爭取出。

除了布克獎，普立茲文學獎獲獎好書外，其它備受肯定的好書亦不錯過。包括：二〇〇四年《紐約時報》年度十大最佳小說的柯姆．托賓《大師》、二〇〇五「紐約時報」十大好書伊恩．麥克伊旺《SATURDAY 星期六》等。

從文學出發，天培逐步站穩步，二〇〇七年以高價標到暢銷書《大象的眼淚》的版權，在一波波行銷宣傳下，開出亮眼成績，甚至引起美國作者注目，特別邀請天培出席法蘭克福書展派對，希望能將下本著作交由天培出版。原著改編成電影，推波助瀾，再創第二波暢銷高峰。

「綠種子」、「原色調」、「閱世界」之外，天培陸續推出女偵探的推理小說「Shadow」系列，標榜「愛，勇敢，冒險」Chick Lit 系列。從嚴肅到通俗，新領域開發，新編輯方針，種種嘗試，在九歌既有的基礎下，開拓不同的閱讀族群。

健行新系列

健行成立，旨在文學之外，提供忙亂的現代人身心靈安頓自處之道，在既有的保健，生活路線外，擴大出版領域，二〇〇一與二〇〇二增闢「學習館」、「新世紀智慧館」二系列。

「學習館」提供新知，目標讀者是青少年。從「快樂學習」出發，將語言，知識探索，自然小科普納入出版範疇，有國人撰寫，也引進西方讀物。

「學習館」閱讀對象是青少年，有語言學者也有知識探索，其中植物學家楊平世教授「自然課沒教的事」系列，以問答方式回答小朋友感興趣、好奇的各式問題，深入淺出的解說搭配活潑逗趣的彩色插畫，滿足孩童的求知慾，「自然課沒教的事」以動物，昆蟲，植物分集：《動物總動員》、《昆蟲趴趴走》、《植物大觀園》，本本擄獲大小朋友的心。「新世紀智慧館」則是廣邀各界名家、學者執筆，面對新世紀，藉由閱讀，現代人如何面對自我，面對時代潮流。

專研國學的龔鵬程《經典與生活》，曾昭旭向傳統取經哲學教授傅佩榮則以哲學家的角度，反覆辯證生命種種情境，越辯越明，讓讀者在閱讀中思考，找出生命的定位。還有從事社會工作也在大學教社工相關課程的彭懷真深入分析當代人的生活方式，如何才能職場生活兩自在創造雙贏。

向傳統汲取養分外，「新世紀智慧館」也向西方取經。文學大師梁實秋、心理及精神分析之父弗洛依德、文豪托爾斯泰、音樂家華格納等，皆曾表示生平深受十九世紀初德國哲學大師叔本華的啟迪。梁實秋的學生胡百華譯《叔本華「雋語與箴言」》一書，蒐錄叔本華的處世智慧。勃倫特·霍斯著，楚茹譯《林肯的幽默與機智》不僅表現林肯仁慈簡樸、幽默風趣的一面，更提供六百則趣聞、軼事，展現林肯為人處事的智慧。

與大師同慶

二○○八年，九歌成立三十周年。以三十為題，配合系列活動。推出由李瑞騰總策畫的「三十年菁英選」，封德屏主編《三十年後的世界》，汪淑珍專論《九歌繞樑三十年》，傳承意味濃厚的蔡澤松編《創造奇蹟的人：閃亮的生命2》，與三十年前創業作蔡文甫編《閃亮的生命》相對應。同時舉辦華文世界最高獎金的二百萬長篇小說徵文。

九月「二百萬長篇小說獎」徵文揭曉，評審委員司馬中原、李昂、平路、蘇偉貞、李奭學選出四部入圍作品：張瀛太《古國情人》、盧兆琦《十三暝的月最美》、譚劍《黑夜旋律》與周桂音《月光的隱喻》推薦出版，卻一致決議首獎從缺。九歌決定續辦，延長徵文期限至二年後。

十月，陳若曦自傳《堅持・無悔》出版，新書發表會選在明星咖啡屋，陳若曦大學同學白先勇、王文興都來了，儼然成了臺大外文系同學會。

每逢九歌十周年正是文學大師余光中逢十的壽慶。一九八八年，九歌二十周年，余光中七十大壽，生日當天，他在臺灣五家報紙副刊發表詩作，在慶生大會上，余光中新作詩集《五行五阻》、散文集《日不落家》、評論《藍墨水的下游》同步發表。

二〇〇八年，九歌三十周年，九九重陽，余光中八十壽慶，與中華民國筆會，九歌與臺北市文化局等單位合辦余光中八秩壽慶活動，除了壽慶專書蘇其康主編《詩歌天保》詩文集，陳芳明編《余光中跨世紀散文》出版外，余光中更「自放煙火」推出詩集《藕神》、評論集《舉杯向天笑》以及譯作王爾德的喜劇《不要緊的女人》。二〇一七年十二月十四日，喪鐘響起，大師遽逝，海內外同悲，原擬二〇一八重陽推出的九十壽慶專書成了追思專書。

二〇〇八—二〇一七年

新世紀十年，出版市場競爭益發激烈。淺牒文化當道，出版生態改變，傳統書店式微，獨立書店經營辛苦，大型連鎖書店不敢擴張，網路書店的業績倍數成長。

網路時代，人手一機，臉書，微博，wechat，推特等建構了迅捷綿密的溝通網絡，各種見聞，訊息，低頭用手指一滑一按即可得；有疑問，上網查。好文章，借分享，有意見，讚聲不絕，一個個小社群像雨後春筍般冒出，宣告「微」「小」「快」時代的來臨，與需要時間醞量、沉澱的文學創作背道而馳。傳統書寫還在，因應新時代的「網路文學」「手機文學」等逐浪而出，品類繁多，熱鬧紛陳。

過去書上市是完成式，讀者主動來找書。現在則是書出版了，訊息一現即消失，實體書店限於空間，新書替換率高。網路書店品類繁多，除了被選取的幾本，其他都是要刷過幾個頁面才能尋獲。「讀者在哪裡？」是作者與出版者必要思考的命題。與通路協商，討價還價，爭取露出的最好位置，辦讀者見面會，製造話題網路行銷，裝幀要精美，突顯作者與作品的特色，附精緻的小贈品，拍攝短片等等，種種短兵相接的巷戰，就是要讓讀者「看見」且記住。作者則是自己作品的代言人，在網上與讀者互動，看似熱鬧，其實依然是小眾。

網路無所不在，對文學紙本出版來說，卻是光點渙散難聚焦。特色強，知名度高，讀者有信任感的才能勝出，這種種都需要時間累積，與資訊的快速抗衡。

事倍功半的時代，文學已淪為小眾讀物，低銷量造成低印量，在物價飛漲的年代愈加沉重。如何在求存中堅持理想，成了最重的功課。

邁向第四個十年，九歌思索的是，如何讓累積的文學成績不被湮沒，喚起「看九歌長大」的讀友美好的閱讀經驗，又同時吸引年輕人的目光，拿起書本享受閱讀的樂趣。

二〇一〇年，蔡文甫三女蔡澤玉開始負責九歌社務。與兩位姊姊澤蘋、澤松一樣，自幼耳濡目染，身體留著文學與出版的血液。接掌九歌後，蔡澤玉運用多年來在業界習得的行銷經驗，兼顧傳統與創新，讓不同世代的文學創作者，在競爭激烈的市場尋找更多的知音。

新世紀「年度文選」成績亮眼

上個世紀「文學已死」的悲鳴如影隨形，傳播媒介多樣，稀釋了平面媒體如報紙副刊的影響力，新生代創作者出頭不易，在有心人士呼籲下，公家部門開始各種獎勵政策，獎勵出版，價購好書，增設文學獎，從中央到各地縣市政府，以及民間文學社團，各類文學獎超過二百種。種種鼓勵，給了新世代創作者文學初旅的平臺，由此出發接續臺灣文學的命脈。對部分長年筆耕、疏於網路的創作者而言，卻面臨前所未有的困境。而累積許多文學名家作品的九歌又何嘗不是另一項艱鉅的挑戰？

「年度文選」從上世紀七〇年代跨過新世紀十餘年，記錄當時當刻所思所想，累積的好文章猶如年輪般鐫刻著臺灣文學大樹枝繁葉茂，在文學市場一片冷清中，逆向成長。鍾怡雯編《九歌一〇〇年散文選》累積銷售數字就近二萬冊。

文學名家持續創作

文學名家持續創作，與歲月成正比而掛名作品集的作家，也因為持續有新作出版，累積個人的文學履歷與實力。

余光中在八十大壽後，詩、散文、評論、翻譯無一停筆。二〇〇九年十二月三次修訂深深烙印無數藝術心靈的《梵谷傳》出版；二〇一二推出《濟慈名著譯述》，二〇一七年一月第三次增刪自譯詩選《守夜人》，七月再推出《英美現代詩選》，《英美現代詩選》一九六八年初版，一九七六年修正，至今五十年，影響深遠。絕版多年後，余光中依據一九七六年的版本，重新編選，部分詩作重譯，並新譯多首詩作，調整順序，從原本九十九首增加到一百七十九首。譯作之外，二〇一五年，余光中定居高雄三十年，五月推出第十九本詩集《太陽點名》，八月再出版全新散文集《粉絲與知音》。

余光中寫作超過七十年，對華文文壇影響既深又遠，兩岸開放後，更在大陸擁有無以數計的讀者，不論新作舊作，都有出版社爭相出版簡體字版，而在臺灣，香港，每有簽書的場合，必定大排人龍，在文學冷清的年代，挹注不絕如縷的暖流。

另一位同樣在華文世界聲名不墜的是張曉風，儘管年事漸高，文字卻不顯老態，依然創新，試煉散文的種種可能。二〇〇九年推出專欄結集《送你一個字》，在有限的篇幅裡，出入古今，大我與小我從容並陳。二〇一七年三月是十餘年方成書的《花樹下，我還可以再站一會兒》。

另一位時時對社會關注且不平則鳴的是廖玉蕙。廖玉蕙的散文向以親情，教育，以及為小市民發聲為主軸。她與時並進，臉書經營得有聲有色，針對社會議題發表意見，常成為熱門新聞的焦點；寫一家三代的生活點滴，溫馨，有趣還兼含教養省思，擴充改寫整編而成了《送給妹妹的彩虹》。她從忘記創作的初衷，寫母親的《後來》，還獲選為百年百本好書。

而持續筆耕且不斷兌變的周芬伶，則在散文之外兼及兒童文學並向小說挑戰，《蘭花辭》獲第一屆臺灣文學獎散文大獎，二〇一七年二月出版長篇小說《濕地》。她在學院教文學創作，指導學生寫作，協助尋找出版機會，並將多年教學、創作的心得寫成《散文課》、《創作課》、《美學課》三書，將文學教育普及化。

而善寫女性處境的小說家廖輝英，因對現代女性在情感，事業，家庭糾結的種種困境有犀利而中肯的見解，成了電視節目最受歡迎的「廖老師」，著作也多與兩性相關的散文，如《先說愛的人怎可以先放手》，九歌則於二〇一七年二月以全新的裝幀推出廖輝英的大河小說「老臺灣四部曲」：《輾轉紅蓮》、《負君千行淚》、《相逢一笑宮前町》和《月影》。

他們還在寫小說

整理舊作，出版新書，作品集展示作家長年筆耕的好成績。而爭取文壇名家與尋找文壇新秀則是持續不變的雙軌任務。

二〇〇九年十月，蔡素芬完成構思十年的長篇小說《燭光盛宴》，以燭光為引，訴說一場歷史、愛情、故事的盛宴。出版以後大受好評，分別獲中國時報開卷版年度好書，金鼎獎。也讓頻頻追問她新作的讀者知道：十年來在工作夾縫中，寫《鹽田兒女》的蔡素芬從未放下寫小說的筆。

善寫政治、情欲、權力糾葛的李昂，則在備受爭議，掌聲噓聲罵聲齊飛的《北港香爐人人插》出版十五年後，推出以男性政治人物為主體的姊妹作《路邊甘蔗人人啃》，再次突破禁忌，出入臺灣民主運動史，大膽解剖權力與性共生結構。

李昂早慧，十七歲就以短篇小說《花季》在文壇大放異彩，而另一位同樣在十七歲就在文壇嶄露頭角的是蕭颯，一九八六年婚變，轟動一時，期間寫的《走過從前》更在書市大賣，在完成〈給前夫的一封信〉後，卻從此在文壇消失。二〇一五年，她主動打電話到編輯部，說自己完成一部新作，《逆光的臺北》就在眾人驚喜中問世，而更令人期待的是，這只是「臺北三部曲」的首部曲。

書寫，是創作者的生活方式，曾在九歌出版《火浴鳳凰》等長篇的林剪雲，更上層樓，將視野擴及臺灣的民主發展史，二〇一七年完成《忤：叛之三部曲首部曲》，獲新臺灣和平基金會第二屆臺灣歷史小說獎，三部曲隨著牽繫臺灣命運的重大事件而發展，《忤》的關鍵事件是「二二八」。

另一位重回九歌文學隊伍的是張啟疆。張啟疆在九零年代的短篇小說《消失的□□》、《不完全比賽》早已被視為臺灣眷村小說與棒球小說的代表。他嫻熟於各種小說裡論與技巧，二〇一七年十一月的長篇小說《旅行》更是大膽試驗小說語言的彈性與密度，藉著一對父子的遊盪聆聽都會的律動。

散文：移動與遷徙

土地與親情，是書寫者創作生命的主調，從世紀末到新世紀，家庭書寫蔚為風潮。新聞人王健壯在父親走後十年寫《我叫他爺爺》，音容笑貌之外，是人子面對至親生命消逝的無告與無助。相對於王健壯遣悲懷，同年出版的郝譽翔《溫泉洗去我的憂傷》則是以逆女之姿撿拾時光碎片，召喚記憶同時也撕開舊瘡，刮骨療傷。這些自傳式家族書寫，背後顯現的是一幅幅臺灣社會發展的遷徙圖。

土地與遷徙，動靜之間牽繫著寫作者。吳敏顯以散文《我的平原》、《山海都到面前來》以及小說《三角潭的水鬼》為家鄉宜蘭素描出一幅幅庶民風情畫。

而同樣來自宜蘭的游乾桂，知感雙運，一方面以心理輔導的專業為下一代寫出《給未來思想家的21封信》、《給年輕的你》等，同時以抒情之筆寫《天使補習班》再現父執輩身體力行的「善行」，形塑愛的循環。

耀眼新秀一一登場

作為老字號的文學出版社，自不能無視於自外於文學世代的遞嬗，資訊普及，新人在何處？過去的標準是否完全適用於新起的文學新浪？新世紀十年，九歌開始多角度思考文學的常與變。

由於大學普及，「網路世代」創作者大多擁有大專以上的學歷，有的甚至還是碩士、博士生，他們在學院裡研讀現當代文學的課程，磨練技巧，成為勇闖文壇的利器。過去那些沒有學歷，只有大半生的流浪羈旅，戰爭的傷痕，鄉愁難解惟文字解憂，生活困頓，在斗室煮字療飢……對他們而言，是傳奇，是課堂上的講義、撰寫的論文。四季有不同名目的文藝營開辦，各大學紛紛成立「臺灣文學研究所」、「創作研究所」，還有就是各地的文學獎，評審意見也成了重要的文學養分。

文學資源豐富，加上大量翻譯作品引進，資訊時代，新世代創作者在豐碩的文學傳統下，又逢解嚴後種種框架的解體，題材的自由度更寬。直面技藝與內容，「寫什麼」成了最大的試煉。

二〇一一年慶祝九歌三十周年的「兩百萬長篇小說獎」成果揭曉，評審委員小野、季季、施淑、陳雨航、彭小妍選出首獎《摩鐵路之城》，作者是時任高中教師的張經宏，他以十七歲少年為第一人稱，批判這個虛偽、齷齪的成人世界，如同《麥田捕手》臺灣版。《摩鐵路之城》獲獎是文壇熱話題，帶動書本熱賣，吸引影視界的目光，二〇一四年公視改編為電視劇。

張經宏臺大中文研究所畢業，未參加「兩百萬長篇小說獎」之前，早已是文學獎的常勝軍，獲大獎後一次聚焦，讓人見識到新世代寫小說的功力。

文學獎是新世代 PK 的戰場，前衛或傳統，大敘述或小抒情，隱隱畫出文學新路徑。

自二〇〇九年起，徐嘉澤、張耀仁、周紘立、吳憶偉、蔣亞妮、湖南蟲、徐禎伶、張郅忻、黃瑋婷、林汶霜、包子逸、方清純、莫澄等文學獎榜單上熟悉的名字也開始出現九歌文庫的作者群中。

時代因資訊普及而越走越快，新世紀開始吹起一股「文青」風，九歌作家群的新面孔，開始出現解嚴（一九八七）前後出生的創作者。都會、城鄉、性別、親情、愛情等議題在散文與小說中延展出新世紀新風貌。

散文形式與內在都是自由的，黃麗群的散文《感覺有點奢侈的事》，機關處處，讀來暢快，令人會心。孫梓評《知影》小事裡有不可思議的複雜，更有半遮半掩的甜蜜與感傷。李時雍《給愛麗絲》像音符般先敲響童年的樂章，再拉開成長的序幕。黃信恩以筆管代聽筒，《體膚小事》明寫器官，實則是醫者看人生，幽默中有淡淡的悲憫。言叔夏以純真、澄澈、帶點疏離感的語言書寫不可避免的死亡與別離，她的《白馬走過天亮》寫青春有淡淡的憂鬱與哀愁，談生活，看似若無其事，卻是調笑一切荒謬，欲言又止。楊棣亞《女子漢》帶著異質神采的文字，細細梳理家族故事，冷靜述說眼下所見時代女性的角色與性別掙扎。而在數年內連獲各大報文學獎散文首獎的楊莉敏，首部作品《世界是野獸的》在詩與小說間游走挑戰散文新象度。

二〇一〇年楊富閔以小說《花甲男孩》初試啼聲，豐富生動的臺灣俚語，恰如其分搭上祖孫三代，土地記憶與逐城市而居並陳，懷舊而新穎，博客來網路書店選為「年度最佳新人」，二〇一七年植劇場改編成電視劇《花甲男孩轉大人》，收視率創新高，成為平面與電子媒體討論最多的熱話題，帶動原著攻占各大書店排行榜。《花甲男孩》出版三年後，推出散文集《解嚴後臺灣囝仔的心靈小史》一、二。青春的自我，老去的故鄉，他的家族書寫，以生猛可親的臺語加上宛如說故事般的田野調查，形塑新世代新鄉土。

何敬堯的《幻之港：塗角窟異夢錄》，融合冒險、奇幻、懸疑等跨類型，魔神仔、虎姑婆一一登場，讓消失在海平下的歷史真相浮出時間的地表。

林佑軒的《崩麗絲味》，書名是born this way音譯，華麗繁複多變的語彙，書寫男同志的世界，不論戲謔熱鬧抑或穢語談情說欲，認命又任性。包冠涵《敲昏鯨魚》富想像力，詩意般的語言為成長敷上類童話的色彩，荒謬又哀傷。

名家與新人並列外。更積極尋找大陸作家優質作品，藏族作家阿來、赤仁羅布，七〇後最受矚目的徐則臣、葛亮，則是繼嚴歌苓、虹影、劉震雲，畢飛宇之後，加入九歌文學隊伍。

文學向下紮根

此外，兒童文學花園也不廢耕，除了持續出版每屆少兒文學獲獎作品外，更廣邀兒童文學名家以及歷屆獲獎作者創作新稿。此外，更於二〇一〇年接受學者林文寶建議出版「新世紀少兒文學家」，比照「新世紀散文家」，以個別作家的整體作品為範疇，精選適合少年兒童閱讀的作品編輯成冊。這樣的編輯方式是兒童文學界前所未有的，一如二〇〇四年開始選編的九歌年度童話選。「新世紀少兒文學家」第一號是鄭清文的《紙青蛙》，之後又陸續推出林良、馬景賢、小野等精選集。

健行提供閱聽大眾一個清新、悅目的視覺及心靈洗滌

隨著出版生態改變，九歌每月的出書量，在走過三十年後，開始維持每個月六到八本的出書量，

其中就有二至三本屬旗下健行與天培文化。

二〇一一年，健行大幅調整書系，深入文化，走向生活，著重在人性、生活、學習與歷史等幾個領域。特規畫：「愛生活」、「i健康」、「Y角度」、「COCO」、「日本大發現」五大系列。有特邀國內作家書寫，也引進國外相關作品，以圖配文，吸收新知也享受讀之美。

「愛生活」，愛生活中每個片刻，享受隨手可得的快樂、生活態度、有趣或是有創意的生活方式。從《百年臺灣古早味》、《總鋪師辦桌》、《老臺菜——紅城・花廳・臺灣味》、《府城世家尋味之旅》，美食作家黃婉玲花了十二年時間走訪與探查真正的百年道地臺灣味，到臺南大家族的飲食記憶，將臺灣傳統大菜原味重現，讓讀者體驗老臺菜，不但是味覺和視覺的享受，也是一本集傳承、文化、故事和味蕾於一堂的一系列好書。

至於榮獲二〇〇六年紐約時報百大好書，以及二〇〇七年鵝毛筆獎的最佳烹飪類圖書獎，被譽為「美國民間烹飪聖經」，被紐約公共圖書館評為「二十世紀最具影響力的一百五十本書」之一，全球銷售量超過一千萬本的《廚藝之樂》，融會了從二戰至今許多美國名廚的料理智慧，可以說是現代美國最古老的大眾經典食譜。透過美食，也透過舌尖味蕾讓讀者一起穿越時空，體驗不同國度的生活與文化。

「i健康」愛健康，我健康，提供醫學健康新觀念與新生活方式，《謝玠揚的長化短說》、到《改善失智症的八大法則》、《恢復好視力，完全不費力！》、《亞斯伯格症實用指南》，以淺顯易懂的文字正視環境對現代人生活身體的影響，以及高齡化時代所衍伸的身心各種問題。

「Y角度」則是勾勒跳脫生活常軌的生活，是冒險，也是樂活。超馬選手陳彥伯《零下40度的勇氣》試煉勇氣，挑戰身體極限；小說家陳思宏的《叛逆柏林》、《柏林繼續叛逆》系列，聚焦柏林的歷史傷痕與頑逆本質，從真實的小人物故事，以文字與攝影作品建構散文的柏林。《修復光影記憶的旅者：油畫修復師蔡舜任義大利旅居隨筆》，從油畫磨練過程與油畫修復罕為人知的工作內容，以故事、影像帶給你夢想旅途中最真實的感動！中村安希的《高角羚的清晨》、《舌尖上的旅行》，體悟出讓世人耳目一新的新世代紀實文學。而《從零開始的都市狩獵採集生活》、《來蓋祕密基地吧》，則是分享另類特殊的生活經歷。

從飲食到旅遊，既是感官饗宴，更是文化之旅。新的國度代表著全新的體悟，地圖上所開展出來的世界終究只有國土版圖的區分。隨著行腳愈走愈遠，心中許多的疑問、原先渾沌未知的部分也多少獲得切身的體會。對這個世界也了解得愈來愈多，也進而重新審視日常的步調與原來的社會規範與準則，更對不同文化的人事物抱持了更多的包容與理解。

「日本大發現」從書本出發，帶領大家從臺灣到日本，穿梭古今，不只《錢湯：洗去浮世之垢的庶民社》，將逐步揭開更多文化觀光的必修知識與今昔風貌。

「COCO」系列裡《黃昏堂便利商店》、《哥本哈根的貓》、《推敲幸福事件簿》裡，有生命的悸動，情感的追憶，題材多元，間或圖文並茂，易於閱讀，在忙裡偷閒的時刻，讓閱讀毫無負擔。

透過真實故事的分享，儘管有很多關於不完美的故事，但是卻能讓人從中看見自己，接納自己的不完美。不完美是一份禮物，就像蚌殼裡的沙，卻也讓生命長出一顆顆美麗的珍珠。難能可貴的是，更保會透過長期的輔導與協助，讓更生人得以重拾生命中的碎片，然後把它們拼貼起來，使生命變得完整。一人故事，眾人故事。《歸零，才可以逆轉》、《預約人生下半場》閱讀者能夠在這些故事裡，看見自己，療癒自己，找到生命的「出口」。

從文學到生活、人文類書籍，健行透過書稿的審讀、版面的組構，雕砌完整的閱讀成品，提供閱聽大眾一個清新、悅目的視覺及心靈洗滌；同時為了爭取書本的熱烈度與話題性，企畫活動造勢增加讀者的參與度，例如，結合各項贈品回饋的異業合作包裝形式，提升書籍的普遍性與販售力。或是積極邀請各相關人士對內容或表現型式，提出觀點解讀與意見，創造媒體新聞報導角度。此外，也積極策畫與某些單位以專案方式合作出版，試圖藉由出版風格與型式，設計議題，增加媒體關注度，創造雙贏的行銷效果。

天培不斷創新

二〇一一到二〇一二年，臺灣陸續出現「塑化劑」、「農藥超標」、「毒澱粉」、「蔬菜農藥超標」等等重大食安問題事件，對於以食為天的人來說，如何關注每天吃下肚的東西，能夠讓身體健康，而非讓身體生病，是很重要的課題。因而天培在「綠種子」書系下一連推出《我的餐盤，我的健康，我的星球》、《在餐盤跳舞的細菌、病毒、寄生蟲與化學物質：為何食物讓我們生病？》，作者提出簡單直接的方式——從日常飲食開始改變。選擇適當的食物，就可以讓我們的身體不受疾病侵襲。找回自己的健康，並且同時找回地球的健康。

「閱世界」繼續累積出版世界各地重要作家的作品，在此時引進的有美國諾貝爾獎呼聲最高的女性作家喬伊斯・卡洛・奧茲，挪威當代小說家、詩人以及鋼琴大師凱特爾・畢揚斯達全球第一本中文版長篇小說，坎城影展金獅獎韓國知名導演金基德電影的小說《聖殤》等等，接下《龍紋身的女孩》系列作品新作的續寫任務的作家大衛・拉格朗茲，從特殊視角觀看圖靈之死的《圖靈的毒蘋果》，文學跨界，不同類型的作品，也開展更多觀看世界的可能。

二〇一五年「閱世界」引進瑞典作家菲特烈・貝克曼的第一本長篇小說《明天別再來敲門》，爾後短短兩年間，他的作品年銷量總數破八百萬冊，長期攻佔美國紐約時報排行榜，無疑是近年來最暢銷的作家。《明天別再來敲門》改編電影，並代表瑞典問鼎奧斯卡金像獎最佳外語片，並進入最後四強，書中主角面惡心善的怪老頭，已經成為讀者心中最溫暖的老伯伯了。基於成績大好，美國影星湯姆・漢克斯即將改拍好萊塢版《明天別再來敲門》！菲特烈・貝克曼的新作也繼續席捲全球，天培將陸續推出中文版。

二〇一七年，牽動世界的美國總統大選前後，因為候選人（即後來的當選者）川普之故，瑪格麗特・愛特伍的《使女的故事》甚至成為各地反川普遊行中必備的 logo 與象徵。《使女的故事》繼續延燒，美國線上影集網站 Hulu 改編的自製影集，掀起全球「使女熱」，在九月美國艾美獎頒獎典禮上，《使女的故事》一舉拿下五大獎項，成為年度最大贏家。當瑪格麗特・愛特伍上臺時，現場來賓熱烈鼓掌，向愛特伍致敬！彷彿接力一般，愛特伍的另一部重要作品《雙面葛蕾斯》也在 Netflix 上改編影集播出，愛特伍風潮將持續延燒。

此外，有鑑於閱讀要從小開始，二〇一三年天培再推出新系列「Y!Torch」，主打青少文學作品，引進英美日韓等國傑出並暢銷的青少文學，例如莉茲・派瓊的「蓋湯姆系列」，或者重新推出日作家古田足日經典之作《代做功課股份有限公司》，甫獲教育部年度優良圖書好書推薦的《來自希望號的SOS》，以樂趣、知識、培養同理心、冒險精神為選書主軸。

二〇一四年，則出版令人驚異的日本文學「JJJ」系列，目前有日本現代重要作家三浦紫苑的《木暮莊物語》、朱川湊人的《今天開始要愛你》，甚至反映極佳的社會寫實作品《失控的照護》。

最新系列則是二〇一七年「Mirror」，藉由圖文豐富的選書，映照出與自我、與生命相關的種種。如已出版的《死亡與來世》、《This is 達利》、《This is 安迪・沃荷》。聚焦人文、社科、藝術，以不同的面相閱讀世界、反觀自我。在書海中耗時費神精挑細選，盡力精選出能拓展讀者視野、能增進讀者理解自我、理解人性複雜，並能引領讀者探索思考之重要作品。

在每年超過四萬本出版品中，出版市場的競爭愈益激烈，因此，在繁瑣的出版前製作業之後，為了能讓讀者能清楚看見引介的書籍，更試圖讓書更接近讀者，除了在封面設計上的用心，書籍內容的精心製作，尚有加值設計，例如，出版《阿嬤要我跟你說抱歉》一書，請插畫繪製的海報，甚至獲得作者與外方出版社的大力讚揚。還會伴隨書籍出版舉辦各項活動，例如邀請重度閱讀者試讀並撰寫讀後感想或書評，與通路合作班級共讀，讓年輕學子能進入閱讀的美麗世界，同時還有舉辦各項網路活動，像是網路說書、書摘精選、分享共讀好書，此外也會舉辦新書講座，近距離與讀者接觸，介紹更多好書給大家。當然也不忘利用現代最夯的社交軟體，諸如「Facebook」、「Line」、

「IG」等等方式，期將滾燙燙的新書訊息傳遞給每一位潛在的愛讀者。

預約下一個文學黃金時代

蔡文甫說：「一生和逆流搏鬥的人沒有悲觀的權利」，走過文學出版黃金時代，由高銷量高印量到低銷量低印量，四十初度，九歌積極而不樂觀，預約下一個文學黃金時代。

懷人

梁實秋（一九〇一——一九八七）

平生感意氣，少小愛文辭

余光中引見大師

早在一九五二年，蔡文甫還在軍中服役，參加「中國文藝協會」舉辦的小說寫作班，梁實秋先生由李辰冬、趙友培二位先生陪同，為同學上了兩堂莎士比亞的課。在四十多位同學中，只有他身穿顯得尷尬的軍服。直到一九七一年任《中華日報》副刊主編，經余光中引見在安東街拜謁，蔡文甫才有機會向他約稿。

當時梁先生很少發表作品，直到一九七四年原配梁夫人在美國西雅圖去世，返臺小住。劉白如先生等多位師大師生前往松山機場接機，蔡文甫也在場，一起送他至臨時寓所，接著由中華日報報社錢伯起（震）社長請他在復興園便餐，此後才往來頻繁。

四宜軒雜記

梁先生見蔡文甫邀稿至誠，過了一段時日，親手把幾篇〈四宜軒雜記〉稿件交給「華副」發表。

蔡文甫並未一次刊出，以〈四宜軒雜記〉專欄形式，每週發表一篇。見報後，梁先生笑著大呼上當。他說，他一輩子未寫過專欄，既已開了頭，就持續寫了六、七十篇，直到結集成書才停筆。

由於梁先生文章在華副頻頻出現，當時聯副主編瘂弦，時報《人間副刊》主編高信疆，開始展開人情攻勢。為表示對三家副刊的情誼不分軒輊，梁先生每次投稿，一定要寫好三篇作品同時投郵，他從不問稿費，但再婚後的梁夫人韓菁清卻常對蔡文甫說：「那兩家的稿費好多，《中華日報》的稿費只一點點。」

由於戲劇家朱白水先生是韓菁清在臺視影劇班的老師，她對朱老師執禮甚恭，每月必小聚一次，由蔡文甫作東，有時楊小雲、林少雯等作家也應邀參加，梁先生多半在聚會時帶來稿件。因交往密切，華副刊登梁先生的稿件比別報多些。當時華副的〈藝文短笛〉專欄，有一則內容與梁先生有關，他看了不以為然，便和好友張佛千先生提起。張先生看了那則報導笑說：「短笛無腔亂自吹嘛，何必介意！」梁先生果然不再介意，還自告奮勇為華副撰寫〈藝文短笛〉。

有一天，聯副主編瘂弦問，有關他的〈藝文短笛〉，是不是梁先生寫的？

蔡文甫十分驚訝，因這專欄不具名，有時在三、四則最後，以一個字代表。

瘂弦說，所有作家中，唯有梁先生會將他名字中的「弦」寫成「絃」。

「他是來看我死了沒有？」

梁先生回臺後，曾任大同工學院董事長。當時大同公司負責人林挺生每週三下午必至梁府探視，梁先生不改幽默，不是說：「他是來看韓菁清的。」就是說：「他是來看我死了沒有？」據韓菁清說，梁先生任董事長，分文未取，只是家裡的電視、冰箱、冷氣等均由大同公司提供。一九八五年大同公司旗下協志工業叢書，分年支付巨額稿費，出版梁先生費時七年完成《英國文學史》一百萬字及《英國文學選》一百二十萬字，二書各分三卷，出版後，未普遍發行，致市面未見巨著，成為梁先生口頭叨念的遺憾。

「寫《雅舍小品》時唯恐不傷人，到了《雅舍散文》卻是唯恐傷人。」

梁先生晚年一直為華副寫稿，出書則多在九歌，稱之為《雅舍散文》。他說：「寫《雅舍小品》時唯恐不傷人，到了《雅舍散文》卻是唯恐傷人。」梁先生在九歌出版的第一本作品是一九八〇年的《白貓王子及其他》，之後陸續有散文集《雅舍散文》一集、二集，唯一書寫飲食的《雅舍談吃》，以及分別譯於一九二八、二九年的《阿伯拉與哀綠綺思的情書》、《潘彼得》，並書寫新版序及後記，《潘彼得》後記，是梁先生最後一篇公開發表的文章，撫今追昔，餘味無窮，被譽為大師的「天鵝之歌」。

祝壽文集成了紀念專書，余光中焚祭大師

一九八七年，梁先生八十六歲，梁先生高足余光中編妥一祝壽文集，準備當面獻書，梁先生首肯，並以書信言明：「弟老而不死，實少建樹，故不願招搖，增我罪愆」「此事宜採『低姿態』」，

再於十月三十一日以親筆函在《春華秋實》、《秋之頌》中選定後者。不料，十一月三日早上八點，喪鐘響起，梁先生與世長辭。祝壽文集《秋之頌》成了哀悼專書，余光中當面獻書不成，只能在淡水北海墓園梁先生墓前焚祭。

梁實秋文學獎：臺灣第一個以作家為名的徵文獎項

第二十三屆梁實秋文學獎贈獎典禮上，張曉風一段話全場聽得莞爾稱是。她說：「文學獎以作家為名，作家得以不朽，但也必須有兩個條件，首先，他必須有一個好的學生；其次，他還要有一個出版家好友。」當梁實秋在一九八七年走入文學史後，余光中與時任《中華日報》副刊主編蔡文甫開始籌畫，次年，梁實秋文學獎正式創設，成為臺灣第一個以作家為名的徵文獎項，徵獎以梁先生最擅長的散文與翻譯為主，由中華日報主辦，歷經二十年，媒體生態改變，報社轉型，二十一至二十五屆由九歌文教基金會接手並在九歌出版社出版得獎專書。為使此一深具文學史意義的文學獎能永續留存，二〇一三年第二十六屆起由國立臺灣師範大學接辦，梁先生來臺後即任教於師大，總計十七年，坐落於雲和街十一號的梁實秋故居，即是當年他任教時的居所，師大重新整理規畫，入門玄關處即有「師大大師」字樣。

梁實秋文學獎初創時，蔡文甫即函請文建會（即文化部前身）贊助，由於當時無此例，僅補助十五萬元，中華日報社長詹天性認為梁先生生前重視《中華日報》，晚年更以如椽之筆不斷創作與翻譯，嘉惠讀者。舉辦文學獎意義重大，即核准三十萬元配合文建會補助款，於是梁實秋文學獎從此誕生，則訂每年梁先生逝世紀念日頒獎。

在第二十四屆贈獎典禮上，余光中說：「報告梁老師，當年上您的課時我或許缺課，這二十四年來辦您的文學獎，我可是一次也沒有缺席。」臺灣有各式的文學獎，唯一列有翻譯項目的就只有梁實秋文學獎，分譯文與譯詩兩組，前二十四年均由余光中命題、評審並撰寫譯詩組總評，他說命題有四難：題目太難，沒人參加；太容易，人人可譯，難分高下；原著太有名，譯本已多，難杜抄襲，太無名，則可能不值得翻譯。梁先生在翻譯上最大的成就是獨力翻譯莎士比亞全集，余光中曾以「文豪述詩豪，梁翁傳莎翁」讚譽，而首屆翻譯獎譯詩與譯文雙料冠軍正是現在臺灣莎士比亞權威彭鏡禧。

整理散佚作品

梁先生去世，九歌除了出版紀念專書《秋之頌》，並委由余光中、瘂弦及梁先生的學生，廣蒐梁先生生前寫給朋友、家人、學生的親筆函，編就《雅舍尺牘》一書。同時，上海華東師範大學陳子善教授，長年研究梁先生著作，蒐集梁先生在大陸時期散佚未曾結集的作品，編成《雅舍小說與詩》、《雅舍小品補遺》，讓讀者對大師的文學版圖有全面性的了解。

王大空（一九二〇——一九九一）
笨鳥滿天飛

王大空口才犀利，語帶機鋒，往往一句既出，滿座傾倒，是當時藝文界有名的「四大名嘴」之一。他愛說，不愛寫，六十歲才出版第一本散文集《笨鳥慢飛》。

九歌創業時，由於當時許多名家都與其他家出版社長期合作，爭取不易，蔡文甫多方尋找新稿，王鼎鈞對他提起中廣公司同事王大空的一本書剛被詩人辛魚拿走，九歌應積極爭取，辛魚當時任職時報出版公司，並兼任另一家出版社的審閱工作。蔡文甫向辛魚表達九歌出書的意願，辛魚在確認對方無意出版後，王大空開始在九歌出書。

《笨鳥慢飛》於一九七九年三月在九歌出版，十年內賣了四十五版，笨鳥滿天，暢銷且長銷。

在電視還沒普及年代，王大空擔任過中廣新聞部節目部主任，從事新聞工作多年，月旦人物，觀察世相，自有一套王氏哲理。他錦心繡口，《笨鳥慢飛》成了精彩叫絕的「王子語錄」。他將人分成四類：智勤、智墮、愚墮、愚勤。智勤鳳毛麟角，愚勤危害最烈：「腦子不靈，卻喜歡亂出主意，沒事找事」。他以「笨鳥自居」，既笨又懶，慢慢飛也能達到目的地，而且天下太平。

繼《笨鳥慢飛》之後，後又陸續出版《笨鳥再飛》、《笨鳥飛歌》，以及過世前的《鳥不單飛》。

動物園來的作家

夏元瑜（一九一〇—一九九五）

夏元瑜左手拿刀，右手執筆。他是動物學家，曾任北京動物園「萬牲園」園長。製作動物標本栩栩如生。他幽默博學，自稱「老蓋仙」，行文謔而不虐，寓教於樂，每年春節各報必有他寫生肖的文章，九歌創業作當作書名的《萬馬奔騰》，就是為馬年而寫。

正所謂「會看的看門道，不會看的看熱鬧」，是各界爭先邀稿的作家。時任《中華日報》副刊主編的蔡文甫，與夏先生交往多年，副刊上常刊登他的文章。當蔡文甫先生決定辦出版時，夏先生慨允一本文稿做為創業新書，並約好時間親往夏府取稿。

約定日前夕，夏先生來電來說當日臺北動物園王園長有事相商，取消會面。當時蔡文甫住汐止，早已約定當日還要與臺大葉慶炳會晤。交往多年，他深知「蓋仙」個性，在取得葉教授文稿後直奔夏府。果然夏先生端坐家中，並未外出，取消會面只是藉口，當時夏先生炙手可熱，某大出版社送上一萬美金預付版稅，外加洋酒一瓶，準備出版他的新作。感於蔡文甫的執著與誠意，當天即將整理好的文稿交出，並留他在家中便飯。自此，開始了夏元瑜與九歌長期的合作關係。除了他獨家雜學豐富的幽默文章，如《流星雨》、《生花筆》、《百代封侯》、《大漠尋龍》等暢銷書，又有鑒於現代人經常誤植書信稱謂，以及因疏忽或不知而造成的摩擦誤解，特寫出「現代人的關係」系列。夏元瑜以一貫的幽默風趣行文，發表後引起廣大回響，人事行政局以及很多公私機構、學校還特別要求同仁式學生閱讀。

打破「三不主義」

張繼高（一九二六～一九九五）

新聞人、文化人、音樂人張繼高，以筆名吳心柳長期（一九八二—一九九四）在聯副撰寫文化專欄「未名集」，言簡意賅，洞燭機先，充分展現個人的才學胸襟與器識，深為各界喜愛。然而，張先生卻堅持三不主義：不教書、不出書、不上電視。婉拒各方出書邀請，甚至沒收包括蔡文甫在內許多人呈給他的簡報。

一九九四年張先生在榮總住院治療，蔡文甫便請友人代為安排同時作健康檢查，在醫院只隔一層樓，致有多次機會晤談，再次邀稿，張先生略有鬆口之意。

當時，女作家鄔瑩建議試排文稿，張先生看過後並無異議。編輯部隨即在極短期間內排印、校對，搶在張先生作東回請大家餐敘時，把校稿、出版契約、預付版稅等文件當著六位女士的面交給他。當校稿等送在他座位前，他像怕被撞見似地以餐巾包好就要放進自己皮包，經大家提醒，才難為情地把餐巾放回。

蔡文甫把勉強他出書經過寫成序文〈剪稿十年方成書〉，張先生更動了幾個字，加了勸說出版的四位女士姓名（實際上勸他出書的人很多），並寄回合約。《必須贏的人》在一九九五年五月問世，同年六月二十一日，張先生病逝。

張先生博學深思，一生提倡精緻文化，不論在音樂或大眾傳播等領域，均是臺灣先驅。張先生過世後，在家人同意下，九歌編輯部從他書桌上攤開的剪貼簿中發現《必須贏的人》一書以外的稿件，如〈史盲〉、〈知止〉、〈心在斷層〉等文，部分文章，張先生大加潤飾並更動標題。另一方面找出張先生七零年代在中央日報的〈樂府春秋〉、聯合報的〈樂林廣記〉以及《音樂與音響》雜誌的專欄，精選出《從精緻到完美》和《樂府春秋》二書，在張先生病逝二個月後出版。嗣後，中國大陸浙江文藝出版社編選簡體字《張繼高散文》，也獲得極高的評價。

張先生一向欽佩王鼎鈞的才華和文筆，曾連續二次希望蔡文甫轉請他寫序。王鼎鈞謙沖自抑，也不願打破不為別人寫序的慣例。三書出齊後，王鼎鈞寫了一篇〈美麗的謎面——懷念張繼高兼記王大空軼事〉，情采斐然，宛如時代的回聲，可惜張先生已見不到了。

朱炎（一九三六—二〇一二）

從乞兒到文學院院長

一九三六年，朱炎出生於山東安邱，戰亂四起，隨父母逃難他鄉。他曾有一文〈餓是今生最深的記憶〉記述童年時父親餓死，他常手提竹籃，佇立大戶人家門外乞討殘羹剩飯，不但常遭白眼，三四天不得食物，還被人放狗咬。這段困頓的歲月，他經常說給一代代的學生聽，勉勵他們要「吃得苦中苦」，對長於承平世代的年輕人來說，這簡直是傳奇。

朱炎十三歲離開母親和姊弟，隨軍孤身來到臺灣，當過沒有軍服的小勤務兵，在學校寄讀，大學聯考第一年考上私立大學沒錢註冊，痛定思痛，有計畫讀書，第二年以高分考上臺大外文系。他常說他有「周末憂鬱症」，因為中學時期每逢周末總是自己一個人孤零零在宿舍，無家可回，心情特別落寞。

就像所有苦難時代的倖存者，朱炎成長的歲月盡是忍飢，貧困，還有孤獨。

他喜以明末遺民覺浪禪師名言：「有真骨性人被世界磨成，無真骨性人被世界磨滅。」自勵勵人，而他自己正是這兩句話的見證人。他苦學有成，在西班牙獲得博士學位後，再赴美從事博士後研究，專研美國小說，回臺在臺大外文系任教，並曾任中央研究院美國文化研究所所長、臺大文學院院長，直到退休前，仍然持續發表論文，對美國小說家海明威與厄卜戴克著力最深。他是一個用功的學者，也是一位愛學生的老師，執筆為文總是鼓勵年輕人，曾仿朱孟實《寫給青年人的十二封信》，以十篇書信體的文章結集成《苦澀的成長》一書，在七零年代風行一時。

成長於苦難時代的知青，人人敬重，不敢在他們面前造次，然而朱炎的天真與熱情卻讓後生晚輩敬愛之餘，更想保護他。有一次一位陌生人到辦公室對他說：「朱教授您好，你不認識我，但是我看了你的書，覺得你應該是那種會助人的人，我生意失敗，老婆跟人跑了，能不能借我一萬塊周轉東山再起？」他居然很開心的對他說：「老弟，你運氣真不錯，我今天剛好領薪水，我趕快打電話給我老婆把錢提出來給你，不止一萬，有好幾萬耶。」

他自己吃過苦，總覺世上苦人多，一再受騙，也不改其志；看社會亂象憂心忡忡，滿肚子「不合時宜」，常常中夜自苦說：「千古寂寞一朱炎」卻又愛熱鬧、愛唱歌，也愛喝酒，酒入愁腸總成淚，竟夜歌哭，不忍散場。

二〇一一年聖誕夜，朱炎告別人生。直到過世前，他一直是九歌文教基金會董事長。

生命的鬪士

杏林子（一九四二—二〇〇三）

劉俠筆名杏林子，十二歲那年，她罹患類風濕關節炎，身上關節逐一壞死，十六歲時因宗教信仰而重新體認生命的價值，在家自學，開始寫作。她說：「我的專職是生病，副業是寫作。」儘管行動受限於病床與輪椅，身心飽受煎熬，她筆端流露出的卻是生命的喜悅。海內外媒體稱她是臺灣的海倫凱勒，在一次對青少年囚犯的演講中，她說：「我也是囚犯，被病所囚，而且終身不得假釋」，唯有文字是通往自由的出口。

寫作讓杏林子自給自足，推己及人，她想到眾多殘障的孩子，如何讓「他們保留最後一點尊嚴與自信，活出一個人的樣子」成為她戮力以赴的目標。一九八二年，她捐出稿費與六位好友共創伊甸基金會，從當初二位兼職人員到如今遍布各地超過一千八百位員工，伊甸基金會儼然成為臺灣最大的身障社福團體。

杏林子最早在九歌出版的作品是一九七九年的《杏林小記》，這是她為與病魔奮戰二十五年周年紀念而寫，寫生、寫死、寫生死之間的歡樂與痛苦、期待與絕望，出版之後，感動了海內外無以數計的讀者，近四十年間銷售突破五十萬冊，其他作品《生之歌》、《生之頌》等也是本本暢銷。

由於大病，小病不斷，經常出入醫院，為減輕龐大醫療費用，蔡文甫特將她納入九歌編製，享有健保。每當住院，不但親往探視，還以預支稿費方式鼓勵。

一九九四年，生病四十年，杏林子毅然舉行一場前無古人的「感恩會兼告別會」，正式名稱是「生命的喜宴」，出門前她對母親說：「唉呀，要是此刻死了，倒也還好，兩件事一齊辦完了。」逗得劉媽媽好氣又好笑。在她面前，朋友不敢喊病痛，與她長年大痛、小痛、劇痛不斷相較，痛字如何說？所以她戲稱自己是別人的「止痛劑」、「安慰藥」，是她久病的「附加價值」，活得長病得久價值就越高。她與三毛、張拓蕪相交莫逆，是文壇有名的「鐵三角」，三毛自殺，兩岸一片哀悼，唯有她十分憤怒。她命若懸絲好友卻棄生命如敝屣，如何能原諒？

二〇〇三年，杏林子過世，九歌出版她最後遺著，回憶錄《俠風長流》。直到現在，九歌還不時收到各地教育機構來函，要求選入她的作品。過世多年，杏林子的影響力不減反增，成了最佳勵志教材。勵志書常是短期的暢銷書，而杏林子至今仍擁有廣大的讀者群，正是因為她的人格美，文字教化力量高於文學欣賞。

琦君（一九一七—二〇〇六）

永是有情人

二〇〇一年琦君回大陸溫州老家主持「琦君文學館」開館，回程來臺小住，特別探望病中的林海音，知交超過一甲子，暮年病榻相見，不勝唏噓。回美不到一個月，林海音過世，她寄來人生的最後一篇文章〈最後的握手——悼念摯友海音〉，三張稿紙外，附筆寫著：「海音逝世，我寫不出長文心裡很差，人老了，沒有靈感，只有感傷。怎麼辦？」

自一九四九年來臺發表第一篇作品〈金盒子〉，琦君的名字就和散文畫上等號，儘管琦君已於二〇〇六年病逝，在臺灣，她的讀者從未忘記她，不管哪一個版本的中學課本都會收錄她的文章。文評家夏志清就說過琦君寫母親的〈一對金手鐲〉、〈髻〉這些文章，早該取代朱自清的〈匆匆〉、〈背影〉成為中學教材。大學研究所研究琦君作品的論文更是成篇累疊。

蔡文甫結識琦君是在主編《中華副刊》時，當時琦君作品包括《三更有夢書當枕》、《桂花雨》早已是爾雅出版社招牌書。一九七八年，蔡文甫創辦九歌出版社，得知琦君並未承諾作品固定在某家出版社，乃力邀琦君新作，一九七八年《與我同車》出版。

一九八三年琦君因丈夫李唐基工作調遷，客居美國紐澤西，直至二〇〇四年六月返臺定居。旅美期間，她持續創作，一九八五年同時在純文學與九歌出版社出版《琦君寄小讀者》、《此處有仙桃》，前者獲新聞局金鼎獎，琦君返臺領獎，後者獲國家文藝獎，由陳素芳代領，從此開始兩人長期書信往返。

琦君個性急，對文字要求高，常常才收到一篇文章，第二天又來信更正，陳素芳代她投遞副刊發表，並剪稿成書，直到一九九七年最後一本著作《永是有情人》。慣遲作答愛書來，她算準臺北美國書信往返需一星期，二星期後沒收到信，又來一函，雖然她每封信都會說「你忙，不要有壓力，不必急著回信」卻又在信中說：「回信不是壓力，是一份享受。一般的信，我只簡單三言兩語，但也非回不可。因我將心比心，不能讓人苦等，不回信是對人的一種精神虐待，我不忍心如此，即使省下寫信的時間，也不見得做出什麼有意義的事情來」。

二〇〇一年，琦君已高齡八十四，來信未少篇幅卻短了許多，字跡潦草，總是說頭暈，手抖的厲害，走路歪斜，「真希望能與你促膝談天到天明」。二〇〇三年十一月，陳素芳隻身來到紐澤西琦君家中，一見面，琦君帶她到地下車庫，搬出一大箱說：「你寫的每一封信，我都編號，現在已編到快四百號。」此次相見，李唐基委託陳素芳代辦回臺入住淡水潤福養老中心。

去國多年琦君回臺，報刊數日大幅報導。由於各地邀訪不斷，未免舟車勞頓，蔡文甫安排由陳素芳帶著記者群來到她居住的養老中心，隨團還跟著一家三代都是琦君讀者的祖孫。回到熟悉的地方，物是人非，當年的文友，有的已在人生缺席，健在者疾病纏身，相見不易，還有「忘了我是誰」的老朋友，相見不相識。老友凋零，新生代的讀者一代又一代，尤其是她以家族故事為藍本的小說

《橘子紅了》改編成電視劇，兩岸讀者都愛，回到臺灣，琦君悲欣交集。

早在琦君返臺前，九歌早已計畫性整理她的舊作，除了以作品集形式重新排版上市，二〇〇二年的選集《母親的金手錶》、《夢中的餅乾屋》更是深受歡迎，喚起大小讀者的回憶。每當新版問世，琦君總開心的逐字念著：「我以前文章寫得這麼好啊？」然後懊惱的說：「我都不記得了。」又像個不死心的小女生抓著身旁的人問：「你說，我可不可以再寫？」

余光中（一九二八—二〇一七）
與永恆對壘

二〇一七年十二月十四日，喪鐘沉重響起，文學大師余光中緩步走入文學史。

余光中自一九四八年二十歲創作第一首詩〈沙浮投海〉到二〇一七年的最後一首詩〈天問〉，近七十年的創作時間，無論詩，散文，翻譯，評論，量多質精，影響既深且遠。初來臺時居住的廈門街早已是臺北的文學地標，香港講學十年（一九七四—一九八四），更帶動香港文學新氣象。一九八五年回臺任教高雄中山大學，定居高雄，讓春天從高雄出發，臺灣文學重鎮南移。兩岸開放，他的〈鄉愁〉成了中國大陸最為人稱頌的一首詩，也因此，高雄西子灣成了大陸藝文人士來臺必訪之勝地。

七零年代，蔡文甫任職汐止國中，同時從事小說創作，作品除了在各報副刊，文學雜誌包括《現代文學》、《文季》等刊物發表外，接受文友王敬羲建議向香港投稿，有一次作品發表得稿費港幣十五元，王敬羲提議用這筆稿費宴請文友，請客名單有何凡、林海音、聶華苓，還有余光中夫婦，也因此開始他與余光中超過一甲子的交情。

蔡文甫任中華副刊主編，余光中提供稿件，陪他謁見恩師梁實秋。梁先生過世後，蔡文甫籌辦系列活動與專書均由余光中主其事，包括梁實秋文學獎，紀念文集《秋之頌》、《春華秋實》、《雅舍尺牘》等。

一九八五年，適逢《藍星詩刊》創刊三十年，蔡文甫決意負責印製《藍星詩刊》，比照一般書籍發行，由創辦人余光中任發行人，羅門任社長。詩刊一年四期，一九九三年三月停刊，改以出版詩集及選集等，包括由余光中作序、羅門主編的藍星詩選《星空無限藍》。

一九八八年，九歌十周年，蔡文甫本著文學出版的使命，開始有計畫整理現當代文學，分別於一九八九、二〇〇三年兩度委請余光中主編《中華現代文學大系》（一）、（二），選輯作品包括詩、散文、小說、戲劇、評論，年度橫跨一九七〇至二〇〇三年。

編選之外，自一九八四年起，余光中陸續將作品交給九歌，先是絕版許久的詩集《敲打樂》。余先生一生創作不輟，正如他形容的他有四座發電廠，一機停，另有三機在運轉。包括詩、散文、翻譯、評論。二〇一五年同時出版詩集《太陽點名》、散文集《粉絲與知音》，期間翻譯、評論陸續出版，四座發電廠隆隆作響。二〇〇九年重出《梵谷傳》，八十一高齡的余光中仍像重譯一本書般，找到半世紀前為方便翻譯拆開的原文，三十五萬字對照校訂，更動部分譯名，手繪「梵谷一生的行旅圖」，為梵谷名畫解說，親製人名所引，視其與梵谷的關係介紹當時重要畫家，幾乎可說是十九世紀印象派畫家的導覽。一本半世紀來備受讚譽的譯本，他二十八歲歲翻譯，五十歲重譯，八十一歲重新校訂、修正，對文字的堅持這樣純粹，這樣一本初衷。這樣的精神甚至體現在二〇一六年跌跤住院後、二〇一七年一月與七月重新出版的《守夜人》、《英美現代詩選》裡，增，刪，重譯之餘，不免慨歎：「出院後回家靜養，不堪久作用腦之重負，在遇見格律詩之韻尾有abab組合時，只能照顧到其bb之呼應，而置aa不顧，亦無可奈何。」

一九九八年、二〇〇八年，九歌擴大慶祝余光中七十、八十大壽，公開慶祝活動，出版余光中新著外，並分別出版慶賀專書：鍾玲主編《與永恆對壘》、蘇其康主編《詩歌天保》詩文集。

二〇一八九歌四十周年，正逢余先生九秩壽慶，原擬九九重陽慶祝余光中九十誌慶，兩本慶賀專書也正編纂中，令人遺憾的是，余先生大去，九歌等到了他的慶賀專文〈由四十到不惑〉，慶賀文集卻也成了紀念專書。

九歌四十年大事紀要

鍾欣純・輯錄

・一九七八—二〇〇八年

請見《九歌二十》、《九歌繞樑三十年》。

・二〇〇九年

本年出版九歌文庫二十八本、九歌譯叢七本、作家作品集十三本、典藏散文一本、典藏小說一本、九歌文教基金會叢書一本、年度童話選一本、少兒書房二集十七本、九歌故事館三本、童話列車一本、九歌文學大獎一本，健行生活叢書三本、保健叢書一本、新世紀智慧館三本，天培文化閱世界十九本。

一月　創辦人蔡文甫獲金石堂書店票選二〇〇八年出版風雲人物。

三月四日假中國文藝協會舉辦年度文選新書發表會暨贈獎典禮，散文選、小說選與童話選，分別由周芬伶、季季與黃秋芳主編，並公布九十七年年度散文、小說、童話獎得主及作品分別是：曾麗華〈我寂寞故我在〉、賴香吟〈暮色將至〉、山鷹〈遠遠和近近〉。

四月　花格子著《揚帆吧，八級風》與黃秋芳主編《九十六年童話選》獲二〇〇八年好書大家讀最佳少年兒童讀物獎。

五月　九歌出版建築師漢寶德文化散文《收藏的雅趣》。

八月　九歌文教基金會第十七屆「九歌現代少兒文學獎」揭曉，分別是文建會特別獎：蕭逸清《鯨海奇航》，評審獎：楊欣樺《帽子店的祕密》，推薦獎：賴曉珍《花漾羅莉塔》，榮譽獎：陳維鸚《天使服務生》、陳林（陳新添）《大武山腳下的五顆星》、李麗萍《吹牛小姐和膽小先生》、劉美瑤《希望偵探隊》、劉碧玲《魔法三腳貓》。本次評審委員是張子樟、小野、朱曙明、桂文亞、王宣一等。

十月　出版小說家蔡素芬《燭光盛宴》，睽違文壇十年之作。一場說故事的盛宴，愛情的盛宴，歷史流離的盛宴，交織為朦朧的家國史詩。透過三條敘述線索，緊密交織殊異時空，串繫三位當代女子的命運，超越現今小說的書寫方式，魅力十足！

十一月三日假文建會（文化部前身）藝文空間舉辦第二十二屆贈獎典禮，並出版得獎專號《在紙上飛行》，指導單位文建會黃碧端蒞臨致詞。本屆散文獎評審委員：張曉風、陳芳明、陳義芝、阿盛、簡媜。評選出文建會優等獎三名，分別是馬來西亞許裕全〈尿片戰爭〉、大陸馮傑〈在紙上飛行〉、李雲顥〈斷片〉，評審獎四名，分別是薛好薰〈茶色罪愆〉、顧燕翎〈生命的縫隙〉、林育靖〈實習醫師的七情〉、謝孟宗〈對話錄〉。翻譯類則是由余光中，高天恩、單德興任評審委員，譯詩組選出首獎：喬向原。胡守芳、陳義超、陳耿雄獲評審獎。譯文組，陳逸如獲首獎，評審獎四名：張芬齡、陳義超、吳思薇、連育德。

出版大陸作家虹影《好兒女花》，為自傳體小說《飢餓的女兒》的續篇，以一朵最易生長，生命力強，卻也是最卑微的好兒女花，來描繪母親一生的際遇。走過貧窮饑荒的年代，苦難滄桑與人性掙扎，為大時代做見證。

十二月　出版由余光中譯、伊爾文・史東著《梵谷傳》，唯一用小說形式還原梵谷的一生。自一九五七年初版後，余光中重新修訂翻譯最新版，並附加余光中總論梵谷、手繪梵谷行程地圖、詩作等。

蔡素芬《燭光盛宴》榮獲「二〇〇九年開卷十大好書・中文創作」。

・二〇一〇年

本年出版九歌文庫三十六本、九歌譯叢一本、作家作品集十八本、九歌文教基金會叢書一本、新世紀散文家一本、年度童話選一本、少兒書房三集十四本、童話列車一本、九歌故事館三本、新世紀少兒文學家六本，健行生活叢書四本、保健叢書一本、新世紀智慧館二本，天培文化閱世界十九本。

三月九日假中國文藝協會舉辦年度文選新書發表會暨贈獎典禮，散文選、小說選與童話選，分別由張曼娟、駱以軍與傅林統主編，並公布九十八年年度散文、小說、童話獎得主及作品分別是：隱地〈一日神〉、朱天心〈初夏荷花時期的愛情〉、周姚萍〈小魔女淘淘和淘淘雲〉。

四月　出版由林文寶教授主編「新世紀少兒文學家」，以臺灣本土少兒作家為主，挑選適合國小高年級與國中以上閱讀之作品。出版鄭清文《紙青蛙：鄭清文精選集》、小野《誰來陪我放熱氣球：小野精選集》、李叔真《愛像紙屑一樣多：李叔真精選集》，並與中華民國兒童文學學會、臺北市立圖書館、東山國小，共同舉辦座談會「春風驚喜在故事裡——與少兒文學家經典對談」，邀請鄭清文、小野、李叔真進行座談。七月出版陳瑞璧《我家有個燕子窩：陳瑞璧精選集》、鄭宗弦《紅龜粿與風獅爺：鄭宗弦精選集》，九月出版馬景賢《小河彎彎：馬景賢精選集》。

五月　出版文壇最受矚目的新生代楊富閔第一本短篇小說集《花甲男孩》，以新鄉土文學的寫作風格，奪得全臺眾多文學獎。楊富閔雖是年輕、時髦的七年級後段班生，筆下寫的盡是阿公阿嬤的故事，用的是鄉土語言，卻把3C作為溝通路徑與主要場景，造成古今錯位，土洋作戰，哭笑不得的效果，自成一格。

八月　九歌文教基金會第十八屆「九歌現代少兒文學獎」揭曉，分別是文建會特別獎：包包福《我們不是小偷》，評審獎：曾詠蓁《來自天堂的暑假作業》，推薦獎：蔡聖華《不說話的女孩》，榮譽獎：沈習武《男孩的狐狸》、羅世孝《唱吧！高麗菜女王》、陳榕笙《天哪！我們撿到一把槍！》、黃麗秋《連結愛的USB》、胡巧玲《狗狗想要一個家》。本次評審委員是侯文詠、許建崑、朱曙明、桂文亞、林玫伶等。

十二月二日假文建會（文化部前身）藝文空間舉辦第二十三屆贈獎典禮，並出版得獎專號《迷航》，指導單位文建會第二處處長陳濟民蒞臨致詞。本屆散文獎評審委員：張曉風、陳義芝、陳芳明、蔡詩萍、鍾怡雯。評審委員經過再三討論，決定將文建會優等獎增為三名，分別為黃克全〈生死簿〉、廖淑華〈迷航〉、張英珉〈腐・生〉。評審獎四名，分別是吳妮民〈離別誌〉、謝孟宗〈道在臉書〉、薛好薰〈面具〉、李振弘〈旅行之家〉。翻譯類則是由余光中、高天恩、彭鏡禧任評審委員，譯詩組選出首獎：張芬齡。評審獎：黃金山。譯文組首獎從缺，陳美智、胡守芳、李緒磊、蔡孟璇、方祖芳獲評審獎。

健行文化推出新書系「Y角度」，用不同的角度看世界，首先出版極限運動選手陳彥博《零下四十度的勇氣》，訴說一段追尋夢想的過程，不論每次比賽都須簽下生死契約書，從磁北極到西藏高地、喜馬拉雅山，但仍勇往直前，展現無比的勇氣。

·二〇一一年

本年出版九歌文庫二十一本、九歌譯叢二本、作家作品集五本、典藏小說一本、新世紀散文家一本、九歌文教基金會叢書一本、年度童話選一本、少兒書房三集十二本、童話列車一本、九歌故事館一本、新世紀少兒文學家三本、九歌文學大獎四本、讀散文學英文二本、九歌小教室五本，健行生活叢書四本、保健叢書一本、Y角度三本、ALIVE愛生活二本、i健康一本，天培文化閱世界三本、Chick Lit二本。

二月　出版廖玉蕙《後來》，廖玉蕙回歸女兒的身分，記錄下關於母親點點滴滴，從母女相處到回溯母親年輕時的燦爛時光，不能說的愛情故事和婚後寫滿數字的家計簿，有哭有笑，感人至深。

三月十日假中國文藝協會舉辦年度文選新書發表會暨贈獎典禮，散文選、小說選與童話選，分別由宇文正、郭強生與傅林統主編，並公布九十九年年度散文、小說、童話獎得主及作品分別是：蔣勳〈滅燭，憐光滿〉、李永平〈大河盡頭〉、黃蕙君〈糖果奶奶〉。

四月　出版郝譽翔《溫泉洗去我們的憂傷——追憶逝水空間》，郝譽翔的家庭殘酷書寫，透過檢視父親一輩子不離身的手提箱遺物，追隨父親最後旅程，藉此了解父親，也對他做最後的告白。

五月四日假臺北國賓大飯店聯誼廳舉辦九歌二百萬小說頒獎典禮暨得獎作品發表會贈獎典禮，首獎張經宏《摩鐵路之城》，榮譽獎馬卡（周立書）《口袋人生》、徐嘉澤《詐騙家族》、葉覆鹿（陳栢青）《小城市》。本次評審委員是小野、季季、施淑、陳雨航、彭小妍等。

出版「九歌小教室」系列，推出管家琪撰寫規畫讀童話學寫作，並區分為三個階段，《想像，是童話的翅膀——讀童話學作文（初階）》、《聯想，編織童話的彩衣——讀童話學作文》、《表達，為童話譜寫美麗的樂章——讀童話學作文（進階）》，讓孩童沉浸在童話中，還可以學作文。

七月　健行文化推出「ALIVE愛生活」，出版美食作家黃婉玲《百年台灣古早味》一書，記錄十二年來奔走於廟口、市集，親自拜訪老店鋪、老師傅無數次，挖掘臺灣即將消逝的古早味美食與背後的故事。

八月　九歌文教基金會第十九屆「九歌現代少兒文學獎」揭曉，分別是文建會特別獎：朱加正《恐龍蛋》，評審獎：鄭端端《六年二班國宅隊》，推薦獎：李皇慶《看著貓的少女》，榮譽獎：張英珉《黑洞垃圾桶》、顏志豪《送馬給文昌帝君》、陳榕笙《珊瑚潭大冒險》、劉碧玲《天生好手》、吳洲星《幸福的眼淚》。本次評審委員是林文寶、馮季眉、呂紹澄、沈惠芳、王宣一等。

九月　出版楊麗玲《艋舺戀花恰恰恰》，本書獲國家文化藝術基金會長篇小說創作發表專案補助，從一個柔弱卻又堅韌、如花般的女子，如何牽動艋舺一地的興衰起落，鋪陳出陌生卻又熟悉的臺北近百年來無數平凡小民的人生悲歡。

十一月二十九日假梁實秋故居舉辦第二十四屆贈獎典禮，並出版得獎專號《門後》。本屆散文獎評審委員：阿盛、徐國能、陳義芝、楊照，廖玉蕙。文建會優等獎二名分別為沈政男〈戀母〉、黃信恩〈宮巢紀事〉。評審獎五名，分別是薛好薰〈門後的世界〉、郭正偉〈聽話〉、徐嘉澤〈極樂之道〉、王悅崴〈夜村〉、周紘立〈刺夢床〉。翻譯類則是由余光中、高天恩、梁欣榮任評審委員，譯詩組選出首獎：簡明玉、黃金山。評審獎：喬向原、林締瑋。譯文組首獎從缺，周丹穎、蕭銘勳、林侑青、李桂蜜獲評審獎。

十二月　健行出版陳思宏《叛逆柏林》，旅居柏林的陳思宏出入大街小巷，走進尋常人家，以充滿人文關懷的散文體裁，帶領讀者體驗這座城的叛逆精神。

文建會「一〇〇精選‧全民大閱讀」書單，入選的有王藍《藍與黑》、張曉風《地毯的那一端》、陳若曦《尹縣長》、朱少麟《傷心咖啡店之歌》、漢寶德《真與美的遊戲：漢寶德看古物》、余光中《余光中跨世紀散文》、廖玉蕙《後來》。

・二〇一二年

本年出版九歌文庫二十一本、作家作品集十六本、名家名著選四本、九歌文教基金會叢書一本、年度童話選一本、少兒書房二集十一本、九歌故事館二本、飛躍青春一本，健行生活叢書一本、新世紀智慧館一本、Y角度三本、ALIVE愛生活五本、i健康三本、地理頻道二本，天培文化閱世界六本、綠種子一本。

二月　天培文化出版美國作家大衛・范恩（David Vann）《記憶冰封的島嶼》，少年羅伊答應跟父親一起到阿拉斯加海岸一座無人小島上生活一年。作者以小說叩問了生命的另一種可能，也找到了與自己和解的方法。並邀請作者於國際書展期間來臺訪問。

健行文化出版黃婉玲《總鋪師辦桌》，不僅提供了陳玉勳導演的拍片靈感和依據，也獲得了由講義主辦的第九屆「講義最佳年度作家」的「年度最佳美食作家」殊榮。

三月七日假中國文藝協會舉辦年度文選新書發表會暨贈獎典禮，散文選、小說選與童話選，分別由鍾怡雯、侯文詠與傅林統主編，並公布一〇〇年年度散文、小說、童話獎得主及作品分別是：周芬伶〈美女與怪物〉、吳鈞堯〈神的聲音〉、林哲璋〈猜臉島歷險記〉。

陳若曦著《尹縣長》、向陽著《中國神話故事2：幫雷公巡邏》獲二〇一一年好書大家讀年度最佳少年兒童讀物獎。

四月出版張曉風《誰是天使？》，張曉風為孩子寫一個關於天使的故事，以一個立志當天使的小女孩雅文，和一個寫下「天使立志書」的男孩文彥彥，看他們為了成為天使所做的努力，溫馨動人，更包含深深的隱喻。

出版余光中編譯《濟慈名著譯述》，完整翻譯濟慈的詩以及難得一見的濟慈書信。全書以濟慈的創作〈十四行詩〉、〈抒情詩〉、〈頌體〉、〈長詩〉、〈書信〉分輯，輯前有余光中專文導讀，中英對照，並收錄余光中撰寫濟慈的篇章。

七月　健行文化出版《歸零，才可以逆轉——重刑犯變身油漆大亨》，更生人蔡永富歷經許多挫折與磨難，他學習到歸零，重新學習和出發，讓他有了不一樣的人生。

八月　九歌文教基金會第二十屆「九歌現代少兒文學獎」揭曉，因文建會改制，於五月二十日成立文化部，文建會特別獎更名為首獎，分別是首獎：許芳慈《她的名字叫Star》，評審獎：從缺，推薦獎：蘇湛《冥王星公主的故事罐頭》，榮譽獎：王宇清《空氣搖滾》、薛濤《沙漏的祕密基地》、余雷《流淚的白楊樹》、張英珉《鴿王再現：流浪鴿集團的榮耀》、黃顯庭《Love, Love雲的家》、黃玄（吳奕均）《反宇宙的魔幻國》。本次評審委員是張子樟、馮季眉、小野、朱曙明、蕭蕭等。

十二月四日假文化部藝文空間舉辦第二十五屆贈獎典禮，並出版得獎專號《抓髮》。由九歌基金會董事長高天恩宣布，自第二十六屆起梁實秋文學獎由國立臺灣師範大學接辦。本屆散文獎評審委員：向陽、郝譽翔、徐國能、廖玉蕙、劉克襄。文化部優等獎分別為林力敏〈抓髮漫談〉。評審獎七名，分別是葉衽榤〈夢幻陽臺〉、解昆樺〈通霄・不眠〉、張蕨類（本名：張俊堯）〈小潔〉、林佑軒〈有人溫泉水滑洗凝脂，有人拔劍四顧心茫然，有人天陰雨溼聲啾啾〉、馬耳（本名：方興文）〈來自高原的回憶〉、楊婕〈母相〉、黃可偉〈瘂點〉。翻譯類則是由高天恩、彭鏡禧、單德興任評審委員，譯詩組選出首獎：黃士茵。評審獎：曹藝馨、莫家聰、喬向原、顏志翔。譯文組首獎黃金山，蔡孟璇、江正文、黃肖彥、吳瑞斌獲評審獎。

・二〇一三年

本年出版九歌文庫二十一本、作家作品集十二本、名家名著選二本、年度童話選一本、少兒書房二集十本、童話列車一本、九歌故事館一本、九歌小教室二本，健行生活叢書一本、學習館一本、Y角度二本、ALIVE愛生活四本、i健康六本、Coco三本，天培文化閱世界十本、Y! Torch五本。

一月　出版包冠函第一本短篇小說集《敲昏鯨魚》，語言新鮮靈活文壇少見，故事充滿幻想奇趣，又蘊含深刻哲理，是被周芬伶譽為「村上以上」，文壇最值得期待的新人。

二月　天培文化出版以青少年讀者為對象的「Y!Torch」系列，首部為《恐龍戰士》打頭陣，敘述恐龍重回地球與人類共存的未來世界，擁有綠色眼珠子的少年賓和他的恐龍塔洛，展開了一場奇幻冒險故事。後引進英國暢銷百萬冊的莉茲・派瓊「蓋湯姆系列」，以小學生的生活塗鴉日記，描繪出幽默有趣的校園生活和無限的想像力。

三月七日假紀州庵文學森林，舉辦年度文選新書發表會暨贈獎典禮，散文選、小說選與童話選，分別由隱地、甘耀明與許建崑主編，並公布一〇一年年度散文、小說、童話獎得主及作品分別是：王鼎鈞〈世貿中心——紐約日記三則〉、陳義芝〈戰地斷鴻〉，陳雨航〈小鎮生活指南〉（選摘）、王文華〈雲來的那一天〉。

管家琪著《美少年之夢》獲二〇一二年好書大家讀年度最佳少年兒童讀物獎。

六月　出版言叔夏第一本散文集《白馬走過天亮》，她以其純粹，與被時間淘洗卻益發光亮的天真，書寫十數年間自南部小鎮到東部鄉間，再到城市盆地的人事流轉：日常的牙疼、上課，房間裡的衣蛾，以至於家人朋友間的死亡與別離。

七月　出版向陽《寫字年代——臺灣作家手稿故事》，以豐富的相片與信札，搭配以謹慎的學術之筆，浪漫的詩人情懷，客觀的編輯態度，寫出那段以寫字通訊年代真切的情感。

出版黃信恩《體膚小事》，以醫者的角度加上文學的筆，把生硬的體膚器官轉化，融入散文之中，寫出三十二篇關於體膚的種種小事。

八月　九歌文教基金會第二十一屆「九歌現代少兒文學獎」揭曉，分別是首獎：姜子安《我不是怪咖》，評審獎：顏志豪《殭屍來了》，推薦獎：保溫冰《這是誰的聲音啊?!》，榮譽獎：鄒敦怜《啟程吧！玫瑰公主號》、馬景珊《在奇萊山上遇見熊》、潘怡如《舞獅少年的天空》、陳維鸚《落跑這一家》。本次評審委員是張子樟、王宣一、黃秋芳、李偉文、陳幸蕙等。

九月　出版楊富閔二本新作散文集《為阿嬤做傻事——解嚴後臺灣囝仔心靈小史1》、《我的媽媽欠栽培——解嚴後臺灣囝仔心靈小史2》，在書桌上遊走出自己的故鄉，並透過對象為老作家老人的「老年」書寫，認識臺南到認識臺灣，進而追索個人的寫作心靈地圖。

十二月　出版李時雍《給愛麗絲》，以樂曲為媒介連結文字，書寫成一種旋律，本書獲選文化部一〇二年藝術新秀創作。

健行文化出版蔡舜任《修復光影記憶的旅者——油畫修復師蔡舜任義大利旅居隨筆》，蔡舜任是第一位進入烏菲茲美術館，修復文藝復興大師、西洋繪畫之父喬托（Gioto di Bondone）畫作的臺灣修復師，同時也是歐洲修復大師 Stefano Scarpelli 的唯一臺灣弟子。他以故事及影像記憶，分享油畫修復工作中罕為人知的軼聞，並紀錄下旅居義大利的生活。

・二〇一四年

本年出版九歌文庫三十二本、作家作品集九本、年度童話選一本、少兒書房一集九本、童話列車一本，健行生活叢書一本、學習館一本、Y角度四本、ALIVE 愛生活一本、i 健康八本、Coco 二本，天培文化閱世界十本、綠種子一本、Y! Torch 六本、JJJ 一本。

一月　出版張默《臺灣現代詩手抄本》，適逢創世紀詩社創立六十週年，張默特編選臺灣現代詩重要詩人及其知名詩作，透過書法重新演繹，並搭配特製閒章，展現詩與書法的交疊之美。

三月三日假紀州庵文學森林，舉辦年度文選新書發表會暨贈獎典禮，散文選、小說選與童話選，分別由柯裕棻、紀大偉與王文華主編，並公布一〇二年年度散文、小說、童話獎得主及作品分別是：吳明益〈美麗世（負片）〉、李桐豪〈養狗指南〉、子魚〈黑熊爺爺忘記了〉。

六月　出版楊慎絢中篇小說《廢河遺誌》，本書獲文化部藝術新秀文學類首獎補助，以北臺歷史為主、一場尋金夢為輔，疊構出虛實交錯的精采內容。

天培文化出版挪威當代小說家、詩人以及鋼琴大師凱特爾・畢揚斯達全球第一本中文版長篇小說《琴聲・情深》，本書以作者自身經歷為藍本，生動刻畫了一群青少年在艱苦的音樂家之路上，強烈競爭卻又惺惺相惜。

八月　九歌文教基金會第二十二屆「九歌現代少兒文學獎」揭曉，分別是首獎：邱靖巧《我和阿布的狗日記》，評審獎：鄭丞鈞《妹妹的新丁粄》，推薦獎：劉碧玲《就是要這麼麻吉》，榮譽獎：張英珉《地震拯救者》、賴瑩蓉《虎井嶼的星光》、王華（曾淑瑋）《再見，神祕島》。本次評審委員是游珮芸、張桂娥、黃秋芳、李偉文、張嘉驊等。

天培文化出版愛特伍《強盜新娘》，愛特伍改寫自格林童話〈強盜新郎〉，以女性關係為主軸，從童話出發，但小說中充滿愛情與戰爭的隱喻，三名個性、社經地位、成長背景完全不同的女性，如何在這場混戰中重新找回自我與生命的意義。

出版林佑軒第一本短篇小說集《崩麗絲味》，榮獲選文化部一〇三年藝術新秀創作，以性別議題為主軸的短篇小說創作，展現同志文學新風光。

十二月　出版何敬堯第一本短篇小說集《幻之港——塗角窟異夢錄》，本書獲文化部一〇三年藝術新秀，跳脫傳統臺灣歷史小說的敘事窠臼，以五個輕盈趣味的中短篇連作編織成奇幻的時代異譚。

・二〇一五年

本年出版九歌文庫三十本、作家作品集十四本、名家名著選一本、年度童話選一本、少兒書房一集七本、童話列車一本，健行生活叢書一本、Y角度二本、ALIVE愛生活六本、i健康五本、Coco三本，天培文化閱世界五本、Y! Torch四本、JJJ三本、愛特伍作品集三本。

三月十二日假紀州庵文學森林，舉辦年度文選新書發表會暨贈獎典禮，散文選、小說選與童話選，分別由阿盛、賴香吟與陳素宜主編，並公布一〇三年年度散文、小說、童話獎得主及作品分別是：葉國居〈禾夕夕〉、黃錦樹〈祝福〉、陳秋玉〈櫻桃樹街的奇蹟〉。

蔣亞妮第一本散文集《請登入遊戲》，以遊戲般靈活跳躍的筆法，呈現貌似遮掩卻裸裎的自己，掀開絢麗又刺痛的過去。

吳敏顯著《三角潭的水鬼》獲二〇一四年好書大家讀年度最佳少年兒童讀物獎。

四月　徐禎苓第一本散文集《腹帖》，不同於九〇年代作者多以小說詮釋新鄉土，轉而以散文和女性觀點呈現母土家園與常民記憶的不同視野。

六月　天培文化出版菲特烈．貝克曼《明天別再來敲門》，瑞典知名導演漢斯．霍姆改拍電影，描述孤獨老人歐弗，面對孤獨的老人生活發生許多無法意料的事情。

八月　九歌文教基金會第二十三屆「九歌現代少兒文學獎」揭曉，分別是首獎：花格子《方中街99號》，評審獎：翁心怡《前進吧！寶利》，推薦獎：左煒《雲裡住著女巫》，榮譽獎：阮聞雪《小杰和他的勇腳仔》、曾佩玉《圖書館的鬼朋友》、蔚宇薌（陳倚芬）《風雨中的茄苳樹》。本次評審委員是游珮芸、陳素宜、黃秋芳、李偉文、許建崑等。

天培文化出版瑪格麗特．愛特伍「末世三部曲」最終部《瘋狂亞當》。繼《末世男女》、《洪荒年代》之後，讀者引領期待的最終部終於出版，瑪格麗特．愛特伍「末世三部曲」別出心裁、睿智機警的三部曲，最後光芒萬丈的大結局，關於人的狂妄、堅忍、愛，以及生命的崇高與頑強。

健行文化與臺灣更生保護會與健行文化規畫舉辦《預約人生下半場》新書發表記者會，亦為臺灣更生保護會七十周年系列活動之一。提供七位更生朋友奮鬥向上，完成夢想的勵志故事。記者會由臺灣更生保護會總會董事長主持，法務部部長親臨致詞勉勵，故事中的主角也到現場與大家分享他們由谷底逆轉人生的生命歷程。

九月　出版盧慧心第一本短篇小說集《安靜．肥滿》，本書獲選文化部一〇四年藝術新秀創作。收錄近二年榮獲五大獎項的桂冠之作，擅長書寫畸零心事，最扭曲、最平凡的故事，在她筆下綻放異彩。

出版蕭颯長篇小說《逆光的臺北》，闊別文壇二十多的蕭颯，續寫新臺北人的種種面貌，點出社會階級落差的功利思想，並觸及她一向關注的女性、親子問題，冷靜寫實犀利之風不變，詩意的敘事中帶有淡淡哀愁，更有壓抑之後爆發的激情，她筆下的臺北城有骨有肉，優雅展演它的繁盛與更迭。

天培文化出版《失控的照護》探討老年照護問題，在日本少子化、高齡化日趨嚴重的社會裡，照顧生病的家人，成為書中各角色的重擔，很容易就此陷入惡性循環。台灣也面臨相同的問題，因而此書甫出版，即受媒體節目注目、討論。

十一月　健行文化出版《廚藝之樂》，歷經一個世紀之久，本書依然是目前寫得最棒的一本教學式食譜書。提供廚子們燒一手好菜所需的精確資訊，配上全新插圖，從用刀技巧到水平橫切蛋糕、餐桌擺設等，無不齊備。

．二〇一六年

本年出版九歌文庫三十三本、九歌譯叢八本、作家作品集六本、名家名著選一本、新世紀散文家一本、年度童話選一本、少兒書房一集七本、童話列車一本、九歌故事館一本、九歌小教室一本，健行生活叢書一本、Y角度一本、ALIVE愛生活十五本、i健康六本、Coco二本，天培文化閱世界四本、Y! Torch四本、JJJ三本、愛特伍作品集一本。

二月　出版蔡文騫第一本散文集《午後的病房課》，青年醫師作家蔡文騫，一邊行醫，一邊創作不懈，十年耕耘，累積成這一本深度及厚度皆有可觀的散文集。

三月二十二日假紀州庵文學森林，舉辦年度文選新書發表會暨贈獎典禮，散文選、小說選與童話選，分別由袁瓊瓊、童偉格與周姚萍主編，，並公布一〇四年年度散文、小說、童話獎得主及作品分別是：言叔夏〈賣夢的人〉、賀淑芳〈初始與沙〉、陳景聰〈零下十八度的願望〉。

出版大陸虹影奇幻小說《米米朵拉》，從「飢餓的女兒」到「小小姑娘」的母親，為了讓「故事狂」的女兒聽到精彩又貼近自身的迷人故事，虹影開始創作童話。

徐國能著《寫在課本留白處》、花格子著《方中街99號》、瀨尾麻衣子著《晴空下與你一起狂奔》獲二〇一五年好書大家讀年度最佳少年兒童讀物獎。

六月　出版凱文・伯明罕《最危險的書——《尤利西斯》從禁書到世紀經典之路》，講述圍繞著《尤利西斯》的故事，詳實的調查，在《尤利西斯》成為英語文學界認可的經典小說之前，對作者、對當代的所有創作者、出版相關工作者，以及讀者來說，經歷了多少艱辛與考驗。

七月　出版杜虹生態散文《蝴蝶森林》，以充滿哲理的文字謳歌自然，鮮活呈現了森林和蝴蝶的微物之美。

八月　九歌文教基金會第二十四屆「九歌現代少兒文學獎」揭曉，分別是首獎：張英珉《長跑少年》，評審獎：薩芙《心靈魔方》，推薦獎：李光福《棒球、鴨蛋和我》，榮譽獎：李慧娟《打發時間圖書館》、董少尹《超速遊戲：啊父塔綁牛兒Afterburner》。本次評審委員是凌性傑、許建崑、張桂娥、黃秋芳、黃翠華等。

出版聶魯達著、陳黎、張芬齡譯《船長的詩》、《一百首愛的十四行詩》、《二十首情詩和一首絕望的歌》，完整翻譯聶魯達最重要的情詩作品。

出版蔡素芬短篇小說《別著花的流淚的大象》，十篇短篇小說兩兩互文的設計，人物、情節互相關連，讓前篇留下的謎團，在後篇解謎或開啟更多想像的空間，讓讀者深受吸引地融入故事的角色與內心世界。

天培文化出版日本暢銷作家三浦紫苑的《木暮莊物語》，作家親筆簽名限量二十冊，網路書店預購秒殺。三浦紫苑幽默寫出平凡小人物的平凡生活，但是深入而明確的描寫，對那些可能與我們擦身而過，或被我們忽略的某些人事物，表達了深刻又強烈的肯定。

九月　出版陳雨航散文《小村日和》，描寫他在臺灣東部海邊長大的村莊，小村的各種角色以悠哉自在、風和日麗的步調生活著。

出版黃暐婷第一本短篇小說集《捕霧的人》榮獲一〇五年度文化部藝術新秀獎助，每篇皆以一種水的形式為主要意象，象徵該角色的生命狀態。篇與篇之間雖然主題各自獨立，人物卻互有關聯，在故事發展中有所交錯、互動，甚至彼此回應。

・二〇一七年

本年出版九歌文庫三十三本、九歌譯叢八本、作家作品集六本、名家名著選一本、新世紀散文家一本、年度童話選一本、少兒書房一集七本、童話列車一本、九歌故事館一本、九歌小教室一本，健行生活叢書一本、Y角度一本、ALIVE愛生活十五本、i健康六本、Coco二本，天培文化閱世界四本、Y! Torch四本、JJJ三本、愛特伍作品集一本。

二月　台北國際書展邀請《有時，就讓我們一起跳舞》法國作家安・羅爾來台訪問。她談及面對創作困境時，如何重新找回創作的動力，還有這段經歷如何成為她與另一位當代法國重要作家尚－克婁．穆勒瓦共同寫出這本有笑有淚的精彩小說的養分，同時也讓讀者重新找到擁有快樂生活的省思。

出版《新詩三百首百年新編》續邀蕭蕭擔任主編，以一九九五年初版《新詩三百首》為主，重新分輯、新增一九九五到二〇一七年間表現出色的詩人及其作品，並分為三大冊，五四時期．域外篇、台灣篇。

出版楊隸亞第一本散文集《女子漢》，中性書寫，以生命書寫的跨性別散文，獲得各界好評。

三月十日假紀州庵文學森林，舉辦年度文選新書發表會暨贈獎典禮，散文選、小說選與童話選，分別由楊佳嫻，李瑞騰、莊宜文與王淑芬主編，並公布一〇五年年度散文、小說、童話獎得主及作品分別是：房慧真〈草莓與灰燼：加害者的日常〉、楊照作品〈一九八一光陰賊〉、賴曉珍〈紙男孩〉。

天培文化推出新系列「Mirror」，文字結合豐富圖像，是這系列的特色。首先出版《死亡與來世》，這本怪誕的編年史橫跨心理學、文化學、生物學及物理學的疆界，探索了史上人類對死亡與來世稀奇古怪的真知灼見。陸續出版《This is 達利》、《This is 安迪．沃荷》則以文字配合插畫家的插圖，精簡扼要的向讀者介紹傳主的豐富生命，及其創作的重要特色，可說是非常精采的藝術入門書，精美的製作，也同時具有收藏。

四月　出版包子逸第一本散文集《風滾草》，知性與感性兼具的散文，並穿插作家行腳世界各地攝影作品，與內文相互呼應。

五月　出版廖啟余第一本散文集《別裁》，以小品文的格式，挑戰散文與詩的審美疆界，並與詩集《解蔽》的姊妹作。

六月　出版方清純第一本短篇小說集《動物們》，以動物喻指人的處境，透過「負面書寫」帶出正面力量的小說。入圍二〇一六年書展大獎、open book好書獎年度好書。

出版林剪雲《忤：叛之三部曲首部曲》，本書為新臺灣和平基金會主辦第二屆臺灣歷史小說獎得獎作品，以屏東萬丹地區鼎昌號李家為主線，從日本戰敗撤離到國民政府來臺，道盡臺灣人民面對政治變遷的心理變化，人物刻畫細膩，臺語對白道地典雅。

七月　天培文化出版古田足日《代做功課股份有限公司》，嶺月譯，重新搭配新插畫與修訂，並邀請嶺月的女兒林宜和女士撰寫導讀，讓讀者更清楚這本誕生將近四十年的作品，如何能感動每一世代的小讀者。

八月　九歌文教基金會第二十五屆「九歌現代少兒文學獎」揭曉，分別是首獎：李明珊《飛鞋》，評審獎：薩芺《巴洛・瓦旦》，推薦獎：董少尹《網球少年》，榮譽獎：李光福《舞街少年》、劉美瑤《撒野的憤怒馬桶》。本次評審委員是凌性傑、李偉文、陳安儀、馮季眉、游珮芸等。

十月　健行文化推出「日本，再發現」系列，首先出版《錢湯：洗去浮世之垢的庶民社交場所》內容豐富，圖片珍貴，從北海道到沖繩，全日本錢湯精選，是治經濟史與社會史趣味於一爐的通俗讀物。獲Openbook「選書小組」每週推薦選書。

十二月　徐則臣最新長篇《王城如海》獲鏡週刊二〇一七十大好書。

九歌文庫 1275

九歌40
——關於飛翔、安定和溫情

主編	李瑞騰、陳素芳
執行編輯	鍾欣純
創辦人	蔡文甫
發行人	蔡澤玉
出版發行	九歌出版社有限公司 臺北市八德路3段12巷57弄40號 電話／25776564・傳真／25789205 郵政劃撥／0112295-1
九歌文學網	www.chiuko.com.tw
印刷	晨捷印製股份有限公司
法律顧問	龍躍天律師・蕭雄淋律師・董安丹律師
初版	2018年2月
定價	380元

書號 F1275
ISBN 978-986-450-167-0
（缺頁、破損或裝訂錯誤，請寄回本公司更換）

國家圖書館出版品預行編目資料

九歌40：關於飛翔、安定和溫情 / 李瑞騰, 陳素芳主編. -- 初版. -- 臺北市：九歌, 2018.02
面； 公分. -- (九歌文庫；1275)
ISBN 978-986-450-167-0(平裝)

855 106025040